KB248447

서문문고
164

군 도

프리드리히 실러 지음

박찬기 옮김

Die Räuber

von

Friedrich Schiller

⊠군　도

차　례

해 설

　실러(Friedrich Schiller)는 1759년 11월 10일, 우연하게도 마르틴 루터와 같은날에 비텐베르크의 소도시 말바흐에서 태어났다. 본래 실러의 집안은 ·전통이 있는 가문이었지만 부친이 박봉을 받는 군의관(軍醫官)이어서 경제적으로 궁핍함을 면치 못하였다. 실러의 형제는 모두 여자들뿐이므로 그에 대한 부친의 기대는 대단히 컸으며, 더구나 자기에게 부족하다고 생각한 두뇌의 명석함이 아들 실러에게서는 꼭 나타날 것을 기대하고 있었다고 한다.

　그러나 그 귀한 아들의 교육도 환경상의 애로 때문에 제대로 시키지 못하는 형편이었으며, 다섯 살이 될 때까지 그는 순전히 어머니의 손에서만 자라났다. 아주 어려서부터 교양 있는 부친의 이상적인 가르침을 받으며 성장한 괴테의 좋은 환경과는 아주 대조적인 환경이었다고 할 수 있다. 실러의 어머니는 선량하고 경건한 부인이었으나, 여관집 딸로서 별로 교육을 받지 못하였다. 고지식하고 건실한 아버지는 부대를 따라 이곳 저곳 돌아다니느라고 가정에는 머물러 있는 날은 얼마 되지 않았다.

　실러가 다섯 살 되던 해에 이사한 소도시 롤히는 유서 깊은 곳이어서 실러는 어려서부터 역사적인 분위기에 잠길 수 있었을 뿐 아니라, 그곳에서 듣게 된 목사의 설교는 그에게 커다란 감명을 주었다. 2년 후에 그의 가족이 다시 루트비히스부르크로 이사하자 그는 거기서 라틴어 학교에 입학하였다. 그 엄격하고 기계적인 학교교육에서도 근실한 소년 실러는 우수한 성적으로 많은 상장과 영예를 획득할 수 있었다.

그가 다니던 라틴어 학교의 졸업이 가까웠을 무렵, 부모는 그에게 계속하여 고등교육을 시키려고 하였으나, 뜻하지 않은 곳에서 간섭이 생기는 바람에, 그는 자신의 진로를 바꾸게 되었다. 그때 비텐베르크의 영주(領主)였으며, 실러 부친의 군주(君主)였던 카를 오이겐(Karl Eugen) 공작은 그 당시 종종 볼 수 있는 폭군형의 군주여서 영토는 적었으나 자기 영내에서는 절대적인 지배권을 휘두르고 있었다. 그는 지극히 주관적인 무리한 정치를 하여, 무고한 백성을 괴롭히기가 일쑤였다. 참을성이 많은 비텐베르크의 사람들도 나중에는 좀더 합리적인 정치를 할 것을 황제에게 상소하기까지 하였다.

그런데 그와 같은 사람이 어쩌다가 마음이 내켜서 국민들을 위한 시정을 하게 되면 그것이 오히려 주민에게 고통을 가져오게 되는 수가 있다. 그 하나의 예로서 오이겐 공작의 교육사업을 들 수 있다. 처음에는 슈투트가르트의 교외에 있는 별궁에다가 하급 장교의 제자들을 가르치기 위한 학원을 세웠는데, 나중에는 그것을 카를 고등학교라고 개칭하고 영토 내의 관리와 사관의 자제 중에서 유능한 청소년을 선발하여 입학시켰다. 거기서는 극단적인 엄격한 군대식 훈련과 거의 노예나 다름없는 주입식 교육이 시행되었다. 물론 장래의 충성스러운 신민을 양성하는 것이 주목적이었다. 공작 자신이 매일같이 학교를 방문해서 학생들에게 직접 상벌을 주고 밀고제도로써 그들의 성격과 동정을 살피는 형편이었다.

실러도 공작의 눈에 띄어서 강제로 그 학교에 입학하게 되었으며, 전공 과목도 공작의 의도대로 법학이 선정되었다. 그러나 실러는 끝내 그 과목에 흥미를 가질 수가 없어서 성적도 올리지 못하고 나중에 간신히 의학으로 전과하는 허가를 얻었다. 그와 같이 조그만 자유도 주지 않는 환경이 그에게 오히려 강력한 자유에의 투지를 발생시켰으며, 문예서적을 전혀 못 읽게 하는 엄중한 감시가 오히려 문학에 대한 정열을 부채질하였다. 그는 당국의 눈을 피해 가며, 셰익스피어, 레싱, 크롭시토크, 루소, 괴테의 여러 작품을 탐독하고, 그 당시의 주요한 문예운동인 쉬트름 운트 드랑 운동에 공감하게 되었다. 특히 사상면으로는 루소의 영향이 컸으며, 자기 자신이 부자연스런 탄압에 허덕이고 있었기 때문에, 자유(自由)와 자연(自然)이라는 두 개의 모토는 그대로 그 자신의 것이 되었다. 그 중심 사상은 그의 초기 작품, 특히 ≪군도(群盜)≫를 통해서 볼 수 있다.

그의 최초의 작품 ≪군도(Die Räuber)≫는 177년에 착안한 것이라고 하니까 그의 나이 18세 때가 될 것이다. 그러나 그는 당시 공작이 경영하는 학교에 다니는 학생이었으므로, 원고를 극비리에 집필하면서 한편으로는 우수한 학생으로서

논문 〈인간의 동물적 성질과 정신적 성질에 관해서〉를 작성하여 졸업논문으로 제출하였다. 1780년 가을 드디어 학교를 졸업하고, 군의관으로 겨우 17그루덴을 받으면서 슈투트가르트에서 근무하게 되었다. 그러나 그의 마음은 이미 직장에 없었으며, 부지런히 ≪군도≫의 원고를 완성시켜 1781년 5월에 자비로 출판하였다. 아무도 무명작가의 작품을 출판해 주려고 하지 않았기 때문이다. 그러나 그 작품의 평판은 불과 몇 주일 동안에 실러의 이름을 전 독일의 구석구석까지 떨치게 하였다. 그 이듬해에 그것이 만하임에서 상연(上演)되었을 때는 공전의 센세이션을 일으켰고, 뒤이어 그 성공에 따라 함부르크, 라이프치히, 베를린 등 주요 도시에서 차례차례 상연되었다. 특히 실러 자신이 의외로 생각한 것은 그 희곡이 바로 오이겐 공작의 근거지인 슈투트가르트 시에서 공공연하게 몇 번이고 상연되어 대단한 인기를 끈 사실이었다. 실러는 그 희곡을 쓸 때 대단한 결심을 하였었다. 친구에게 편지로 그때의 심정을 밝힌 바에 의하면, 그는 경우에 따라 그 작품 때문에 영영 고향과 가족을 이별하게 될지도 모른다는 각오를 하기도 했다. 물론 그 작품의 내용이 공작에 대한 반항을 표시하는 것이었기 때문이다.

≪군도≫의 주제는 사회악에 대한 도전, 압제 인습에 대한 반항, 자유와 이상에 불타는 정의감 등에 있다. 그 속에는 열혈청년 실러 자신의 기백이 그대로 숨쉬고 있을 뿐만 아니라, 그 당시의 공국(公國) 안에서 행해지고 있는 탄압정치를 정면으로 공박하고, 그와 같은 탄압정치에 대하여 무력하게

아부, 굴복하는 동시대인에 대해서까지 신랄한 비평을 가하고 있다. 대체로 실러의 희곡은 후기 작품에서는 내적 자유의 추구가 많은 데 비하여, 초기 작품에서는 외적 자유를 좇는 경향이 강하였다.

특히 ≪군도≫에서는 그러한 경향이 잘 나타나 있으며, 슈트름 운트 드랑 정신에 가장 투철한 작품이라고 하겠다. 순진하고 용감한 주인공 카를은 자기의 친동생 프란츠의 모략으로 집에서 쫓겨나고 순정을 짓밟히게 되자, 마침내 속세에 반기를 들고 도둑단의 두목이 되어, 주먹과 실력으로써 썩은 사회를 개혁하려 든다. 그의 넘쳐흐르는 격정은 비열과 불의에 대해서는 참지 못하고, 상대자가 왕후이든 승려이든 또는 자기 자신의 부하이든 그 자리에서 처치하고야 만다. 한편 그와는 정반대 되는 성격의 대표인 동생 프란츠는, 모략과 중상에 능할 뿐 아니라 자신의 욕망을 위해서는 아무리 신성한 것이라도 서슴지 않고 희생시킨다. 그는 아버지를 속여서 형 카를을 모함하고 나중에는 아버지마저 쫓아 버리고, 자신이 영주가 되어 무서운 탄압정치를 시행한다.

저자가 여기서 프란츠의 모델로 오이겐 공작을 암시한 것은 두말할 여지가 없다. 결국 악은 오래 지속될 수 없는 것이어서 프란츠는 갖가지 악행 끝에 무서운 보복을 받게 된다, 카를도 그 동기는 동정할 여지가 있지만 결과적으로는 많은 인명을 살상하였기 때문에, 마지막에는 이룰 수 없는 사랑의 희생자 아말리아를 자기 손으로 죽이지 않을 수 없게 된다. 그것은 자기가 저지른 죄의 값을 받는 것이다. 자기 행위에 대한 벌을 받고, 파괴된 사회의 질서를 보상하려는 카를의 태도는 실러 자신의 독특한 도덕적 입장을 보여 주는 것이다. 카를은 마지막 장면의 독백에서 다음과 같이 말한다. "아, 나는 어리석은 사람이었다. 나는 이 세상을 폭력으로써 아름답게 할 수 있고, 국법을 유린함으로써 국법을 바로잡을 수 있다고 생각한 것이 아닌가! 아직도 내가 할 수 있는 일은 더럽혀진 국법을 다시 보상하고, 어지럽혀진 질서를 다시 회복하는 일이다. 그렇게 하기 위해서는 희생이 필요하다. 그것은 이 질서가 침범될 수 없는 존엄한 것이라는 사실을 모든 사람 앞에 전개해 보여 주는 것이다. 그 희생이 될 사람이 바로 나 자신이다. 나는 그 질서를 위하여 죽지 않으면 안 된다." 그리하여 그는 자진해서 국법의 제재를 받으러 간다.

　《군도》가 독일 전역에서 상연되어 공전의 센세이션을 일으켰다는 것은 이미 말한 바 있다. 그것이 오이겐 공국(公國)의 영토 내에서까지 상연이 허가된 것은 공작이 그 내용을 모르고 있었기 때문이다. 그것이 자기 자신을 비방하는 것인 줄은 모르고, 다만 자기의 영토 내에서 그처럼 명성이 높은 인물이 나왔다는 것을 기뻐하는 단순한 허영심만이 있었던 것이다. 그러나 그런 사실이 언제까지나 알려지지 않고 있을 수는 없는 일이었다. 더구나 실러는 그후 계속해서 공작을 비방하는 시를 발표하여 그의 신경을 자극한데다가, 드디어 군의관으로서의 근무지를 무단이탈하여 공국 외의 만하임 시로 《군도》의 상연을 구경갔던 사건으로 공작의 분노를 사서 처벌까지 받게 되었다. 2주일 동안의 영창과, 공국 밖과의 교류 단절 및 일체의 문예활동을 금한다는 것이었다. 그러나 실러로서는 문필활동을 단절한다는 것은 곧 죽음을 의미하는 것이었다. 그래서 그는 친구인 음악가 슈트라이히와 공모하여 만하임 시로의 탈출을 감행하였다. 그때로부터 실러의 고난인 방랑생활이 시작된 것이다. 그들이 믿고 찾아간 국민극장의 달베르크마저 오이겐 공작을 두려워하여 실러를 받아 주지 않았으므로, 공작의 체포를 피하기 위하여 그는 다시 프랑크푸르트로, 마이닝겐으로 여비도 없이 떠돌아다닐 수밖에 없었다. 그의 처녀작 《군도》가 독일의 전지역에서 상연될 뿐 아니라, 멀리 프랑스 파리에서까지 번역되어 상연되고 있는데도 천재작가 실러는 끼니조차 없어 못 먹는 비참한 궁핍 속에서 허덕이고 있었다(그는 그후에도 계속 경제적인 고통을 받았다). 이러한 기이한 일은 사회적으로나 문필생활에 있어서나 항상 좋은 조건에만 있었던 당시의 괴테와 비교할 때 너무나 심한 대조를 이룬다.

　《군도》는 이미 이야기한 것과 같이 절대적인 인기가 있었던 반면에, 또 여러 가지 결점과 비난을 말하는 사람도 적지 않았다. "이 작품에 대한 무수한 비난 가운데 꼭 한 가지 인정하는 것이 있다면 감히 내가 20세에 인간을 묘사하려고 주제넘게 덤볐다는 사실이다."고 스스로 말한 바와 같이 나이 20세 미만의 청년으로서 인생에 대한 별 체험도 없이 그러한 작품을 썼다는 것 자체에 큰 무리가 있었던 것이다. 카를의 애인 아말리아를 묘사하는 데 있어서도 자기 어머니밖에 잘 아는 여성이 없었던 당시의 실러로서는 처음부터 끝까지 공상에 의존할 수밖에 없었다. 그 점이 또한 괴테의 경우와 대조적이다. 괴테의 작품은 하나에서부터 열까지 자기 자신의 체험에서 우러나온 것이고, 괴테는 그보다도 어려서부터 수많은 여성과의 관계를 가지고 있었다. 그 밖에도 ≪군도≫의 결점으로 전후 연결의 부자연성이라든지, 비극의 동기의 미흡, 대사의 딱딱함, 시간과 장소의 문제 등 여러 가지가 지적되고 있지만, 실제로 상연될 때는 그러한 비판의 여유를 주지 않고 처음부터 긴장된 가운데 관객을 박력 있게 끌고 나간다. 극적 구성면에 있어서도 두 개의 대립되는 힘이 직접 맞부딪치지 않게 하여, 파라렐로 사건을 진전시킴으로써 점차 무르익어 가는 대폭발을 관객에게 예지(豫知)시키며, 그렇게 함으로써 더욱 그 효과를 크게 하는 수법이 사용되었다. 세익스피어의 희곡 몇 편을 읽었을 뿐, 연극이라곤 도무지 본 적도 없는 청년 실러가 그와 같은 재주를, 더욱이 처녀작에서 발휘한다는 것은 그가 천부적인 희곡 작가라는 사실을 증명하는 일이다.

그후 실러는 만하임 극장에서 전속 각본가로 채용되어 당장 호구지책은 생겼으나, 거기서 받는 수입은 보잘것없는 것이어서 경제적인 고통은 별로 해결되지 못하였다. 한편 창작에 있어서는 활발한 활동을 계속할 수 있었으며 이미 탈출전에 착수하였던 ≪피에스코의 반란≫이 발표되어 만하임 극장에서 상연되었다. 1883년, 실러 24세 때이다. 곧이어서 다음 해는 명작의 희곡 ≪계교와 사랑(Kbale und Liebe)≫(1

784)이 발표되었는데 그 희곡의 무대효과는 처녀작 ≪군도≫를 오히려 능가할 만큼 대단한 것이었다. 여기서는 지위가 높은 어느 귀족의 아들 페르디난트와 시민 계급의 딸 루이제 사이의 계급을 초월하는 청순한 사랑을 테마로 하고 있다. 아버지는 아들에게 정략결혼을 시켜서 자신의 출세를 꾀하려고 하여, 루이제를 노리는 간악한 그의 비서와 짜고 모략을 꾸민다. 이에 아들 페르디난트는 속아서 자기 애인을 독살한다. 나중에야 그 사실을 알고 자신도 자살하며, 그 모략을 꾸민 사람들도 모두 멸망해 버린다는 줄거리이다. 이 작품에서도 실러는 ≪군도≫에서처럼 제재를 당시의 독일에서 취해 귀족정치의 부패와 무기력한 인습에 대한 울분을 터뜨리고 있으며, 신구 두 세대의 대립과 계급의 차별로 희생되는 인간의 사랑을 제시하고 있다. 특히 이 작품에서는 전작에서 볼 수 없었던 작가 자신의 체험이 농후하게 깔려 있을 뿐 아니라, 시대상과 향토색이 뚜렷하게 나타나서 그의 초기의 작품에서는 보기 드문 리얼리티한 특색을 보여 준다.

실러는 그후 만하임 극장과의 계약에 따라 제3의 신작으로 희곡 ≪돈 카를로스(Don Carlos)≫를 무리하게 진행시키는 도중에 발병하여 또다시 극도의 역경에 빠진다. 그때 그는 극장과의 계약마저 해약당하고, 부채에 쪼들리고, 더군다나 그 당시 사모하게 되었던 여성 로테까지 단념할 수밖에 없는 비참한 처지에 이르렀다. 그러나 그는 비장한 결심으로 붓을 꺾지 않고, 잡지 〈타리아(Die Rheinische Thalia)〉(1785)를 발행하기 시작하였다. "나는 어떠한 군주도 섬기지 않

겠다. 지금은 오직 민중이 내가 섬기는 전부이다." 그때 실러
는 26세의 청년이었다. 잡지 〈타리아〉에 게재된 〈도덕적 시
설로서의 연극무대〉(1785)는 레싱 등의 계몽주의 영향을 받
고 있는 실러의 목적론적 연극론으로서 주목할 만한 것이다.
아무튼 그의 만하임 시절은 생활의 위기였던 동시에 하나의
중대한 내적 전환기이기도 하였다. 고대 조각이 진열된 만하
임 미술관 '고대 조각 진열실'에서의 감격은 그리스 예술에
대한 이해를 가져오게 하였다는 점, 그 당시 알게 된 미모의
칼프 대령 부인 샤를로테(Charlotte von Kalb)에 대한 정열을
의지의 힘으로 극복하였다는 점 등은 그가 그때까지 한 줄기
로 뻗어 온 쉬트름 운트 드랑의 분방한 정열을 지향하고 세
련되게 하는 중요한 계기가 되는 것이었다.

　정열과 의욕으로 시작한 잡지 〈타리아〉도 경제적인 난관
으로 내지 못하고, 안팎으로 궁지에 빠진 실러에게 뜻하지
않은 방면에서 구원의 손길이 뻗어 왔다. 그것은 아직 만난
적이 없는 쾨르너(Gottfried Köner)를 비롯한 몇몇 실러의 팬
들이었다. 그는 쾨르너의 권유로 만하임을 떠나 드레스덴에
있는 쾨르너의 집에서 기거하게 되었다. 그곳에서 지낸 우정
과 이해의 즐거운 2년 동안은 실러에게 청년기의 반항과 격
정을 초월하게 하는 반성과 사색의 의의 있는 기간이 되었
다. 그것은 그의 세계관에 전환을 일으킨 시기였기 때문이
다. 드레스덴에서 다시 복간한 잡지 〈타리아〉에 그가 실은
〈철학적 서한〉(1786)에는 자기 자신의 사상의 편력을 회고하
고 앞길을 개척해 나가려는 노력이 완연히 나타나 있다. 세

계를 긍정하고 인류애를 찬미하는 ≪환희의 노래(An die Freude)≫도 그때 쾨르너와의 단란한 생활에서 생겨난 노래였다. 그것은 유명한 베토벤의 〈제9번 심포니〉의 합창곡으로 들어 있는 것이다.

그리고 무엇보다도 실러의 드레스덴 시대에서의 커다란 수확은 ≪돈 카를로스≫의 완성이다. 이 작품은 스페인의 왕실을 무대로 한 역사극으로서, 그 이전의 다른 작품들과는 약간 성격을 달리하는 것이다. 스페인의 왕자 돈 카를로스는 자기의 약혼자를 부왕에게 빼앗기고, 이제는 어머니라고 불러야 할 옛 애인에 대한 연정을 참지 못한 채 고민의 나날을 보낸다. 그러나 그는 친구 포자의 따뜻한 우정과 거룩한 희생정신의 영향으로 드높은 인류애를 깨닫고 내적인 발전을 하여, 진심으로 국민을 위한 시정가가 되려는 비장한 결심을 한다. 그 이전의 실러의 작품 경향을 보면 대체로 개인의 자유를 테마로 하여, 압박에 대한 반항이라든지 악에 대한 파괴적인 돌진 같은 것이 강하게 드러나는데, 여기에서는 보다 높은 이상향을 바라보는 건설적인 의도를 발견할 수 있다. 그것은 다시 말하면 실러가 초기의 경향을 극복하고 휴머니티를 지향하는 새로운 발전을 이룩했음을 의미하는 것이라고 볼 수 있다. 이 작품도 발표되자 즉시 함부르크에서 상연되어 큰 성공을 거두었고, 곧이어 각지에서 상연되었다. 그리하여 실러의 명성은 바야흐로 괴테와 나란히 독일 문단의 쌍벽으로 빛나게 된 것이다. 그후(1787년, 28세 때) 그는 당시의 문예 중심지인 바이마르로 옮겨 갔는데 괴테는 이미 12

년 전에 그곳에 와 있어서 비로소 양대 문호의 교류가 시작
될 수 있는 계기가 마련되었다.

실러는 바이마르에 체류하면서 수많은 공적을 남겼다. 역
사와 철학에 대한 연구, 미학과 문예의 비평, 괴테와의 교류
관계, 그리고 나중에 고전주의 문학으로 이르는 승화과정과
그 완성 등은 높이 평가되는 것이다. 신병으로 46세의 단명
한 일생을 마칠 때까지 그는 피나는 정진과 노력을 계속하여
후세에 많은 작품을 남겼는데, 주요한 작품을 골라 보면 대
략 다음과 같다.

희곡≪군도(Die Räuber)≫(1781), 희곡 ≪피에스코의 반란
(Die Verschwörung des Fiescos zu Genua)≫(1783), 희곡
≪계교와 사랑(Kabale und Liebe)≫(1784), 단편≪범죄자(Ve
rbrecher)≫(1786). 희곡≪돈 카를로스(Don Carlos, Infant v
on Spanien)≫(1787), 시(詩)≪희랍의 여러 신(Die Götter Gri
echenland)≫(1788), 시≪예술가(Die Künstler)≫(1789), 역
사 연구≪30년 전쟁사(Geschichte des Dreissigjährigen Krieg
es)≫(1791), 논문≪미적 교육에 관한 백서(Briefeüber ästhet
hische Eriziehung des Menschen)≫(1794), 논문≪소박문학
과 감상문학(Üburnaive und sentimentarische Dichtung)≫(1
795), 희곡≪발렌시타인(Wallenstein)≫(1799), 희곡≪마리
아 슈트알트(Maria Stuart)≫(1800), 희곡≪올레안의 처녀(D
ie Jungfrau von Orleans)≫(1801), 희곡≪메시나의 신부(Die
Braut von Messina)≫(1803), 희곡≪빌헬름 텔(Wilhelm Tel
l)≫(1804)

 이상 열거한 것 외에도 논문·소품 등이 많으며, 특히 시에 있어서는 그의 유명한 담시(譚詩)를 비롯하여 사상시(思想詩), 풍자시, 비가(悲歌) 등의 작품이 있으며, 그의 최후의 희곡이 되었을 ≪데메트리우스≫는 끝내 미완성으로 남게 되었다.

⊠ 장소와 나오는 사람들

장 소
독일 국내이고, 약 2년간

나오는 사람들
막시밀리암 몰 백작
카를 백작의 아들
프란츠 백작의 아들
아말리아 폰 에델라이히(카를의 애인)
슈피겔베르크
슈바이처
그림
라스만
슈프텔레
롤러
코진스키
슈발츠
헬만 어느 귀족의 사생아
다니엘 몰 백작 집의 하인
모저 목사
도둑단
기타

제 1 막

제 1 장

프랑켄 주(州), 몰 백작 성(城)의 홀.
프란츠, 늙은 몰.

프란츠 아버님, 몸이 편찮으시지는 않으시겠지요?
어쩐지 안색이 퍽 좋지 않아 보이십니다.

늙은 몰 괜찮다, 애야. 넌 나한테 무슨 할 이야기가 있다더
니 무슨 이야기냐?

프란츠 편지가 와 있어요. 라이프치히에 있는 우리의 연락
원한테서 편지가 와서…….

늙은 몰 (반색을 하며) 우리 아들 카를의 소식이란 말이냐?

프란츠 흥, 흥! 그렇죠. 그러나 내가 두려워하는 것은…….
혹시나 아버님께서 몸이 좋지 않으실까 봐……. 정말
아버님은 괜찮으신지요? 네?

늙은 몰 물 속의 생선과 같이 원기 왕성하단다! 내 아들에 관
해서 편지를 써왔더냐? 너는 또 무엇 때문에 그렇게 근
심스러워하니? 내가 두 번씩이나 물어 보지 않았느냐?

프란츠 만약에 아버님이 편찮으시다면, 아니, 조금이라도
몸이 나빠지실 기색이 있기라도 하다면, 그 이야기는
나중에 기회를 보아서 하겠습니다. (혼잣말처럼) 허약한
사람에게 이와 같은 소식을 들려드릴 수야 없지!

늙은 몰 어허! 내 또 무슨 소식을 들으려나?

프란츠   아무튼 잠시 구석으로 가는 저를 용서해 주세요. 형님을 위하여 동정의 눈물을 흘리게 해주세요. 차라리 언제까지나 침묵을 지켜야 할 것 같습니다. 형도 아버님의 아들이니까 말이죠. 저로서는 영원히 그 창피를 감춰 두어야 할 것 같군요. 저의 친형이니까 말이죠. 그러나 아버님 말씀에 복종하는 것이 저의 최초의 슬픈 의무가 되었습니다. 저를 용서해 주세요.

늙은 몰   오, 카를아! 카를아! 네가 하는 행동이 이 아비의 마음을 얼마나 쓰라리게 하는가를 네가 짐작이라도 했으면! 단 한마디의 기쁜 소식이라도 너에게서 오기만 한다면 내 목숨이 10년이나 연장될 것이고, 내가 젊은 청년과 같이 될 것이라는 사실을 네가 알기만 한다면…… 그런데 들려오는 소식은 모두 나를 한 걸음씩 무덤으로 밀어넣는구나.

프란츠   그러시다면 아버님, 안녕히 계세요. 이래서야 우리 모두가 오늘 안으로 아버님의 관 위에서 머리를 쥐어뜯고 통곡을 하게 될지도 모르겠으니까요.

늙은 몰   애야, 잠깐 기다려라! 이제 결국 짧은 한 걸음밖에 안 남았구나. 그애는 제멋대로 하라고 두지! (의자에 앉으면서) 조상님들의 죄업이 3대, 4대의 자손에까지 닥쳐 오나 보다. 제멋대로 하게 내버려 두려무나.

프란츠   (호주머니에서 편지를 꺼낸다) 아버님도 우리의 연락원을 잘 아시고 계시죠! 보십시오! 그자가 거짓말쟁이라든가, 음흉하고 악질적인 사람이라면 제가 당장 저의 오른손 손가락을 잘라 드려도 좋습니다. 잘 들어 보세요, 아버지! 이 편지를 아버님이 직접 읽으시도록 드리지 않는 것을 용서하세요. 아직 모든 것을 알려 드릴 수 없는 형편이에요.

늙은 몰 애야, 남김없이 모두 들려다오. 제발 날 좀 지팡이 짚는 신세에서 벗어나게 해주려무나!

프란츠 (편지를 읽는다) '라이프치히에서 보냄. 5월 초하룻날. 귀하의 형님에 대한 모든 일을 숨김없이 알려 드리겠다는 어김없는 약속을 귀하와의 사이에 맺지만 않았던들, 소생의 죄 없는 이 글이 귀하의 마음을 폭군과 같이 뒤흔들어 놓지는 않았을 것입니다. 이미 귀하에게 받은 수많은 편지로 보아, 이와 같은 소식이 필연코 귀하의 형제에 대한 우애심을 심히 손상시킬 것이라고 추측하는 바입니다. 소생은 벌써 귀하가 그 비열하고 흉악한 형님 때문에' (늙은 몰은 손으로 얼굴을 가린다) 이것 보세요, 아버지! 저는 가장 부드러운 구절만 읽었을 뿐인데요……. '그 흉악한 형님 때문에, 수없이 눈물을 흘리셨을 것입니다.' 아, 흘리고말고. 이 동정 많은 뺨에서 눈물이 줄줄 흘러서 시냇물을 이루었었지. '그리고 소생은 늙으신 당신의 경건한 부친께서도 이 편지를 보시고 사색이 되시는 것을 눈앞에 뵈옵는 것만 같습니다.' 아이구머니나! 아직 아무것도 들으시기 전에 벌써 그리 창백해지시다니!

늙은 몰 더 읽어 보아라! 그 뒤를 읽어 보아라!

프란츠 '사색이 되셔서 의자에 주저앉으시고, 어린 아이에게
서 처음으로 아버지라고 불리던 날을 저주하시는 것을
제 눈앞에 뵈옵는 것만 같습니다. 원래 사람들이 소생
에게 모든 것을 말해 주는 것도 아니려니와, 또한 소생
이 알고 있는 몇몇 가지 일 중에서도 귀하에게 알려 드
리는 것은 그 일부분에 불과한 것입니다. 귀하의 형님
께서는 현재 그 추행의 극단에 도달한 것같이 보이며,
소생의 재주가 귀형의 천재를 멀리 따라가지 못하는 바
이오니, 지금 어느 정도까지 도달한 것인지는 소생으로
서도 알 도리가 없는 바입니다. 어제 한밤중만 하더라
도, 귀형은 큰 마음을 잡수시고 4만 두카텐의 빚을 졌
으며' 하하! 꽤 톡톡한 주머니돈이군요, 아버지! '그 일
에 앞서 이 지방의 어느 부유한 은행가의 따님에게서
정조를 뻬앗고, 그 처녀의 애인인 지위 있고 전도 유망
한 청년을 결투로 부상을 입혀 죽게 한 후, 자기가 불량
배로 끌어들였던 일곱 명의 깡패들과 함께 법망을 뚫고
도망쳤다고 합니다.' 아이구, 아버지! 어쩐 일이세요?

늙은 몰 충분하다, 애야, 이제 그만 읽어라!

프란츠 그럼 아버님 건강을 생각해서……. '따라서 그에게는
체포령이 내리고 피해자들은 복수를 하겠다고 큰소리들
이고, 그의 머리에는 현상금이 붙기까지 하여……. 몰의
가명(家名)이' 아니야, 아니야! 그 다음은 읽지 못하겠
어. 나의 못된 입술이 아버지를 죽이게 해서야 되겠나
말이야! (편지를 갈가리 찢어 버린다) 믿지 마세요, 아버

지! 그 편지는 한마디도 믿지 마시란 말씀이에요!

늙은 몰 (격심하게 운다) 우리의 가명이! 우리의 명예스러운 가명이!

프란츠 (아버지의 목을 껴안으며) 고약한 형님. 정말 고약한 형님이에요. 그러고 보니 생각나는 일이 있어요. 형이 아직 어렸을 적에, 벌써 계집아이들의 꽁무니만을 쫓아다녔고, 거리의 장난꾸러기들과 가난한 악당들을 모두 몰아서 들과 산을 휩쓸고 돌아다녔답니다. 그리고 우리가 집 안에서 조용하게 기도를 드리고 거룩한 설교책을 들여다보면서 수양을 쌓고 있는 동안에도 형은 마치 죄인이 감옥을 싫어하는 것처럼 예배당만 보면 도망을 쳤고, 아버님한테 얻은 푼돈은 한푼이고 두푼이고 닥치는 대로 거지에게 던져 주었습니다. 그리고 또 생각나는 일이 있어요. 형은 도대체 토비아스의 참회하는 이야기 같은 것보다 줄리어스 시저의 이야기라든가, 알렉산더 대왕의 이야기, 또는 그밖의 미개한 이교도의 모험담 같은 것을 더 많이 읽었답니다. 그래서 저는 아버님께 여러 차례 경고를 해드렸던 것입니다. '저러다가 형이 우리를 모두 불행하고 창피하게 만들어 놓을 것입니다.' 하고 말이에요. 물론 저는 형이 미웠던 것이 아니고 형을 사랑했지만, 아버님의 아들인 의무를 저버릴 수가 없었기 때문이었지요. 아, 형이 몰의 성(姓)을 지니고 있지 않았다면 얼마나 좋을까! 나의 마음이 이다지도 형님을 생각하여 따뜻한 것이 오히려 원통하다! 나쁜 사람이라는 것을 알면서, 형님을 사랑하는 이 마음을 나는 어찌할 수가 없다! 나는 그렇기 때문에 언젠가는 하느님의 심판을 받을 거야.

늙은 몰 오, 나의 소원도, 나의 황금 같은 꿈도, 다 부질없는 노릇이었던가!

프란츠 그것은 저도 잘 알겠습니다. 제가 지금 말씀드린 것이 바로 그것이니까요. 아버님은 항상 그렇게 말씀하셨죠. '그 아이의 마음속에서 불타고 있는 열화 같은 정신은 위대한 것, 아름다운 것의 온갖 자극에 대하여 그 아이를 예민하게 만들어 준다. 그리고 그 아이의 영혼을 눈에 반영시켜 주는 그 개방적인 성질이라든지, 다른 사람의 고통을 보고서 눈물을 흘리고 동정에 잠기게 되는 그 부드러운 마음씨라든지, 또는 백년 묵은 참나무의 고목 꼭대기까지 힘차게 기어올라가고 도랑이나 울타리나 격렬한 강물의 흐름도 서슴지 않고 뛰어넘어가는 그 남자다운 용기, 그리고 어린이다운 야심, 한 번 말하면 굽힐 줄 모르는 고집, 그 모든 아름답고 빛나는 미덕은 그 귀염둥이 아이의 마음에 싹터 있어서, 훗날에는 진실한 우정을 아는 친구가 될 것이며, 선량한 시민이 될 것이며, 영웅이 될 것이며, 위대하고 위대한 인물로 발전할 것이다.' 하고 아버님은 말씀하셨지요? 그런데 어찌 되었습니까, 아버지! 그 열화와 같은 정신은 발전하고 넓어지고 훌륭한 열매를 맺었습니다!

보십시오, 그 개방적인 성격은 얼마나 훌륭하게 철면피

가 되어 버렸는지를! 그 보드라운 마음씨는 창녀들의 마음을 사느라고 온 정성이 바쳐졌으며, 기생들의 매력에 대하여 얼마나 예민해졌나요! 또 불과 같은 천재라고 말하시던 것도 보십시오! 6년이라는 짧은 기간 동안에 그 생명의 기름이 깨끗하게 다 타버리고, 이제 단지 살아 있는 시체 모양으로 돌아다닐 뿐이어서, 사람들이 보고는 거리낌없이 말합니다. 이것이 바로 바람둥이의 마지막 신세라고요. 아, 그 대담하고 계획성이 있다던 형의 두뇌가 여러 가지 계획을 생각해 내고 실행하는 것에 비하면, 대 도둑 카를투슈나 하워드가 저지른 큰 업적도 무색할 지경입니다! 더구나 그 훌륭한 싹이 완전히 성숙하였을 때는 어떻겠습니까? 지금 정도의 어린 나이로서는, 아직 완전한 것을 기대할 수 없지 않습니까?

아버지, 이제 얼마 안 있어서 형이 한 부대의 선두에 서서 나타나는 것을 영광스럽게 바라보실 수 있을 겁니다. 그 부대는 신성한 숲 속의 고요한 장소에 자리잡고, 피곤한 행인들의 짐을 반씩 덜어 주는 행동을 할 것입니다. 아마 아버지께서도 생존중에, 형이 하늘과 땅 사이에 건립해 놓은 기념비를 보러 가실 수 있을지도 모르겠습니다. 오, 아버지, 아버지! 아마 아버지도 이름을 바꾸지 않으면 안 되실 겁니다. 그러지 않으면 보잘것없는 장사치라든지 거리의 악당들마저 라이프치히 광장에서 형의 초상화를 보고 와서, 아버님의 얼굴에 손가락질을 할지 누가 압니까?

늙은 몰 너까지도. 프란츠야, 너까지도 나를? 오, 나의 두
아들이 합세하여 나의 심장을 꿰뚫으려고 한단 말이냐?

프란츠 아버지, 아버지도 아시겠지만, 저는 마음 편히 농담
을 할 수 있습니다. 그러나 저의 농담 속에는 뾰족한 바
늘이 들어 있습니다. 그래서 이 재주도 없는 평범한 사
람인 저는 목석 같은 프란츠라고 불려 왔지요. 그 밖에
도 또 여러 가지 별명이 있을 것입니다. 어렸을 때, 형
이 아버님 무릎 위에 올라앉아서 뺨을 꼬집기도 하고
놀고 있을 때, 아버님은 형과 저를 대조하여 참으로 여
러 가지 이름을 붙여 주셨으니까 말이에요. 그와 같은
저는 보잘것없이, 자신의 경계선 안에서 일생을 끝마치
고, 죽어 없어져서 잊혀지고 말겠지요. 한편 무엇이든
못하는 것이 없던 형은 그 명성을 천하에 떨치고, 이 세
상을 한쪽 끝에서 다른쪽 끝까지 날아다닐 것입니다.
하! 이 평범하고 차가운 목석과 같은 프란츠는 결국 그
와 같은 사람이 되지 않았다는 것을 오히려 하늘에 대
고 두 손 모아 감사드리겠어요!

늙은 몰 프란츠야, 나를 용서해 다오. 자기의 계획에 배반
당한 아버지에게 노하지 말아 다오. 카를 때문에 이 늙
은 나를 울게 하신 하느님은 너 프란츠로 인해 그 눈물
을 말리게 해주시겠지.

프란츠 그렇습니다. 아버지, 이 프란츠야말로 아버님의 눈
물을 거두게 해드리겠습니다. 이 프란츠는 생명을 걸고
서라도 아버님의 명을 길게 해드리겠습니다. 아버님의

생명은 신탁(信託)입니다. 제가 어떤 일을 하려 해도, 우선 그 신탁과 상의를 합니다. 아버님의 생명은 거울입니다. 저는 그 거울에 모든 것을 비추어 보겠습니다! 만일 아버님의 존귀한 생명이 위태롭다면, 저는 어떠한 의무라도 파기해 버리는 것을 주저하지 않겠습니다. 아버지, 그것을 믿어 주시겠지요?

늙은 몰 너는 참으로 커다란 의무를 가지고 있다. 프란츠야, 오늘날까지 나를 돌보아 준 너와, 앞으로도 돌보아 줄 너에게 하느님의 축복이 내리기를 바라겠다.

프란츠 그럼 저에게 말씀해 보세요, 아버지. 아버지께서 그 아들을 내 자식이라고 부르지 않으신다면, 행복하게 되시겠습니까?

늙은 몰 그런 말은 마라! 오, 그런 말은 아예 마라! 산파가 그애를 내 앞에 안고 왔을 때, 나는 그애를 하늘로 치켜들고, 나처럼 행복한 사람이 또 있을까 하고 외쳤단다.

프란츠 그런 말씀을 하셨죠. 그러나 어떻습니까? 지금도 과연 그렇게 생각하시나요? 지금에 와서는 아주 비참한 아버님의 소작꾼들까지도 그런 아들의 아버지가 아니라고 다행스러워할 지경이 아닌가요? 그런 형을 자식으로 가지고 계신 이상 아버님의 근심은 그치지 않을 것입니다. 그 근심은 형과 함께 해마다 자라날 것입니다. 그리하여 그 근심은 아버지의 수명을 단축시키고 말 것입니다.

늙은 몰 나는 카를 때문에 80세 노인이 돼버렸구나!

프란츠 자, 그러면…… 어떻겠습니까, 차라리 그 아들을 영영 내쫓아 버리신다면?

늙은 몰 (격분하면서) 프란츠야! 무슨 말을 그 따위로 하느냐?

프란츠 아버님이 그렇게도 고생하시는 것이 결국은 형을 그렇게 사랑하시기 때문이 아니겠습니까? 그 애정이 없다면 아버님에게 그 아들은 있으나 없으나 마찬가지일 것입니다. 그 고약한, 그 죄받을 애정만 없다면, 형은 죽은 것이나 마찬가지입니다. 아주 태어나지 않은 것과 마찬가지지요. 우리를 아들이니 아버지니 하게 만드는 것은 결국 피나 살이 문제가 아니라, 그 마음이 문제인 것입니다. 만일 아버님께서 형을 사랑하지 않으신다면, 그 괴물인 형은 이미 아버님 아들이 아닌 것입니다. 아무리 아버지 육체의 일부로 생겨난 아들일지라도 말씀이에요. 형은 오늘날까지는 정말로 아버님의 귀염둥이였지요. 그러나 성서에도 너 자신의 눈이 나쁘면 그것을 떼어 내라 하고 씌어 있지 않습니까. 두 눈을 가지고 지옥에 가는 것보다는 한쪽 눈만 가지고 천당에 가는 것이 더 좋은 일입니다. 그러니까 부자가 함께 지옥에 떨어지는 것보다, 아이 없이 천당에 가는 쪽이 더 낫지 않겠습니까, 이것은 하느님의 말씀입니다!

늙은 몰 그럼 너는 내 자식을 저주하란 말이냐?

프란츠 천만에요. 그럴 리 있겠어요! 자식을 저주하라고 말씀드리는 것이 아닙니다. 그렇다면 아버님은 자식을 무슨 의미로 말씀하시는 건가요? 아버님이 이 세상에 생명을 부여한 자가 온갖 방법으로 아버님의 생명을 단축하려고 하는데도 자식이라고 부르시겠습니까?

늙은 몰 오, 그것은 너무나 옳은 말이다! 그것은 나에 대한 심판이다. 신께서 그애에게 시켜서 나를 심판하는 것이다!

프란츠 그것 보세요. 아버님의 귀염둥이가 자식으로서 얼마나 심하게 행동했는지 아시겠지요? 형은 어버이의 동정을 거꾸로 이용해서, 아버님의 목을 조르는 것입니다. 아버님을 죽여 없애기 위해서 어버이의 마음을 농락한 것입니다. 아버님이 일단 돌아가시기만 하면, 형은 아버님의 재산을 마음대로 할 수 있습니다. 쓰고 싶은 대로 쓸 수도 있습니다. 둑이 무너지기만 하면, 형의 포악은 흐르는 물처럼 마구 달려갈 것입니다. 형의 입장에 서서 생각해 보십시오. 자기 아버지를 땅 속에 묻어 버리고 싶은 생각이 얼마나 자주 떠올랐겠습니까. 그리고 자기 동생도 땅에 파묻고 싶었을 것입니다. 그 두 사람이 형의 방탕한 생활을 완강하게 방해하니 말입니다. 그것이 사랑에 대한 사랑이겠습니까? 그것이 아버지의 귀여워하심에 대한 아들의 감사이겠습니까? 자기 자신의 일시적인 방탕과 쾌락을 위하여 아버님을 10년 감수하게 가져오게 하다뇨. 7백 년 동안 티끌 하나 없이 전해 내려온 조상님의 명예를 일시적인 탐욕과 바꾸려고 하다뇨. 그런데도 아버님은 그를 자식이라고 부르시겠습니까? 대답을 해보십시오! 그런데도 자식이라고 부르시겠습니까?

늙은 몰 미운 자식! 아! 그렇지만 내 자식이기는 하지! 내 자식이기는 하지!

프란츠 아버지를 없애 버리려고, 오직 그 한 가지만을 연구
하는 참말로 기특하고 귀중한 자식일 테지요. 오, 그것
을 아버지께서 납득하셨으면 좋겠습니다. 눈에 씌운 가
리개가 벗겨졌으면 좋겠습니다. 아버지께서 그렇게 귀
여워만 하시기 때문에 형의 방탕은 점점 더 심해져만
가는 것입니다. 그렇게 역성만 드시니, 점점 더 좋다고
날뛰는 것입니다. 하기야 형의 머리에서 역겨움을 풀어
주시기는 하시겠지만, 반면 아버님의 머리 위에는 영원
한 저주의 처벌이 내릴 것입니다.

늙은 몰 옳다! 네 말이 옳다! 모든 것이, 모든 것이 내 잘
못이다.

프란츠 옛날부터 환락의 술잔에 정신을 잃고 있다가 고민으
로써 다시 본심을 되찾은 사람이 몇천 명이나 되는지
모릅니다. 온갖 방탕에 뒤따르게 되는 육체적인 고통이
바로 하느님 뜻의 징조가 아니겠습니까? 그런데 인간이
그 뜻을 참혹한 애정으로만 대하여 잘못 인도한다면 되
겠습니까? 아버지로서 자기에게 맡겨진 자식을 영원히
멸망하게 놓아 둬도 좋겠습니까? 생각해 보십시오, 아
버지. 만일 아버지께서 잠시 동안 형을 고난 속에 내버
려 두시면, 어쩌면 형도 마음을 바로잡고 진실하게 될
지도 모르지 않습니까? 혹은 그 고난의 커다란 학교 속
에서 여전히 불량배로 남아 있을지도 모릅니다. 하지만
그때에는 보다 높은 신의 지혜를 어리석은 자애심(子愛

心)으로써 모독한 아버지에게 마땅히 화가 내릴 것입니
다! 그렇지 않습니까, 아버지?

늙은 몰 내가 그애에게 편지를 쓰겠다. 그리고 그애를 돌보
아 주지 않겠다고 말하겠다.

프란츠 그렇게 하시는 것이 옳고 현명한 일입니다.

늙은 몰 그리고 그애에게 다시는 내 눈앞에 나서지 말라고
하겠다.

프란츠 그렇게 하시는 것이 좋은 효과를 가져올 것입니다.

늙은 몰 (애정 어린 목소리로) 그애에게 마음을 바꾸어 먹을
때까지는 나타나지 말라고 하지.

프란츠 좋습니다, 좋습니다. 그러나 만일 형이 가면을 쓰고
나타나서 아버지께 눈물을 흘리며 동정을 바란다든지,
입으로만 달콤하게 말하여 용서를 얻고 그 다음날에는
벌써 어느 비천한 기생의 팔에 안겨서 아버지의 마음
약하심을 비웃는다든지 하면 어떡하시겠습니까? 안 됩
니다. 아버지! 형은 양심의 거리낌만 없게 되면, 스스로
라도 돌아올 것입니다.

늙은 몰 그럼 지금 당장 카를에게 편지를 해야겠다.

프란츠 가만히 계세요. 한마디만 더 말씀드릴 것이 있습니
다. 아버지, 저는 두렵습니다. 아버지께서 너무 역정을
내셔서 편지의 구절마저 너무 심하게 쓰신다면, 형도 가
슴이 찢어지는 듯할 것이 아닙니까? 그리고 또한, 지금
아버지께서 손수 편지를 쓰신다면, 형도 벌써 아버지가
용서해 주신 것으로 생각하지 않을까요? 그러니까 차라

리 편지 쓰는 일을 저에게 맡겨 주시는 것이 좋겠어요.

늙은 몰 그럼 그렇게 하려무나, 프란츠야. 아! 내가 편지를
쓰더라도 괴로운 마음은 오히려 더 참지 못할 것이다.
네가 대신 쓰려무나.

프란츠 (재빨리) 그럼, 제가 써도 되겠지요?

늙은 몰 내가 피의 눈물을 한없이 흘리고, 밤마다 잠을 이
루지 못하며 세월을 보내고 있다고 써 보내라. 그러나
내 아들을 절대로 절망 하지는 말도록 해라!

프란츠 그럼, 아버지, 자리에 누우세요. 너무 근심을 하셔
서 몸에 해로우시겠어요.

늙은 몰 그리고 또 이렇게 써보내거라. 아버지의 가슴이…….
(말을 하려 하다가) 너에게 부탁하니, 그애가 자포자기하
지 않도록 써보내라. (슬프게 자리를 떠난다)

프란츠 (웃으면서 아버지를 바라보며) 걱정 마십시오, 그 아들을
다시는 가슴에 껴안을 일이 없을 테니까요. 그 아들이 아
버지의 품으로 돌아오는 길은 천당과 지옥이 막혀 있는
것처럼 단단히 막혀 있으니까. 형은 벌써 아버지의 품에
서는 영원히 벗어난 사람이니, 아무리 끌어당기려 해도
되지 않는 일이지요. 아무리 강철같이 단결돼 있어도 아
버지의 마음에서 아들 하나쯤 몰아 내는 일을 못 한다면
야, 나도 어지간히 우둔한 놈이라고 하겠지. 하지만 나는
벌써 아버지 주위에 저주의 마술로써 원을 그려 놓았으
니까, 형이 그것을 도저히 뛰어넘어 들어오지는 못할 거
야. 행운이여, 이 프란츠에게로! 귀염둥이 아들은 이제

완전히 없어진 셈이고, 숲속에도 밝은 빛이 비쳐든단 말
이지. 아무튼 이 편지는 완전히 없애 버려야겠군. 혹시
내 자신이 쓴 이 편지의 필적을 들킬지도 모르니까 말이
야. (그는 찢어진 편지의 조각조각을 모두 모아서 집는다)
근심 걱정이 쌓여서 저 늙은 아버지도 곧 고꾸라지겠지.
그 다음에는 그 계집의 마음에서도 형을 완전히 몰아내
줘야겠어. 그년이 아무리 생명을 걸고 반해 있다 할지
라도 말이야. 대체로 나는 자연에 대하여 크게 화를 낼
권리를 가지고 있다고 생각하지. 내 명예를 걸어서라도
그것을 유효하게 한 번 써먹어야겠어. 첫째로, 무엇 때
문에 내가 어머니의 뱃속에서 제일 먼저 기어나오지 않
았단 말인가? 또는 무엇 때문에 내가 외아들로 태어나
지 않았단 말인가? 그리고 왜 자연은 나에게 이렇게 보
기 싫은 얼굴을 뒤집어씌워 주었단 말인가? 바로 다른
사람 아닌 나에게. 마치 자연이 내가 태어날 때 찌꺼기
를 갖다 붙여 놓은 것으로밖에 생각할 수 없지 않은가!
무엇 때문에 하필이면 나에게 납작코를 만들어 주었는
가? 하필이면 검둥이와 같은 입, 이 후텐토텐과 같은
딱부리눈. 마치 자연이 각양각색의 인종에서 가장 추악
한 점만 모아 그것을 뭉쳐 반죽을 해서 나라는 인간을
구워 놓은 것 같단 말이야. 제기랄, 망할 놈의 것! 자연
은 대체 어느 놈에게는 좋은 것을 주고, 나에게는 하나
도 주지 않는 권리를 누구한테서 받았단 말인가? 인간
이 태어나기도 전에 자연에게 가서 교제를 할 수도 없

는 노릇이고, 또는 자기가 생기기도 전에 자연을 모욕할 수도 없는 일인데 말이야. 무엇 때문에 그놈은 그렇게도 불공평한 일을 하는지 모르겠어.

아니지, 아니지! 그렇게 말하면 내가 자연에 대해서 너무하는 것이 되지. 자연은 우리에게 발명의 꾀를 부여하여 주었으니까. 이 커다란 세계라는 바닷가에 우리를 발가벗겨서 비참하게 내동댕이쳐 놓고는 헤엄칠 줄 아는 자는 헤엄을 쳐라, 재주가 없는 놈은 가라앉아 버려라, 하고 말한 것이나 마찬가지야. 자연이 나에게 아무것도 부여하지 않았으니까, 내가 어떠한 물건으로 자신을 만들어 나가든, 그것은 내 마음대로겠고, 따라서 누구나 가장 위대한 자가 되든, 가장 보잘것없는 자가 되든, 그 권리는 똑같단 말이야. 요구는 요구에게, 충동은 충동에게, 힘은 힘에게 부딪쳐서 분쇄하는 것이지. 그리하여 권리는 강한 자의 것이 되는 거야. 우리 힘의 한계는, 즉 우리의 법규란 말이야.

하기야 이 세상에는 사회의 맥박을 통하게 하기 위해서 정해 놓은 일정한 공통적인 계약이라는 것이 있지. 그것이 바로 명예로운 이름이라는 거야! 정말이지 그것은 사용하는 법만 잘 알면, 잘 써먹을 수 있는 밑천이 되는걸. 그리고 그 다음에는 양심이라는 물건이지. 그것도 상당히 써먹을 만한 허수아비야. 앵두나무에서 참새를 쫓는 데는 안성맞춤이란 말이지. 그것도 잘 씌어진 약속어음으로서, 파산한 사람을 궁지에서 구원할 수 있는 물건이란 말이야.

　정말이지 어리석은 자를 존경하고, 군중을 꼼짝 못하게 할 수 있는 이 세상은 참으로 약삭빠른 자가 살기 좋은 제도로 되어 있어. 솔직히 말하면 익살맞은 세상이야! 말하자면 농부들이 아주 꾀를 많이 써서 밭 주위에 울타리를 쳐놓고, 토끼 한 마리도 못 들어간다고, 절대 못 들어간다고 큰소리치는 것을 보는 것과 같지. 그런데 거기에 원님께서 검정 말을 타고 나타나셔서 박차를 가하고, 그 밭 위를 껑충껑충 뛰어다니신단 말이야. 불쌍한 건 토끼뿐이지. 이 세상에 태어나더라도 토끼가 되어서는 안 되겠어. 하기야 원님은 토끼도 필요하다고 하시겠지만!

　그러니까 무엇이든지 힘있게 뛰어넘어가는 것이 제일이야! 아무도 두려워하지 않는다면, 모든 사람의 두려움을 받고 있는 사람과 마찬가지로 강한 사람이 되는 거지. 요즈음 보게 되는 되는 유행이지만, 양복 바지에 장식을 붙여서 바싹 맬 수도 있고 헐렁헐렁하게 맬 수도 있는 자유로운 조절기가 있는데, 우리도 양심을 바로 그처럼 유행으로 만들어 놓아야겠어. 몸이 불어나면 마음껏 너그럽게 넓혀 놓는단 말이야. 이것도 유행이니 어쩔 수 없지. 할말이 있거든 양복점에나 가서 항의하게! 나도 소위 말하는 혈육의 애정이라는 말을 한두 번 들은 것은 아니야. 그것은 진정한 가정적인 인간의 머리로는 골치 아픈 일이지. 이것이 나의 형제라고 하는 말

은 번역하면 이것이 너와 같은 가마솥에서 구워 낸 것
이라는 이야기밖에 더 되겠어? 그러니까 그가 너에게
신성하다고 말한단 말이지? 그 어리석은 결론을 잘 생
각해 보란 말이야. 육체가 가까이 있으니까 정신이 잘
조화된다든지, 같은 고향 태생이니까 마음도 같다든지,
먹는 음식이 같으니까 그 경향도 일치할 것이라든지,
하는 참으로 우습기 짝이 없는 결론이 되는 것이지.
그리고 또 더 나아가서 이것이 너의 아버지다, 너에게
생명을 부여한 것은 이 아버지니까 너는 그의 혈육이다,
따라서 그는 신성하다고 사람들은 말한단 말이야. 역시
마찬가지로 교활한 결론이지. 그렇게 말한다면 나도 물
어 보고 싶은 것이 있어. 무엇 때문에 그가 나를 만들었
는가? 물론 내가 귀여워서 만든 것은 아니겠지. 이제
겨우 하나의 인간이 되는 참이니까, 아무리 아버지라도
나를 만들기 전에 나를 알고 있었을 리 없어. 그리고 물
론 나를 어떠어떠하게 만들어 놓으려고 생각하지도 않
았을 거란 말이야. 나를 만들면서 내가 필요하다고 생
각했을까? 내가 어떠한 사람이 될 것을 알고 있었을까?
내가 결코 아버지에게 만들어 달라고 요청하지는 않았
을 거야. 그랬더라면 나를 이렇게 만들어 놓은 데 대해
벌을 주고 싶을 테니까! 나를 남자로 태어나게 하였다
고 해서 아버지에게 감사할 필요가 있겠을까? 그것은
나를 여자로 만들었다고 해서 불평도 할 수 없는 일이
니 감사할 필요도 없는 거야. 애정이라는 것도 나 자신

에 대해서 보내 온 것이 아닐 테니 내가 감사히 느낄 필요도 없고 말이야. 나 자신이 전제가 되어서 비로소 성립될 수 있는 나에 대하여 애정 같은 것이 미리 존재할 수 있었겠는가 말이다.

대체 어디에 신성한 것이 있단 말인가? 나를 만들어 놓은 그 행위 따위에라도 있단 말인가? 동물의 본능을 만족시키는 금수와 같은 행위보다 무엇이 조금이라도 더 나았었다고 하겠는가! 그렇지 않으면 그 행동의 결과가 무슨 신성한 점이 있었단 말인가! 그것은 냉혹한 필연성 이외의 아무것도 아니지. 피와 살로써만 생기는 것이 아니었다면 누구나 그 따위 것은 싫다고 도망쳤을 것이다. 아버지가 나를 사랑한다고 해서, 다만 그 이유만으로 내가 아버지에게 친절한 말을 건네야만 한단 말인가? 그것은 그의 허영심이지. 예술가가 자기의 작품을 아무리 못된 작품이라도 아끼고 좋아하는 것이나 마찬가지가 아니겠어? 그러니까 보다시피 우리의 두려움을 악용해서 쓸데없이 신성한 안개 속에 가려 두는 요술은 다 그러그러한 것이리라. 내가 어린 아이처럼 그 따위 장난에 속아서 걸음마를 할 사람은 아니거든.

그러니까 용기를 내서 일을 시작해야겠단 말이야! 내가 승리자가 되려는 것을 방해하는 놈은 누구나 뿌리를 뽑아 놓겠어! 내가 애교로써 획득하지 못한 것을 힘으로써 강탈하기 위하여, 나는 무슨 수단을 써서라도 승리자가 되겠단 말이야. (퇴장)

제 2 장

샤크센의 국경에 있는 주막.
카를 폰몰은 열심히 책을 읽고 있다. 슈피겔베르크는 식탁에 앉아
서 술을 마시고 있다.

카 를 (책을 옆에 놓으면서) 이렇게 플루타르크의 영웅전을 읽
고 있으면, 요새처럼 얼치기 작가들이 판을 치는 세상
이 구역질 나서 못 견디겠어.

슈피겔베르크 (카를의 앞에 술잔을 놓고 자기도 마시면서) 희랍의
역사가 요제프의 책도 읽는 것이 좋다네.

카 를 하늘에서 불을 훔쳐 내온 프로메테우스의 불꽃은 다
타버리고 말았다! 그 대신 인간들은 요즈음 석송(石松)
가루의 불을 사용하고 있지. 무대에서 쓰는 가짜 불 말
이야. 그것은 담뱃불도 붙이지 못하는 물건이니까, 그들
은 헤라클레스의 막대기에 있는 생쥐들처럼 이리저리
기어다니며 그 불알의 내용이 어떠한 것인가를, 머리를
짜서 연구하고 있단 말이야. 알렉산더는 겹쟁이였다고
강의하는 프랑스의 승려가 있는가 하면, 폐병에 걸린
대학 교수가 한마디의 말을 할 때마다 암모니아 흥분제
를 코에 갖다 대며 '힘'에 대하여 강의를 하고 있는 형편
이야. 어린 아이를 만들 때마다 기절할 지경인 작자들
이 한니발의 전술에 대해서 비평하고, 머리에 피도 안

마른 건방진 것들이 번역을 한답시고 칸네 전쟁 기록의
구절을 캐내는가 하면, 스키피오의 승리에 대해서 눈물
을 흘린단 말이야.

슈피겔베르크 이건 또 아주 굉장히 유식한 한탄인데!

카 를 너희들이 싸움터에서 흘린 땀방울 덕분에 지금은 고
등학교에서 그 명맥을 간신히 잇고 있으며, 너희들의
불멸의 명성은 책 제본의 가죽 끈에 억지로 이끌려 가
는 형편이다. 너희들이 흘린 피의 값진 대가는 이제 소
매상인들의 사탕과자를 싸는 종이로 변하였고, 그렇지
않으면 기껏해야 프랑스의 비극작가들에게 멋있게 이용
되어 철사에 이끌려 춤을 추는 정도일 것이다. 하하하!

슈피겔베르크 (한잔 마시며) 글쎄, 제발 부탁이니 요제프를
읽어 보라니까!

카 를 아이, 진저리가 난다. 이 축 늘어진 거세된 세기야말
로 아무 가치가 없는 시대인 것 같다. 지나간 시대의 업
적을 되씹기나 하고, 옛날 옛적의 영웅에게 주석을 붙
이기나 하며, 그것을 비극으로 꾸며서 엉망진창을 만들
따름이니까 말이다. 허리의 힘이 탈진해 버려 이제는
맥주의 힘이 아니면 인간의 번식조차 할 힘이 없는 시
대가 되었으니까 말이다.

슈피겔베르크 여보게, 맥주가 아니야. 그건 차야. 차란 말
이야!

카 를 그뿐 아니라 건강한 천성마저 쓸데없는 옛날의 인습
으로 방해받아서, 남의 건강을 축하하지 않고는 한잔의

술도 못 마시는 줄로 알고 있어. 구두닦이한테까지도 굽실굽실 머리를 숙이며, 높은 양반에게 말씀을 잘해 달라고 꾀를 부리고, 아무 힘이 없는 사람에게는 불쌍한 것도 모르고 마구 학대를 한단 말이야. 점심 한 끼 얻어먹고 설설 기는가 하면, 경매에서 이부자리 한 장 더 차지하였다고 서로들 독살까지 하려 드는 판이란 말이야. 교회에 부지런히 다니지 않는 사두세이 사람을 욕하고는, 자기는 제단 앞에서 돈 이자를 계산하고 있다니. 목사 앞에서 다 떨어진 누더기를 펼쳐 보이기 위하여 무릎을 꿇고, 목사의 얼굴을 바라보는 것은 그가 머리를 어떻게 깎았는가 그 모양을 보기 위해서야. 거위 한 마리가 피 흘리는 것을 보고도 기절을 할 지경인 사람들이 자기의 경쟁자가 파산을 당하여 거래소를 나가는 꼴을 보고는 손뼉을 치고 좋아하기도 하지. 제발 하루만 부탁한다고 손을 꽉 쥐어 주어도……. 그게 무슨 소용이랴! 개 돼지와 더불어 갈 대로 가라! 하는 판이야. 간청을 하든, 맹세를 하든, 눈물을 흘리든 (발로 땅을 구르면서) 제기랄, 망할 놈의 세상!

슈피겔베르크 그것도 그저 천냥, 이천냥에. 비린내 나는 돈 때문이지.

카 를 정말이지 나는 그런 것을 생각하기도 싫어. 내가 이 몸에 코르셋을 잡아매고, 나의 의지를 법률로 얽매게 한단 말이야. 법률이라는 것은 독수리와 같이, 날 수 있는 물건을 옥박질러서 달팽이처럼 기어가게 하는 것이야. 법률이 여지껏 위대한 사람을 만든 적이 있었던가? 그러나 자유는 역사상의 위인 호걸을 부화해 냈다. 그런 자들은 폭군의 뱃속 창자 속에 자리를 잡고, 그 비위에 뜻을 맞추느라고 아첨을 하고, 그 사이에 끼여 산단 말이야. 아! 독일을 구출한 영웅 헤르만의 정신은 아직도 재 속에서 이글거리고 있지 않은가! 나를, 나 같은 놈들이 모인 한 무리의 앞장을 서게 해다오! 그러면 독일에서 하나의 공화국을 만들어 놓아 보이겠다! 로마 제국이나 스파르타까지도 그 앞에서는 무색한 것으로 해놓겠다! 그는……. (단검을 책상 위에 던지고 일어선다)

슈피겔베르크 (벌떡 뛰어 일어서며) 찬성이다! 대 찬성이다! 바로 내가 생각한 것을 맞춰 주었다. 카를이여, 그 생각은 내가 전부터 품고 있던 생각이며, 자네야말로 거기에 적합한 사나이다. 한잔 마셔라, 형제여. 한잔 마셔라! 우리들이 유태인의 연맹을 결성하여 이 왕국을 다시 한 번 이룩해 보면 어떻겠는가?

카 를 (마음껏 웃으면서) 오라, 이제 알았구나. 이제야 알았다. 자네는 외과에서 포경수술을 하였기 때문에, 모두들 자기와 같이 그것을 유행시키려고 하는 건가 보지.

슈피겔베르크 무슨 뚱딴지 같은 소리를 하고 있어, 이 곰털 같은 사람아. 나는 벌써 예전에 그런 포피는 수술하여 버렸다네. 그러나, 그것은 아주 재미나는 좋은 계획이군. 우선 각 지방으로 격문을 보내고, 돼지고기를 먹지 않는 놈들을 모두 팔레스티나로 집합시킨단 말이야. 그

리고 내가 적당한 서류를 사용하여, 예전의 사분령태수
(四分領太守) 헤로데스는 나의 조상이었다고 증명한단 말
이지. 그렇게 저렇게 해서 그들이 일어나, 또 한 번 예
루살렘이 예전처럼 부흥하면 대성공이란 말이야. 그리
고 재빨리 터키 사람들을 거기서 내쫓아 버리고, 그 기
분이 식기 전에 레바논에서 삭나무를 벌채하여 그것으
로 배를 만들고, 그 다음에 예전 장식품들을 갖다가 전
국민에게 팔아서, 크게 한몫 본단 말씀이야. 그러는 동
안에…….

카 를 (미소를 띄면서 그의 손을 잡는다) 여보게, 그런 어리석은
장난은 이제 그만 하지.

슈피겔베르크 (당황하며) 뭐라고? 자네는 설마 성서에 있는
잃어버린 자식의 행실을 하려는 것은 아니겠지? 세 사
람의 서기가 윤년의 일 년 동안 문서를 작성한 것보다
더 많은 수효의 얼굴을 칼로 생채기를 낸 자네가 아니
던가. 그렇지 않으면 그 커다란 개의 시체를 이야기해
야 알겠는가? 그때의 자네 자신의 모습을 내 눈앞에 떠
오르게 하여 보여 주어야겠는가? 그러면 자네의 맥박
속에도 그때의 불꽃이 타오르겠지. 그렇게라도 하지 않
으면 글쎄, 자네는 도무지 감격할 줄 모른단 말이야?
알겠나, 시의회의 의원 나리들이 자네가 가지고 있는
개의 발목에 총을 쏘게 한 적이 있었잖아. 그래서 자네
가 그 보복으로 전 시민에게 육식을 금한다는 명령을
내렸던 것 말이야. 사람들은 모두 그 명령을 비웃었지.

그러나 자네도 어물어물하지는 않았어. L시(市) 전체의
고기라는 고기는 모두 사들였단 말이야. 여덟 시간 후
에는 근처 어디를 가나 뼈다귀 하나 살 수 없었고, 생선
의 가격이 마구 뛰어올랐어. 시의회의 나리들은 그 복
수를 이리저리 생각하고 있었는데, 우리 쪽에서는 젊은
놈들만 천칠백 명이 뛰어나가서, 자네가 그 선두에 서
게 되었지. 그리고 그 뒤에는 고깃간, 양복점, 소매상
인, 요리인들이 뒤따랐고, 심지어 이발사, 동업조합원들
까지 쫓아나와서, 젊은 놈에게 머리카락 하나 건드리더
라도 온 시내를 뒤집어 놓겠다고 큰소리들을 쳤단 말이
야. 그러나 마치 호른베르크의 사격처럼 상대편이 대항
하지 않아서, 결국 쑥스럽게 돌아오고 말았지. 그 다음
에 자네는 의사를 불러다가, 마치 의사들의 대회라도
하는 것처럼 잔뜩 모여든 그들에게, 3두카텐을 내놓고
누가 그 개에 대하여 진단서를 쓸 사람이 있는냐고 물
어 보았어. 그리고 의사들이란 체면을 지키는 사람들이
니 모두 안 쓰겠다고 할까 봐 근심하고, 그렇게 되면 강
제로라도 쓰게 하려고 준비하였으나 그럴 필요도 없었
어. 선생님들이 서로 앞을 다투어서 3두카텐을 달라고
했기 때문에 나중에는 3바젠까지 가격이 떨어지고 말았
으니까 말이야. 한 시간 안에 진단서는 열두 통이나 작
성되었지만, 그 개는 그후 얼마 안 있어서 죽고 말았지.

카 를 고약한 놈들이었어, 정말.

슈피겔베르크 그 다음에는 개의 장례식이 화려하게 진행되

었으며, 개를 애도하는 시(詩)들이 그 주위에 산을 이루었고, 그날 밤에는 우리들 천여 명이 한 손에 등불을 들고, 오른손에 단검을 잡고 종을 울리며 시내를 뚱땅거리고 행진한 다음에, 개의 시체가 매장되었지. 그러고 나서 그 다음에 잔치를 베풀었잖아. 잔치는 날이 샐 무렵까지 계속되었고, 자네가 여러 선생님들을 향하여 그 애도의 뜻에 감사한다고, 고기를 반 값으로 팔아 주었단 말이야. 맹세하건대, 그때 우리는 자네에게 존경의 마음을 품었다네. 마치 함락된 성 안의 수비병과 같이 말일세.

카 를 그런 이야기를 소리 높이 떠들어대고 자랑하는 게 자네는 부끄럽지도 않은가? 그런 장난을 부끄러워할 만한 수치심조차 자네는 가지고 있지 않단 말인가?

슈피겔베르크 그만둬, 그만둬! 자네는 벌써 예전의 카를 몰이 아닌 모양이야. '한 손에 술병을 들고 구두쇠 늙은이를 비웃으며, 마음대로 돈을 긁어 모으라지. 나는 그 대신에 목구멍이 찢어지게 술을 마실 테니. 하고 기염을 토한 것이 몇 번인지 수도 없었지. 아직도 기억은 하고 있겠지? 그렇지 않아? 기억을 하고 있느냔 말이야, 이 말할 수 없는 지독한 허풍쟁이야! 그렇게 사내답게 훌륭한 말을 했었잖아, 그런데 지금……

카 를 그 따위 이야기를 생각나게 하다니, 자네도 고약한 사람일세. 내가 그런 말을 어째서 했던가. 다만 술기운에 그렇게 하였던 거지. 내 혀가 그 따위 자랑을 하고 있었던 것을, 정말이지 내 마음이 진실로 듣고 있지는 않았을 거야.

슈피겔베르크 (머리를 휘저으며) 아니야, 아니야! 그럴 수가 없어. 그것은 불가능한 일일세. 형제여, 자네가 설마 진실로 그렇게 말하는 것은 아니겠지. 여보게, 말을 해보게. 자네가 그런 말투를 하게 된 것은 요사이 돈이 떨어져서 그러는 게 아닌가 말이야? 내가 그전에 어릴 때의 이야기를 할 테니, 들어 보게. 우리 집 가까이에는 도랑이 있었다네. 아마 폭이 적어도 여덟 자는 되었을 거야. 거기서 장난꾸러기 아이들인 우리들은 뛰어넘기 내기를 하였지. 그러나 아무리 해도 그것을 넘지는 못하였어. 풍덩 하고 떨어지고 마는 거야. 그리고 머리 위에서는 서로들 웃고 까불고, 게다가 눈을 뭉쳐서 내리치기도 했다네. 그런데 우리 집 근처에는 사냥개가 한 마리 매여 있었어. 지독하게 사람을 무는 놈이어서, 처녀들이 그 곁을 지나기만 하면 번개처럼 달려들어 옷자락을 잡아뜯었다네. 나는 그전부터 그놈을 보기만 하면 재미삼아 놀려 주곤 했지. 그놈이 나를 노려보면서 틈만 있으면 달려들려는 그 꼴이 어찌나 우스웠던지 말이야. 그런데 어떤 일이 일어났는 줄 아나? 어느 날 내가 또 그 개를 가지고 장난을 하며 돌멩이로 그놈의 늑골을 지독하게 때려 주었지. 그러자 그놈이 너무나 화가 나서 쇠사슬을 끊고 나에게 달려들었다네. 그래서 나는 걸음아 날 살려라, 하고 도망을 쳤는데……. 나무아미타불! 눈앞에 가로놓여 있는 것이 바로 그 도랑이었단 말일세. 이것을 어찌할 것인가? 그 개는 내 뒤에 바싹 달려들어 날뛰는 판이고. 예라, 모르겠다. 한 번 재주껏 뛰어 보았더니, 건너편에 와 있지 않겠나! 그렇게 도약을 하였기 때문에 내 명이 온전할 수 있었지. 그때 어물어물하고 있었더라면 그놈의 개에게 물려 엉망진창이 되었을 것이네.

카 를 그런데 그 이야기가 지금 무슨 상관이 있단 말이야?

슈피겔베르크 글쎄, 그것이 문제지. 궁지에 빠지면 힘이 저절로 솟아난다는 것을 자네에게 알려 주고 싶단 말일세. 그러니까 나는 지극히 곤란한 지경에 부닥쳐도 용기를 잃지 않는다네. 용기는 위험과 함께 자라나는 것이니까. 힘은 곤경에 빠지면 솟아오르는 것이고 말이야. 운명이 나의 갈 길을 가로막는다면, 그것은 나를 위대한 인물을 만들어 주려는 거야.

카 를 (불쾌한 듯이) 이 이상 무엇 때문에 내게 용기가 필요하단 말이지? 지금까지도 용기는 충분히 가지고 있지 않았나?

슈피겔베르크 글쎄, 그런가? 그렇다면 자네는 하늘이 부여해 주신 것을 썩이고 말 작정인가? 자기의 보물을 땅 속에 파묻어 둔단 말인가? 자네는 라이프치히에서의 싸움이 인간 지혜의 극단이었다고 생각한단 말인가? 자, 우리 한번 넓은 세상에 나가 보세나. 파리로, 또는 런던으로! 그런 곳에 가서 섣불리 진실한 인간으로서 인사를 한다면, 뺨이나 얻어 맞기 알맞을 것일세. 그런 곳에서 한번 일을 크게 벌여 보는 것도 통쾌한 일이 아니겠나. 자네 같으면 입을 딱 벌리고 눈만 껌뻑껌뻑할 테지. 잠깐 기다리게, 우선 남의 필적을 위조한다든가 노름판을 속여먹는다든가, 자물쇠를 부수고 트렁크 속을 끄집어 낸다든가 하는 재주를 자네에게 가르쳐 줄 사람은 바로 여기 있는 슈피겔 선생일세. 올바른 손가락을 가지고도 배를 쪼록쪼록 주리고 있는 겁쟁이는 두말 말고 그 근처에 있는 교수대에 걸려 죽어 버리는 것이 나을 거야.

카 를 (마음에 끌려 하지 않으면서) 뭐라고? 자네는 그런 짓을 벌써 많이 해보았단 말인가?

슈피겔베르크 자네는 아무래도 내 말을 믿지 않는 모양이군. 잠시 기다려 보게. 내가 조금만 실력을 발휘하여 굉장한 것을 보여 주겠네. 만일 지금 진통하고 있는 나의 지혜가 해산하기만 하면, 자네 머릿속의 뇌 전체가 들끓을 걸세. (일어서면서 열렬하게) 야, 이제 알았다! 나의 영혼 속에는 위대한 생각이 싹터 올라왔다! 나의 창조적인 머릿속에서는 위대한 계획이 끓어오르고 있다. 여지껏 잠자고 있던 것이 아깝기만 하구나. (자기 이마를 치면서) 이것이 바로 지금까지 나의 힘을 얽매고 나의 눈을 감겨 놓았던 것이다. 나는 지금 잠이 깨었다. 내가 누구인가를, 내가 어떤 사람이 되어야 하는가를 이제야 느낀다.

카 를 이 어리석은 사람아, 포도주가 자네의 머릿속에서 그
럴 듯한 소리를 지껄여대게 하는 것이야.

슈피겔베르크 (점점 더 격렬하게) 슈피겔베르크야, 너는 요술
을 부릴 줄 아는 모양이구나, 하고 사람들이 나에게 말
하게 될 걸세. 슈피겔베르크여, 자네가 장군이 되지 않
은 것은 참으로 섭섭한 일일세, 하고 왕이 나에게 말할
거야. 자네가 대장이었다면 오스트리아 군대 같은 것은
단추구멍 하나로 몰아 냈을 텐데, 하고 말이야. 또 의사
들은 내가 의학을 공부하지 않은 것은 무책임한 일이라
고, 내가 틀림없이 갑상선에 대한 신약을 발명하였을
거라고 말할 거란 말이야. 또한 슐리의 제자들은 내가
재정학을 전공하지 않은 것을 한탄하고, 내 재주로는
돌로써도 금화를 만들어 낼 수 있었을 거라고 말한단
말일세. 그리하여 슈피겔베르크는 동쪽에도 서쪽에도
그 이름이 휘날리게 되는 것이지. 슈피겔베르크가 천하
에 날개를 펼치고, 길이 후세에까지 남을 명예의 전당
위를 높이 날아갈 때에, 자네와 같은 겁쟁이와 맹꽁이
들은 그저 진흙탕 속에나 파묻혀 있으라구.

카 를 그럼 그 길을 잘 가게나! 그 수치의 사다리를 명예의
절정까지 올라가 보도록 하게나! 나는 우리 조상님들
숲속의 그늘에서, 나의 아말리아의 품안에서 고상한 만
족이나 발견하고 싶네. 벌써 지난 주일에 나는 아버님
께 편지를 쓰고 용서를 빌었다네. 아무리 조그마한 일
이라도 빼놓지 않고 모두 말씀드리고 숨기지 않았으니,

솔직하고 정당한 곳에는 반드시 동정과 구원이 있을 것일세. 자, 그럼 우리 작별을 하세. 오늘로 우리는 마지막으로 만나고, 앞으로 다시는 만나지 않겠네. 역마차도 도착하였으니, 아버님의 용서도 벌써 이 도시의 성벽 속에 들어 있을 것일세.

　　　슈바이처, 그림, 롤러, 슈프텔레, 라스만 등장한다.

롤 러 우리가 수색당하고 있다는 것을 자네들은 알고 있나?

그 림 언제 체포당할지 모르는 상태에 있는 것을 자네들은 알고 있나?

카 를 별로 놀랍지 않네. 아무려나 될 대로 되라지! 그런데 자네들은 슈발츠를 만나지 못했나? 나에게 편지 전할 것이 있다고 하지 않던가?

롤 러 벌써부터 그가 자네를 찾고 있더군. 아마 그런 일 때문이라고 짐작은 했었네.

카 를 아, 그가 지금 어디 있는가? 어디 있어? 어디 있어?
　　　(서둘러 달려가려고 한다)

롤 러 가만히 있게! 우리는 그자에게 이리로 오라고 말해 두었으니까. 그런데 자네는 왜 몸을 떠는가?

카 를 내가 떨기는 왜 떨어. 떨 까닭이 없잖아. 그런데 여러 동료들이여! 바로 그 편지 말일세. 자네들도 그 편지를 나와 함께 기뻐해 주게! 나는 이 세상에서 가장 행복한 사람일세. 그러니 내가 무엇 때문에 떨겠는가?

　　　　슈발츠가 등장한다.

카 를 (슈발츠를 향하여 달려들 듯이) 형제여! 형제여! 그 편지
　　　를, 그 편지를!

슈발츠 (카를에게 편지를 내준다. 카를은 허둥지둥 뜯어 본다) 왜
　　　그러는가? 왜 그렇게 얼굴이 흙빛이 되었지?

카 를 내 동생 필적이다!

슈발츠 슈피겔베르크는 대체 무엇을 하고 있는 거야?

그 림 저녀석은 미친 것 같아. 무도병이 걸린 것처럼 손짓
　　　발짓을 하고 있단 말이야, 글쎄.

슈프텔레 그놈의 머릿속이 빙글빙글 돌아가는 모양이지?
　　　아마 무슨 시라도 짓고 있는 것 같군.

라스만 여보게, 슈피겔베르크! 슈피겔베르크! 저녀석, 사람
　　　소리도 듣지 못하는군.

그 림 (슈피겔베르크를 마구 흔든다) 이봐, 이봐! 자네는 꿈을
　　　꾸고 있나? 그렇지 않으면?

슈피겔베르크 (아까부터 자꾸만 무슨 계획을 세우는지 구석에서 손
　　　짓을 하고 있더니 갑자기 맹렬한 기세로 벌떡 일어난다) 돈지갑
　　　이냐! 생명이냐! (그러고선 슈바이처의 멱살을 붙잡는다. 슈
　　　바이처는 태연하게 그를 벽으로 내동댕이친다. 카를은 편지를 떨
　　　어뜨리고 밖으로 뛰어나간다. 모두들 벌떡 일어선다)

롤 러 (카를의 뒤를 쫓으면서) 어이, 카를! 어디로 가는 거야?
　　　이것 봐! 무슨 짓을 하려는 거야!

그 림 저 사람이 웬일인가? 어쩐 일이지? 송장처럼 얼굴이

창백해져서…….

슈바이처 틀림없이 곡절이 있는 편지 때문일 거야. 어디 한
번 그 편지나 보세!

롤 러 (방바닥에서 편지를 집어들어 읽는다) '불행하신 형님에
게!' 이거 처음부터 꽤 재미나는데. '간단하게 요점을 말
씀드리면 형님의 희망은 끝내 성취되지 못하였습니다.
아버지의 말씀을 전해 드린다면, 형님은 아무 데로나
그 악행이 인도하는 곳으로 가버리라고 하십니다. 또한
, 아버님의 발 앞에 엎드려서 눈물을 흘리고 용서를 빈
다든지 하는 희망은 일체 내버리라고 말씀하셨습니다.
혹시 아버님의 성 속에 있는 탑의 지하실 감옥에서 물
과 빵으로 연명을 하려면, 그리고 머리는 자라서 독수
리의 날개처럼 되고 손톱 발톱은 맹금의 발톱과 같이
되기를 원한다면, 그렇게 하라고 말씀하십니다. 이상은
아버님 자신의 말씀이며, 이상으로 이 편지를 끝마치라
는 것이 또한 아버님의 명령입니다. 그럼 영원한 작별
인사를 드리며, 한 형제로서 동정해 마지않습니다.— 프
란츠 폰 몰

슈바이처 참으로 귀여운 말씀을 하는 형제로군. 사실이지.
그녀석 이름이 프란츠이지?

슈피겔베르크 (살그머니 다가오면서) 물과 빵이 어쨌단 말이
지? 그것 참 훌륭한 생활일세! 그런데 내가 자네들을
위하여 마련한 곳은 그것과는 좀 다르지. 내가 전에도
말한 적이 있지만, 나는 자네들을 위해 생각을 해봤네.

슈바이처 저 양 대가리 같은 놈은 또 무슨 소리야? 저 당나
귀가 글쎄 우리들 모두를 위하여 생각을 했다잖아.

슈피겔베르크 너희들은 어떤 위대한 행위도 감행할 만한 결
심이 없으니, 모두들 토끼새끼다. 병신이다. 절름발이
강아지다!

롤 러 글쎄? 우리들은 그럴지도 몰라. 자네 말이 맞기는 하
지. 그러나 자네가 감행하겠다고 생각하는 것은 현재
우리들의 상태를 구출해 줄 수 있는 것인가? 자, 그럼
말을 해보게.

슈피겔베르크 (거만한 웃음을 터뜨리면서) 가련한 자여! 이 궁
지에서 벗어나겠다고? 하하하! 이 궁지에서 벗어나겠다
고? 그래, 골무 속에 들어앉을 만한 뇌에서 생각해 낸다
는 것이 그 이상은 없단 말인가? 그리하여 자네는 만족
하고 돌아가겠는가? 슈피겔베르크가 겨우 그 따위 것을
시작하려 한다면, 암캐의 생식기라고 불려도 좋으네. 알
겠나? 나는 자네들을 영웅으로 만들겠단 말일세. 영웅
으로, 귀족으로, 왕후로, 신으로 만들어 주겠단 말이야.

라스만 그렇게 한 번에 여러 가지는 곤란하겠는걸. 그러나
아무튼 그것은 목이 부러질 듯한 일이겠지. 적어도 생
명을 걸기는 해야 할 것 아냐?

슈피겔베르크 뭐, 그저 용기만 있으면 되네. 왜냐하면 지혜
는 전적으로 내가 맡겠으니까. 용기란 말이야! 알겠나,
슈바이처! 용기! 롤러, 그럼, 라스만, 슈프텔레, 잘들
들어 보게! 용기야, 용기!

슈바이처 용기라니? 그것만이라면 문제가 아니지. 나는 맨
　　발로 지옥 속을 걸어다닐 만한 용기를 가지고 있으니까.

슈프텔레 용기는 충분하지. 나는 눈에 보이는 귀신과 함께
　　환한 교수대 밑에서, 이제부터 목매여 죽을 죄인을 가
　　지고 빼앗기 내기를 할 자신이 있으니까.

슈피겔베르크 자네들이 그렇게 용기가 있다면 됐네. 그럼,
　　이제 잃어버릴 물건이 있는 사람은 말해 보게!

슈발츠 정말이야. 우리는 아무것도 가지고 있지 않은 사람
　　이니, 잃어버릴래야 잃어버릴 것이 아무것도 없어. 그렇
　　지만 얻을 것은 얼마든지 있겠지.

라스만 그렇지, 그렇지. 얻을 것은 얼마든지 있는 거야. 잃
　　어버릴 것은 하나도 없으니.

슈프텔레 지금 빌려 입은 이 옷만 잃어버린다면, 그 다음에
　　는 내놓을 것이라곤 한 가지도 없어.

슈피겔베르크 자, 그럼 좋아! (여러 사람 한가운데에서 맹세를
　　하는 듯한 말투로) 우리 독일의 영웅적인 피가 한 방울이
　　라도 혈관을 흐르고 있는 자는 나를 따라오라. 우리는
　　보헤미아의 숲속에 자리를 잡고, 거기서 하나의 도둑단
　　을 조직한다. 그리고……. 자네들은 어째서 그렇게 입을
　　딱 벌리고 나를 쳐다보는 건가? 벌써 자네들의 한 조각
　　용기조차 꺾였단 말인가?

롤 러 높이 솟은 처형대가 눈에 보이지 않았던 악당이 자네
　　가 처음은 아니겠지만, 그러나 지금 우리들로서는 그
　　밖에 뭐 별수가 있겠는가?

슈피겔베르크 별수라니? 무슨 말이야? 이 길밖에는 다른 길이 없는걸! 그렇지 않으면 자네들은 감옥 속에 파묻혀서 최후 심판의 나팔 소리가 들릴 때까지 쭈그리고 있겠단 말인가? 아니, 삽이나 곡괭이를 들고 한 조각의 말라빠진 빵조각을 얻기 위하여 고생고생를 하겠단 말인가, 또는 남의 집 창문 밑에 가서 동정의 노래를 부르며 보잘것없는 동냥을 얻어먹겠단 말인가? 그렇지 않으면 군인이 되어서 군대에 들어가겠는가? 하기야 자네들 같은 얼굴을 그런 데에서마저 채용 해 줄지는 의문이지. 그리고 들어간댔자 꽤 까다로운 병장님의 비위를 맞추느라고 저승의 연옥의 불을 미리 겪어 보게 될걸. 또 그렇지 않으면 북소리에 맞춰서 떠들썩한 악대의 반주 소리와 함께 거리를 걸어다니겠나? 또는 죄인선(罪人船)의 극락에서 대장장이의 쇠붙이를 질질 끌고 돌아다닐 것인가? 모두들 보게. 그 중에서 자네들은 한 가지를 골라야 하네. 자네들 마음대로 고르게 하기 위해서, 이렇게 여러 가지를 내놓은 것일세.

롤 러 슈피겔베르크의 말도 그다지 틀린 말은 아니야. 나도 계획을 여러 가지로 세워 보았지만, 결국 그 결론은 비슷하게 나더군. 나는 이런 것도 생각해 보았어. 자네들이 어디다가 자리를 잡고, 무슨 포켓북이라든지, 연감이라든지 하는 것을 편찬해서 요새 유행하는 것처럼 비평을 하여 푼돈을 모아 보는 것은 어떻겠나 하고.

슈프텔레 귀신이 곡을 하겠네. 자네는 나의 계획을 그대로 맞추었으니 말일세. 나는 혼자서 생각하기를, 우리가 열성 있는 신자가 되어서 주일마다 설교 하러 돌아다니면 어떻겠나 했네.

그 림 맞았다, 맞았어! 그리고 혹시 그것이 되지 않거든, 무신론자가 된단 말이야! 그래서 우리는 네 가지 복음서를 쓴 사람의 뺨을 치고, 불태워 버리고, 그 기세로 막 전진을 한단 말일세.

라스만 그렇지 않으면 우리 한번 매독을 정벌하러 나가 보세. 내가 아는 어느 의사는 순전히 매독 치료의 수은약으로써만 집을 세웠다네. 그 집의 입구에 그와 같이 욕을 써붙여 놓은 것이 있었어.

슈바이처 (일어나서 슈피겔베르크에게 악수를 청하고) 모리스 군, 자네는 위대한 인간일세! 그렇지 않으면 눈먼 돼지가 우연히 아람을 발견한 것일세.

슈발츠 좋은 계획이야! 그럴 듯한 사업이야. 위대한 인간들이 모두 동성을 해줄 거야. 이제 남은 것이라고는 우리가 계집이 되어서 뚜쟁이 노릇을 하는 것밖에는 없겠지. 그렇지 않으면 우리 자신의 정조를 팔아먹든가.

슈피겔베르크 쓸데없는 소리들 말게. 그런 짓은 자네들이 각각 혼자서 할 수 있는 일들 아닌가. 하여간에 내 계획은 자네들을 최고로 높이 추켜 주는 것이네. 그래서 명예와 불멸의 영광을 차지하는 것이지. 좀 생각해 보게, 이 가련한 자들이여! 멀리를 바라보지 않으면 안 된다네. 후세에까지 남길 명예와 불후의 기쁨을 생각해야 해.

롤 러 게다가 선량한 사람들의 명부에서 제일 첫머리에 오른단 말이지! 슈피겔베르크여, 자네는 선량한 인간을 악당으로 만드는 대단한 웅변가일세. 그것은 그렇고, 대체 카를은 어디에 있는 것일까?

슈피겔베르크 자네는 선량한 인간이라고 말하는가? 대체 자네는 앞으로 지금보다도 더 나쁜 인간이 될 수 있다고 생각한단 말인가? 도대체 선량하다는 것은 어떠한 것이지? 돈이 많은 구두쇠로부터 그 근심을 삼분의 일쯤 덜어 주어서 밤에도 잠을 잘 잘 수 있게 해주는 것, 한군데 박혀 있는 돈을 잘 순환시켜 주는 것, 그런 것을 자네는 선량한 인간이 하는 일이라고 부른단 말이지. 그리고 재산의 균형을 부활시켜서, 한마디로 말하면 예전의 황금시대를 다시 이룩하고, 번번이 하느님의 신세를 지는 사람을 처치해 주어서 그에게 전쟁이니, 질병이니, 물가 폭등이니, 심지어 의사니 하는 귀찮은 일을 생략시켜 주는 것을 선량한 사람이 하는 일이라고 나는 말하는 것일세. 그러한 것을 신의 섭리의 손에 있는 귀중한 도구라고 나는 이름짓는 것일세. 그리하여 불고기를 한입 먹을 때마다 그것은 너의 계략과 용맹과 밤의 감시로써 얻은 것이라고 하는 만족감을 맛볼 수 있는 것이지. 그뿐 아니라 온 천하의 존경도 받고.

롤 러 그래서 마지막에는 산 채로 하늘을 날아 폭풍과 비바람을 무릅쓰고, 시간이라는 늙은 할멈의 욕심 많은 배때기도 상관을 안 하고, 태양과 달과 그밖의 모든 항성들의 밑을 날아간단 말이지. 거기에는 천상의 어리석은 새들이 고상한 욕망으로 모여들어서 천상의 콘서트를 연주하면, 꼬리가 긴 천사(까마귀)들이 모여서 신성한 최고회의를 개최한단 말씀이야. 그렇지 않은가? 그래서 황제든 국왕이든 벌레와 좀에 의해서 다 먹힐 무렵에 최고의 신 주피터의 존귀한 새가 방문하여, 그 영접을 명예로 생각한단 말인가? 여보게 슈피겔베르크여, 정신 차리게. 제발 세 발이 달린 괴물(교수대)을 조심하게!

슈피겔베르크 뭐라고? 이 겁쟁이야, 그것이 무섭단 말인가? 세계를 바로잡으려는 여러 천재들이 껍질을 벗기우고 사형당한 일은 얼마든지 있네. 그래도 수백 년, 수천 년 후에까지 사람들이 그 이름을 기억하고 있지. 그 반면 국왕이니 공작이니 하는 사람들은 역사를 쓰는 사람들이 계보도에 구멍이 나는 것을 신경쓰지 않거나, 또는 출판사에서 페이지 수가 초과되어 저자에게 원고료를 지불하지 않으려고 들면, 그대로 역사에서 떼어 팽개쳐 버린단 말일세. 그리고 자네가 바람 속에 매달려서 이리저리 흔들거리고 있는 것을 보면 지나가는 사람들도 저녀석의 머릿속에 물만 들었었지는 않았겠지, 하고 중얼거리고, 이 세상이 고약한 것을 오히려 한탄하고 갈 것일세.

슈바이처 (슈피겔베르크의 어깨를 두드리며) 근사하네. 슈피겔베르크, 근사한 말을 하네! 자네들은 무엇 때문에 거기서서 우물쭈물하는 건가?

슈발츠 그리고 그것이 매음 행위라고 이름 붙일지라도 그까
짓 것은 상관없어. 비상한 경우를 생각해서 가루약 한
봉지만 가지고 있으면 살그머니 지옥의 강을 건너 버리
고, 닭소리가 안 들리는 장소로 건너갈 수 있지 않은가!
여보게, 형제 슈피겔베르크여, 자네의 제안은 훌륭하네.
나의 성서에도 그렇게 씌어 있네.

슈프텔레 그렇고말고. 나의 성서도 역시 마찬가지일세. 슈
피겔베르크여, 자네는 나의 마음을 얻었네.

라스만 자네는 마치 올포이스의 분신 같네. 나의 양심이라
는 거친 맹수를 그 노랫소리로 진정시켜 버렸군. 자, 이
제 나를 마음대로 데려가게.

그 림 si omnes consentiunt ego non dissentio ‘모두
가 찬성을 하면 나도 반대하지 않겠노라.’ 그러나 조심
해서 들어 보게. 콤마가 없는 말일세. 나의 머릿속에서
는 종교가와 풋내기 의사와 비평가와 도둑단이 서로 경
쟁하고 있는 중일세. 그 중에서 가장 가격을 높게 입찰
하는 쪽으로 나의 마음은 기울어지지. 자, 나의 악수를
받게, 슈피겔베르크여.

롤 러 너도 찬성이냐, 슈바이처? (슈피겔베르크에게 오른손을
내민다) 자, 이제 나도 영혼을 악마에게 저당잡혔다.

슈피겔베르크 그 대신 자네 이름은 높이 별이 있는 곳까지
날리게 되네. 그까짓 영혼이야 어디로 날아가든 무슨
상관이야? 먼저 달려간 전달자의 한 떼가 우리도 지옥
으로 내려간다는 소식을 가져가면, 악마들이 잔칫날이

라고 화장을 하고, 천년 묵은 검정을 눈썹에서 씻어 내
리고, 수천 만의 뿔 달린 머리들이 연기나는 유황의 아
궁이에서 삐죽삐죽 솟아나오며, 우리들이 나타난 것을
구경하려고 달려들 것이 아니겠는가, 동지들이여! (펄쩍
뛰어오르며) 용기를 내세, 형제들이여! 이와 같은 기쁨의
도취경보다 더한 것이 이 세상에 또 있겠는가? 어서 오
라, 동지들이여!

롤 러 진정을 하게, 진정을 해. 어디로 간단 말인가? 짐승
이라도 머리는 있는 법일세, 자네들.

슈피겔베르크 (톡 쏘며) 무슨 잔소리야. 이 게으름뱅이야, 손
과 발이 움직이기 전에 이미 머리가 있는 것이 아닌가
? 자, 나를 따라라, 동지들이여!

롤 러 글쎄, 좀 진정을 하라니까. 아무리 자유라고 떠들어
도 대장이 있어야 하지 않겠어? 두목이 없이는 로마도
스파르타도 멸망하여 버릴 수밖에 없어.

슈피겔베르크 (솔직하게) 글쎄, 그것도 그럴 듯하군. 롤러의
말이 옳아. 그런데 두목은 머리가 좋은 사람이어야 할
거야. 알겠나, 정치를 잘 아는 좋은 머리를 가져야 할
것이란 말일세. 그렇지, 자네들이 한 시간 전에는 어떤
사람이었는가를 생각하고, 지금 다행히 좋은 생각을 하
여 자네들이 무엇이 되었는가를 생각하면, 과연 그래야
할 것이야. 자네들은 반드시 한 사람의 두목을 가져야
하지. 그러니 좋은 생각을 한 사람이야말로 명석한 정
치적인 머리를 가지고 있는 사람이 아니겠나? 자, 모두

들 말해 보게.

롤 러 그러나 그렇게 희망대로 되겠는가. 그렇게 꿈이라도 꿀 수 있겠는가. 아무리 생각해도 그 사람이 맡아 줄 것 같지 않아서 걱정인걸.

슈피겔베르크 어째 안 그렇겠어? 어서 대담하게 말해 보게. 바람에 거슬려서 배를 이끄는 것은 물론 어려운 일이기는 하지. 왕관을 쓰는 것도 가볍지는 않을 것이야. 그러나 롤러여, 주저없이 말해 보게. 뭐, 부탁만 한다면 맡아 주겠지.

롤 러 그가 만일 안 맡아 준다면, 이것은 죽도 밥도 안 되겠는걸. 카를이 없으면 우리는 산송장이나 마찬가지니.

슈피겔베르크 (불쾌한 듯이 롤러의 곁에서 비켜서며) 뭐라고? 이 북어 대가리 같은 녀석!

카 를 (극도로 흥분하여 거칠게 들어와서 방 안을 이리저리 거닐면서 혼잣말을 한다) 인간, 인간! 인간이란 위선적인 악어족과 같은 것이야! 너희들의 눈은 물과 같고 너희들의 가슴은 돌과 같다. 입술에 키스를 하며 가슴에는 단도를 감추고 있는 것이 인간인 모양이다. 사자나 표범도 그 자식을 먹여 살리고 까마귀조차 시체 위에서 새끼를 길러 준다. 그런데 그 사람은, 그 사람은……. 나는 악의에 대하여 인내를 하는 공부도 해왔다. 악의 있는 적이 나의 심장의 피를 들이마시려고 할 때에도 나는 미소를 가지고 그것을 대할 수 있다. 그러나 나의 골육의 사랑이 배반이 되고, 어버이의 사랑이 복수의 귀신이 될 때에, 남자의 도량도, 오, 불이 되어서 타올라라! 유순한 양도, 거칠게 날뛰는 호랑이가 되어라! 전신의 근육은 모조리 분노와 멸망의 화신이 되어 거꾸로 서라!

롤 러 여보게, 카를! 자네는 어떻게 생각하나? 물과 빵으로 감옥에 갇혀 있는 것보다는 도둑 생활이 더 낫지 않겠는냐?

카 를 무엇 때문에 이 내 마음은, 날뛰면서 인간의 살을 물어뜯는 호랑이의 가슴속에 들어 있지 않았던가? 이것이 어버이 된 자의 도리란 말인가? 이것이 사랑에 대한 사랑이란 말인가? 나는 차라리 곰이 되고 싶다. 그 잔인한 족속을 향하여 북극의 곰들을 몰아 덤비게 해주고 싶다. 참회해도 결코 온정이 없다니! 오, 나는 온 바닷물에 독을 풀어서, 그들이 모든 우물에서 죽음을 마시게 해주고 싶다. 일체의 신임과 무제한의 기대에도 불구하고, 한 줌의 자비도 베풀어 주지 않다니!

롤 러 그러니까 내 말을 좀 들어 보란 말이야, 카를.

카 를 아무래도 나는 믿을 수가 없어. 그것은 꿈이야. 그것은 착각이야. 그토록 눈물 어린 간청을 하고, 이 불행과 살을 찢는 듯한 참회를 역력하게 써서 보내지 않았던가. 아무리 무서운 야수라도 반드시 동정을 하여 마음이 풀어지고, 돌이라도 눈물을 흘릴 정도가 아닌가. 그런데도 불구하고……. 만일 내가 그 말을 한다면, 세상 사람들은 내가 인류에 대해 악의 있는 비방을 한다고 생각하겠지. 그러나 그렇지 않다. 그것은 사실이다. 오, 자연

계의 일체에 대하여, 지금이야말로 폭동의 나팔을 불고
하늘과 땅과 바다를 시켜서 그 잔학한 호랑이 족속과
싸움을 시키고 싶구나!

그 림 글쎄, 내 말을 좀 들어 보란 말이야. 혼자 화를 내고
남의 말을 전혀 안 듣는군!

카 를 비켜, 비켜! 너의 이름도 역시 인간이겠지. 너도 계
집에서 태어난 놈이 아닌가 말이야. 인간의 탈을 쓴 네
놈도 나는 보기가 싫다. 나는 말할 수 없을 만큼 아버지
를 사랑하고 있었는데, 나처럼 사랑한 아들은 둘도 없
을 것인데, 나는 아버지를 위하여 몇 천의 생명이라도
내놓고자 하였는데……. (입에서 거품을 뿜으며 발을 구른
다) 그 살무사의 일족에게 불타는 상처를 입혀 주기 위
하여, 내 손에 칼을 쥐어 줄 사람이 없는가! 누가, 그들
의 생명의 중심지를 향하여 꿰뚫고 짓밟기 위하여, 어
디를 찔러야 하는지 나에게 말해 줄 사람이 없는가! 그
는 나의 친구요, 천사요, 나의 신이다. 나는 그자 앞에
엎드려서 빌겠다!

롤 러 바로 그 친구들이 우리가 되려고 하는 것일세. 글쎄,
우리들의 말을 좀 들어나 보게.

슈발츠 우리들과 보헤미아의 숲으로 가잔 말이다. 우리는
거기서 도둑단을 결성하려는 거야. 그리고 자네가…….

　　　(카를은 상대방을 노려본다)

슈바이처 자네가 우리들의 두목이 되어 달란 말일세. 자네
가 우리들의 두목이 되어 주어야겠네.

슈피겔베르크 (거칠게 의자에 앉으면서) 이 비겁하고 노예와
　　같은 녀석들!

카 를 누가 그런 말을 자네에게 불어넣어 주었는가? 내 말
　　을 들어 보게. (슈발츠를 힘있게 붙잡는다) 그런 말은 좀처
　　럼 너의 인간의 혼에서 나온 것은 아닐 거야. 누가 그런
　　말을 너에게 불어넣어 주었는가? 좋다, 몇 천의 팔을
　　가진 죽음에 맹세해서, 그 일을 내가 하겠다. 그 일을
　　하지 않고서는 안 되겠다. 그 생각이야말로 신성한 생
　　각이다. 강도다! 살인이다! 나의 영혼이 살고 있는 한
　　틀림없이 내가 너희들의 두목이 되어 주겠다!

모두들 (떠들썩하며 소리들을 지른다) 두목 만세!

슈피겔베르크 (벌떡 일어서며 혼잣말로) 내가 너를 해칠 때까
　　지는 만세고 천세고 살려무나.

카 를 보라, 내 눈앞에 걸린 안개가 벗겨진 것 같다. 예전
　　새장 안으로 되돌아가려고 생각하다니, 나도 어지간히
　　어리석은 놈이었지. 나의 정신은 목마르게 행동을 바라
　　고 있다. 나의 호흡은 간절하게 자유를 바라고 있다. 살
　　인! 강도! 이 말과 더불어 법률은 벌써 내 발길에 굴러
　　가 버렸다. 내가 인간성에 호소하였을 때, 인간은 인간
　　성을 나에게 감추었다. 동정이라든지, 인간의 아낌이라
　　든지, 그런 기분은 나에게 이제 아무 소용이 없다. 나는
　　이제 아버지도 없으며, 사랑도 없다. 이제까지 나에게
　　귀중했던 모든 것을 피와 죽음이 나로 하여금 잊어버리
　　게 해줄 것이다. 자, 어서 가자. 어서 가자. 나는 무서

운 분풀이를 한 번 해주겠다. 이제 모든 것은 결정되었
다. 나는 너희들의 두목이다. 너희들 가운데 가장 난폭
하게 불을 지르고, 가장 참혹하게 사람을 죽이는 자에
게 나는 행복을 빌겠다. 너희들에게 말하노니, 그런 자
에게 가장 큰 상을 내리겠다. 자, 모두 내 둘레로 모여
서라. 그리고 나에게 목숨을 바치고 충성과 복종을 맹
세하라. 자, 남자의 오른손에 맹세해서, 그것을 서약해
다오!

모두들 (카를에게 손을 내민다) 목숨을 바치고 충성과 복종을
맹세하였다.

카 를 좋다, 그럼 나는 이 오른손에 걸어서 너희들에게 맹
세하겠다. 나는 목숨을 바칠 때까지, 성실하고 확고하게
너희들의 두목이 되겠다. 만일 주저하거나 도망가는 놈
이 있으면 이 팔이 당장 그놈을 송장으로 만들어 주겠
다. 만일 내가 서약을 어긴다면, 너희들 중의 아무라도
나를 처단해 다오. 자, 이제 모두들 만족하였는가? (슈
피겔베르크는 화가 나서 왔다갔다한다)

모두들 (모자를 높이 쳐들며) 우리는 모두 만족하였다.

카 를 자, 그럼 됐다. 이제 나가자. 죽음과 위험을 두려워하
지 마라. 우리들의 머리 위에는 움직일 수 없는 운명이
지배하고 있다. 보드라운 이부자리에서 죽는 것이나, 들
끓는 전쟁터에서 죽는 것이나, 많은 사람의 눈앞에서
처형을 당하는 것이나 죽는 것은 모두 마찬가지이다.
그 중의 하나가 우리의 운명이기 때문이다.

(모두들 퇴장)

슈피겔베르크 (그들을 뒤에서 바라보며 잠시 후에) 그 목록 속에
한 가지 빠진 것이 있어. 독약으로 죽는다는 것을 잊어
버렸다구.

제 3 장

몰 백작의 성 안, 아말리아의 방.
프란츠, 아말리아.

프란츠 아말리아 씨, 왜 외면을 하시는 거예요? 아버님이
내쫓아 버리신 그 사람보다 내가 더 못한 줄 아시나요?

아말리아 나가 주세요! 자기 아들을 늑대와 괴물들에게 내
맡기는 아버님은 참으로 친절하고 너그러우신 아버님이
군요. 그 훌륭한 아드님이 고생을 하고 계신데, 아버님
은 집에서 맛있는 좋은 포도주에 입맛을 다시고, 다 썩
어 가는 노구를 새털 이불에 포근히 감싸고 있으니 말
이에요. 부끄러움이라는 것을 좀 아서야 해요. 그게 인
간이겠어요? 독사나 마찬가지죠. 인류의 창피예요. 단
하나밖에 없는 아드님을!

프란츠 아니, 나는 확실히 아들은 두 사람이 있다고 생각하
는데요.

아말리아 글쎄요, 말씀 잘하셨어요. 바로 당신과 같은 못된
아들을 가지신 것도 어쩔 수 없죠. 아무 때라도 운명하
실 때, 시든 손을 내밀고 아드님 카를을 찾으시다가, 프
란츠라는 아들의 얼음 같은 손을 만지시고 깜짝 놀라
움찔할 것입니다. 오, 당신 아버님에게서 저주를 받는다
는 것은 참으로 기쁜 일입니다. 여보세요, 프란츠 씨,

　　제발 나에게 가르쳐 주세요. 어떡하면 그 아버님께 나
　　도 저주를 받을 수 있을까요?

프란츠　당신은 아무래도 머리가 좀 돈 모양이군요. 참 애석
　　한 일이야.

아말리아　제발 부탁이니, 그런 말씀 하시지 마세요. 당신은
　　형님을 애석하게 생각하지 않으시나요? 아니야, 당신은
　　인간이 아니야! 당신은 형님을 미워하니까 나도 역시
　　미워하실 거야.

프란츠　아말리아 씨, 나는 당신을 내 자신과 같이 사랑합니다!

아말리아　당신이 나를 사랑하신다면, 나의 소원 한 가지만
　　들어주시겠어요?

프란츠　듣고말고요. 물론이죠! 그것이 나의 생명을 요구하
　　는 것이 아니라면.

아말리아　그것이 정말이세요? 내 소원이라는 것은 아주 쉽
　　고 금방 이룰 수 있는 것이랍니다. (또렷또렷하게) 나를
　　미워해 주세요. 카를 씨의 일을 생각하면, 당신이 나를
　　미워하지 않는다는 것이 얼마나 부끄러운지 얼굴이 불
　　덩이가 됩니다. 자, 나에게 약속하셨죠? 이제 저리로
　　가세요. 나를 혼자 놔두세요. 나는 혼자 있고 싶어요!

프란츠　당신은 어쩌면 그렇게 사랑스러운 꿈을 꾸고 있지
　　요? 당신의 보드랍고 다정한 마음에 대해서는 나도 놀
　　라지 않을 수가 없군요. (아말리아의 가슴을 치면서) 여기
　　에, 바로 여기에, 카를이 신전 속의 하느님처럼 들어앉
　　아 있단 말이죠. 당신이 잠을 깨고 계실 때에도 그 앞에

서 있는 사람은 카를이고, 당신이 꿈을 꾸고 있을 때도
지배하고 있는 사람은 카를입니다. 당신의 마음 같아서
는, 이 천하의 모든 것이 모두 함께 녹아서 한 사람의
남자가 되고, 한 사람의 남자의 모습을 반영시키고, 한
사람의 남자의 목소리로서 울려 올 테지요.

아말리아 (감동되어서) 그래요. 사실 그렇습니다! 나는 숨기
지 않겠어요. 당신과 같은 야만인에게 반항하기 위해서
라도, 나는 온 천하에 솔직히 고백하겠습니다. 나는 카
를 씨를 사랑하고 있다고!

프란츠 그러니 얼마나 참혹한 일입니까! 그토록 사랑하는
분을 그렇게 대접하다니! 그런 여인을 잊어버리고…….

아말리아 (깜짝 놀라며) 뭐라고요? 나를 잊어버렸다고요?

프란츠 당신은 카를의 손가락에다 반지를 끼워 주시지 않았
던가요? 당신의 마음이 변하지 않는다는 담보로서 다이
아몬드 반지를 끼워 주시지 않았던가요? 그야 물론 젊
은 사람이니 어찌 매춘부의 매력에 대항할 수 있었겠습
니까? 그러나 아무것도 그 여자에게 줄 것이 없었으니,
어쩌겠어요. 그것을 줘버린 것도 무리는 아니지요. 그래
야 여자측에서도 그 대가로 실컷 껴안고, 애무하지 않
겠어요?

아말리아 (격노해서) 나의 반지를! 매춘부에게!

프란츠 체 체, 참으로 말도 할 수 없습니다. 그러나 그뿐이
라면 그래도 좋겠어요. 아무리 값비싼 반지라도 결국 보
석상에 가면 다시 찾을 수 있는 것이니까요. 아마 그 반

지의 장식이 마음에 안 들었는지도 모르겠습니다. 그렇
지 않다면 더 좋은 것으로 바꾸었는지도 누가 알아요?

아말리아 (격렬하게) 바로 나의 반지란 말씀입니까? 나의 반
지란 말예요?

프란츠 당신의 반지가 아니고 무엇이겠어요, 아말리아 씨.
아, 그와 같은 반지가 만일 나의 손가락에 끼워 있었더
라면! 더구나 그것이 아말리아 씨에게서 받은 것이라
면! 나는 죽어도 내 손가락에서 빼내지 않았을 거예요.
아말리아 씨, 그렇지 않겠어요? 물론 다이아몬드가 중
요해서가 아니며, 조각이 훌륭해서도 아닙니다. 다만 그
사랑이 그 가치를 만들어 놓는 것이지요. 이것 보세요,
아말리아 씨. 당신은 울고 계십니까? 이 아름다운 눈에
서, 이 귀중한 눈물 방울을 짜내게 하는 사람은 정말 저
주를 받아야 합니다. 아, 만일 당신이 모든 일을 다 아
시고, 그를 스스로 쳐다보신다면, 그 꼴을 하고 있는 형
카를을 보신다면! 당신은 기절을 할 것입니다.

아말리아 겁나는 말씀을 하시는군요. 대체 어떠한 꼴을 하
고 계시단 말이에요?

프란츠 진정하세요. 제발 사랑스러운 분이시여! 그런 일을
나에게만 물어 보시지 마세요. (혼잣말처럼, 그러나 꽤 큰
소리로) 대체 그와 같은 지저분한 병에도 사람들의 눈을
가리게 하는 베일이 있다면 얼마나 좋을까! 그러나 그
누르스름한 납의 색깔을 가진 눈동자에서 그 병이 무시
무시하게 비쳐 보이는 것은 어찌할 수 없죠. 송장처럼

창백하고 뺨이 바싹 야윈 얼굴에는, 그것이 역력히 나
타나고, 뼈다귀가 보기 싫게 내솟아 보인단 말입니다.
그리고 반쯤 찌그러진 목소리를 더듬으면서, 무섭게 흔
들흔들하는 해골의 이야기를 큰 소리로 중얼거리지요.
뼈다귀 속의 중심을 모두 깎아 내고, 청년다운 활발한
기운을 완전히 꺾어 버렸어요. 그뿐 아니라 이마나 뺨,
입이나 온몸에서 고름이 잔뜩 든 거품이 터져나와 보기
만 해도 징글맞은 문둥병이 되어 나타나고, 그것이 짐
승의 더러운 고기 구멍에 둥우리를 치고 있단 말이에요,
아말리아 씨. 쯧쯧, 나는 구역질이 나서 못 견디겠어.
코고, 눈이고, 귀고 부들부들 떨린단 말이에요. 아말리
아 씨, 당신도 그때 병원에서 죽어 버린 불쌍한 인간을
보신 적이 있지요? 당신은 그 광경을 본 눈을 부끄러운
듯이 감아 버리지 않으셨어요? 당신은 아이구, 불쌍해
라, 하고 소리를 치셨지요? 그때 그 모습을 다시 한 번
마음속에서 불러일으켜 보세요. 그러면 카를이 바로 당
신의 눈앞에 나타날 것입니다! 그의 키스는 페스트며,
그의 입술은 당신에게 그 독을 전염시킬 것입니다!

아말리아 (프란츠를 치면서) 지나친 악담은 마세요.

프란츠 이제 당신도 카를이 조금은 징그럽게 되었지요? 말
만 들어도 조금은 구역질이 나지 않나요? 자, 이제 가
서 그 아름다운 천사와 같은 카를을 당신 눈으로 직접
보십시오! 그 남자의 향수와 같은 입김을 스스로 빨아
들여 보십시오. 그리고 그 남자의 목에서 풍겨 나오는

불로초의 향기에 몸을 담가 보시오. 그 남자의 입에서
나오는 입김을, 조금만 마셔도 당신은 새카만 죽음의
현기증을 일으킬 것입니다. 더구나 그 현기증은 썩은
고기의 냄새와, 시체들이 가득 있는 전쟁터의 모습과
함께 당신에게 닥쳐올 것입니다.

아말리아 (얼굴을 돌리고 외면한다)

프란츠 이 얼마나 들끓는 사랑의 구비침이며, 환락의 포옹
이겠습니까! 그러나 한 사람의 인간을 단지 병든 겉모
양으로만 나쁘게 말하는 것도 잘못이겠지요. 가장 비참
한 병신 이소프도 진흙탕 속의 루비 보석과 같이, 위대
하고 가치있는 영혼을 빛낼 수 있었으니까요. (밉살스럽
게 미소를 띄며) 종기투성이의 입술에서도 물론 사랑이야
찾을 수 있겠지요. 심지어 그 천형의 나병이 인간의 성
격이라는 든든한 보루까지 동요시켜도 말입니다. 심지
어 그 동정(童貞)이 그의 도덕과 더불어 시든 장미에서
향기가 사라지는 것처럼 날아가 버렸다 해 말이죠. 그
리고 육체와 더불어 정신까지 영영 병신이 되어 버렸다
할지라도 말예요.

아말리아 (기뻐서 날뛰며) 오, 카를 씨! 이제 나는 다시 당신
을 이해하였습니다. 당신은 아직도 그전과 다름없으십
니다. 지금 들은 말은 모두가 거짓말이라는 것을 알 수
있습니다! 프란츠 씨, 당신은 참으로 나쁜 사람이에요.
카를 씨가 그렇게 될 수 없는 사람이라는 것을 모르시
나요? (프란츠는 잠시 그 자리에 서서 생각에 잠기더니, 갑자기

몸을 돌리고 가버리려고 한다) 대체 어디를 그렇게 급히 가시나요? 당신 자신의 부끄러움 때문에 도망을 가시는 건가요?

프란츠 (얼굴을 두 손으로 가리면서) 제발 나를 가게 해주세요! 제발 눈물을 흘리게 해주세요! 아버지는 참으로 폭군입니다. 그렇게 훌륭한 아들을 불행하게 내쫓으시다니, 그와 같은 치욕의 구렁텅이에 빠지게 하시다니. 제발 아말리아 씨, 나를 가게 해주세요. 나는 아버님의 발 곁에 엎드려서 간청을 드리겠어요. 아버님의 입에서 나온 그 저주의 말을 나에게, 여기 있는 나에게 짊어지게 해달라고, 나를 추방시켜 달라고. 나를, 나의 피를, 나의 생명을, 모든 것을……

아말리아 (프란츠의 목을 껴안는다) 아, 우리 카를 씨의 형제여! 훌륭하신 프란츠 씨여!

프란츠 오, 아말리아 씨! 당신이 우리 형님을 그렇게까지 사랑하고 계신 것을 보면, 나는 점점 당신을 사모하게 됩니다. 용서해 주십시오. 당신의 애정을 그다지도 무참하게 시련을 겪게 한 것을. 당신은 그러나 나의 소원을 참으로 훌륭히 만족시켜 주셨습니다. 지금의 그 눈물과 그 한탄과 그 거룩하신 노하심으로 말이에요. 그것은 또한 나에 대해서도 해당되는 것입니다. 나에 대해서도! 나의 정신은 형의 정신과 똑같은 사람이니까요.

아말리아 어머나, 전혀 그렇지 않으셨는데요.

프란츠 아니지요. 사실은 꼭 그러하였답니다. 우리 두 형제

는 얼마나 마음이 꼭 맞았는지 몰라요. 나는 항상 우리
가 쌍둥이가 아닌가 생각했었습니다. 단지 보잘것없는
외모상의 상처만 없었더라면 말입니다. 외모로 본다면
물론, 형님이 유감스럽게도 나보다 훨씬 뒤떨어져 있었
습니다. 그렇지만 않았더라면, 우리들은 얼마나 자주 엇
갈림을 당하였을지 모르는 일입니다. 나는 종종 나 자
신을 향하여 이렇게 말하였답니다. '나는 카를이다, 카
를과 아주 똑같다, 카를의 반향, 카를의 사진이다.' 하
고 말이죠.

아말리아　(머리를 흔든다) 천만에요. 하늘에 비치는 경건한
광선에 맹세해서 당신은 그분의 한 줄기의 핏줄, 한 가
닥의 감각도 가지고 계시지 않고…….

프란츠　우리 형제는 취향도 아주 같았지요. 형은 장미꽃을
퍽 좋아하였답니다. 나로서도 장미 이외에 무슨 꽃이 좋
았겠습니까? 형은 말할 수 없이 음악을 즐겼지요. 그러
니 하늘에 있는 별이 증인일 것입니다. 만물이 잠드는
적막 속에서, 내 주위의 모든 것이 어둠과 잠 속에 잠겼
을 무렵, 내가 연주하는 피아노 소리를 저 별들은 얼마
나 여러 번 들었겠습니까. 자, 아말리아 씨, 그뿐 아니
라 우리들의 사랑이 똑같은 하나의 완전체 속에 일치하
였다면, 당신도 그것을 어떻게 의심하시겠습니까? 우리
두 사람의 애정이 동일한 사람에 대한 애정이었다면 그
사랑의 형제가 어떻게 나쁘게 될 수 있었겠습니까?

아말리아　(이상하다는 듯이 프란츠를 바라본다)

프란츠 바로 형이 라이프치히로 여행을 떠나던 날 밤이었습니다. 고요하고 맑은 밤이었죠. 형은 나를 그 정자로 데리고 갔었습니다. 그 정자는 당신과 형이 함께 앉아서 몇 번이고 사랑의 꿈을 꾸었던 그 정자가 아닌가요? 우리들은 오랫동안 말없이 앉아 있었습니다. 그러더니 형이 내 손을 잡고, 눈에 눈물을 괸 채 나에게 말을 하였습니다. '나는 아말리아를 놓아 두고 간다. 앞으로 일이 어떻게 될는지는 알 수 없구나. 어쩐지 영원히 다시 못 만날 것 같은 생각이 드는구나. 제발 부탁이니, 아말리아를 버리지 말아 다오! 그의 친구가 되어 다오. 그의 카를이 되어 다오. 만일 카를이 다시는 되돌아오지 않는다면.' (프란츠는 갑자기 무릎을 꿇고, 아말리아의 손에 열렬한 키스를 한다) 그런데 이제 카를은 다시 돌아오지 않습니다. 결코, 결코, 다시는 되돌아오지 못합니다. 그리고 나는 형에게 신성한 서약으로서, 그 약속을 해놓았습니다!

아말리아 (홱 물러서면서) 거짓말쟁이, 이제 나는 다 알겠어요! 바로 그 동일한 정자 속에서 카를 씨가 나에게 맹세를 하였는걸요. 자기가 죽더라도 결코 다른 사람은 사랑하지 말라고요. 이거 보세요, 당신은 정말로 무서운, 신도 모르는 악당일 거예요. 어서 내 눈앞에서 썩 물러나세요.

프란츠 아말리아 씨, 당신은 나를 모르십니다. 당신은 정말로 나를 모르십니다.

아말리아 나는 당신이란 사람을 잘 압니다. 지금 이 순간부터 잘 알게 되었습니다. 도대체 어떻게 당신이 형님과 같다고 말씀하시는 거예요? 카를 씨가 당신 앞에서 나 때문에 눈물을 흘렸다고 어떻게 말씀하신단 말이에요? 당신 앞에서요? 차라리 그분은 나의 이름을 지옥의 대문에 써붙여 놓으셨을 거예요! 어서 당장 나가세요!

프란츠 당신은 나를 모욕하시는 거요!

아말리아 나가라고 말하는 겁니다. 당신은 나의 귀중한 시간을 훔쳐갔어요. 그 시간만큼을 당신의 명(命)에서 빼주셔야겠어요.

프란츠 당신은 나를 그렇게 미워하십니까?

아말리아 나는 너를 경멸한다! 어서 나가거라!

프란츠 (두 발을 구르면서) 어디 보자! 아무 때고 네가 내 앞에서 벌벌 떨 날이 있을 것이다. 그까짓 거지새끼에게 빼앗겨서야 될 말이냐! (화가 나서 퇴장한다)

아말리아 어서 나가라, 이 악당아! 아, 이제 나는 또다시 카를 씨와 같이 있게 되었어. 거지새끼라고? 그분이 거지라면, 이 세상은 거꾸로 된 세상이야. 거지가 왕이고, 왕이 거지란 말이야. 그분의 살에 걸친 누더기라면, 왕의 비단 의상과도 나는 바꾸지 않겠어. 그분이 구걸하시는 눈초리라면 틀림없이 훌륭한 왕자의 눈초리일 거야. 그것이야말로 아무리 위대한 호걸이나 부자의 화려하고 장엄하고 훌륭한 모습도 단번에 무색해지게 할 것이야. 이 따위 화려한 노리개들은 모두 먼지 속으로나 없어져 버려라! (그 여자는 목에서 진주를 쥐어뜯는다) 금은,

보석을 몸에 지니는 권세 있고 돈 많은 사람들은 모두 저주 받아라! 풍성한 식탁에서 배부르게 잔뜩 사람들은 모두 저주받아라. 향락의 보드라운 침상에서 정욕에 잠기는 사람들은 모두 저주 받아라! 카를 씨, 카를 씨, 나는 당신께 부끄럽지 않는 여자가 되겠습니다. (퇴장)

제 2 막

제 1 장

프란츠 폰 몰은 자기 방에서 생각에 잠겨 있다.

프란츠 이거 너무 지루하게 길구나. 의사의 이야기는 아버지 병이 다시 회복되어 간다고 하는데, 정말이지 노인의 명이란 어지간해서는 끊어지지 않는 물건인 모양이야. 지금쯤은 아무 방해물이 없는 평탄한 길이 나섰을 텐데 그놈의 제기랄 고깃덩어리가 찔깃찔깃해서 죽지 않고, 유령 이야기에 나오는 것 같은 지옥의 똥강아지처럼 나의 보물의 길을 가로막고 있단 말이야.

그러나 대체 나의 계획이라는 것이 그 따위 육체의 쇠멍에와 같은 물건 때문에 머리를 숙이고 매달려 있어야만 한단 말인가? 높이 날으려는 나의 정신이 그 따위 물질의 달팽이 걸음에 속박되어 있어서야 되겠는가? 그러지 않아도 마지막 기름 방울로 간신히 연명하고 있는 그 등불을 불어서 꺼버리는 일, 그것밖에는 아무것도 아니지. 그렇지만 세상 사람들의 안목이 있으니 내 스스로 해서는 좋지가 않겠어. 하여간에 죽였다는 것은 좋지가 않거든. 천명에 죽었다면 괜찮을 텐데. 그러니 나는 우수한 의사가 하는 일을 거꾸로 한 번 해보아야겠어. 자연을 방해하여 그것이 길을 탈선시켜서는 안 되고, 자연으로 가는 길을 그대로 놓아 둔 채 그 진행을

촉진시켜 준단 말이야. 사실 우리들은 생명의 조건을 연장시킬 수 있으니, 그것을 단축시키는 일이라고 안 될 리가 있겠는가?

철학자나 의사들이 하는 말에 의하면, 정신의 상태라는 것은 육체라는 기계의 조건과 완전히 일치하여 나가는 것이라고 했겠다. 말하자면 중풍 같은 것에서 오는 느낌은, 항상 몸의 기계적 진동이 조화를 잃어버렸을 때 생기는 것이라고 한다. 정열은 생명의 힘을 학대하는 것이다. 정신이 지나치게 활동을 하게 되면, 그 정신을 담는 그릇인 육체가 찌부러지고 마는 것이지. 그러면 어떻게 될 것인가? 누가 죽음에 이르는 미개척의 길을 열고서 육체를 정신으로부터 멸망시키는 방법을 알고 있는가가 문제이다. 하하! 참으로 우수한 생각이야! 누가 그와 같은 일을 할 수 있겠는가? 천하에 없는 사업이야! 어디 한 번 생각을 해보지, 몰이여! 자네가 발명가가 될 수 있는 천하의 명안이 되겠어. 독약의 조화법 같은 것은 지금은 훌륭한 과학의 영역까지 도달하고, 실험으로 자연에게 그 범위까지 명시하게 하여서 인간의 심장 고동을 몇 해 전에 미리 계산하여, 그 맥박에게 '여기까지는 치고 그 다음에는 맥박을 치지 마라.' 하고 명령할 수 있을 정도에까지 도달하였다고 한다. 그러니 여기서 한 번 날개를 펴고 시도를 해볼 만하지 않은가.

그러니 어떻게 해서 그 일을 시작할 것이며, 그 정신과 육체가 사이좋게 화합하는 것을 방해할 수 있을 것인가? 우선 어떠한 종류의 감정을 선택하여야 할 것인가? 어떠한 것이 가장 생명의 적이 될 수 있을 것인가? 분노일까? 그놈의 굶주린 늑대는 너무나 빨리 배를 채운단 말이야. 그럼 근심일까? 그놈의 벌레에는 좀먹는 것이 너무 지루해서 못쓰겠어. 그럼, 원한일까! 그 독사는 지나치게 느릿느릿하단 말이야. 그럼 공포일까? 그놈은 희망이라는 놈에게 지고 말지. 그럼, 무엇일까? 인간의 목을 자르는 구실을 하는 놈은 그것들뿐이란 말인가? 죽음의 무기창은 그렇게 빨리 씨가 마르는 걸까? (깊이 생각에 잠기며) 글쎄, 그것이 어떨까? 그것도 안 되겠어, 아하! (뛰어 일어나며) 놀라게 하는 거야! 놀라게 하는 것은 무엇이든지 할 수 있을 거야. 놀라움이라는 거인의 얼음과 같은 팔에 안겨서는 이성도 종교도 어찌할 수 없을 거야.

그러나 혹시? 만약에 그러한 돌격에도 버틴다면 어떻게 할까? 만일 그 사람이……. 아, 그러면 네가 도와주러 오면 되지. 너 '한탄'이라는 놈 말이다. 그리고 또 너 '후회'도 도와줘야 한다. 너는 무서운 복수의 여신, 구멍을 파는 뱀이니까. 먹은 것을 다시 되씹고, 자기의 똥까지 두 번 먹는 너야말로 영원한 파괴자이며 영원한 독약의 제조자이다. 그리고 또 너, 너는 울고 불고 자기를 가책하는 자니, 자기 자신의 집을 파괴하고 자신의 어미를 손상시키는 놈이야. 그리고 너희들도 나를 도우러 오너라! 보드라운 미소와 자비심이 깊은 우아의 신인 과거여! 그리고 또 넘쳐흐르는 뿔의 술잔을 가진 꽃피는 미래여! 너희들의 나는 것 같은 다리로 그놈의 욕심 많은 팔을 빠져 나가며, 천당의 기쁨을 너희들의 거울 속에 비추어 주어서, 그자의 눈에 보여 주도록 하라! 그리하여 일격, 또 일격. 돌격, 또 돌격, 마침내 그 연약한 생명을 무찔러 버리도록 해야겠다. 마지막에 쳐들어가는 악마의 군세는 절망이라는 녀석이다. 그러면 승리는 틀림없겠다. 이제 계획은 다 되었다. 이처럼 어렵고 기술을 요하는 일은 다시 없을 것이다. 그러나 이제는 안심할 만하고, 틀림없는 일일 것이다. (조소하며) 그 시체를 아무리 해부해 보아도 상처라든지, 독약의 흔적이라든지 하는 것은 전혀 발견할 수가 없을 테니까. (결심한 모양으로) 자, 이제 되었다! (헬만이 등장한다) 하하, 호랑이도 제 말 하면 온다더니, 헬만이 나타나는구나. 잘됐다.

헬 만 부르셨습니까, 도련님?

프란츠 (헬만에게 악수를 청하며) 보수를 두둑히 받을 일을 좀 해보겠느냐?

헬 만 먼저도 보수는 잘 받았사옵니다.

프란츠 이번에는 더 많이 받을 것이다. 이번에는 말이야, 헬만! 내 자네에게 좀 할말이 있네.

헬 만 어서 말씀을 하십시오.

프란츠 난 자네를 잘 알고 있지만, 아주 결단성이 있는 사람이지. 군인정신을 가지고 있고, 고집이 세고. 그래서 우리 아버지도 자네를 많이 모욕했지, 그렇지 않았던가?

헬 만 그 일은 죽어도 잊지 않습니다.

프란츠 그것이 남자의 말이지. 복수심은 남자의 가슴에 마
땅히 있을 법한 일이야. 자네는 내 마음에 들었네, 헬
만. 이 돈지갑을 가지게. 내가 만일 이 집의 지배자가
된다면 그 돈지갑은 더 묵직해질 걸세.

헬 만 도련님께서 그렇게 되시는 것이 저의 평생 소원입니
다. 대단히 감사합니다.

프란츠 정말이냐, 헬만? 자네가 정말 그렇게 원하는가? 그
런데 우리 아버지의 뼈다귀 속은 사자의 뼈다귀 속과
같아. 그리고 나는 큰아들이 아닌 작은아들이란 말이야.

헬 만 나는 도련님께서 큰아드님으로 태어나셨더라면, 하고
바라며, 도련님의 아버님께서도 폐병쟁이 아가씨의 뼈
다귀를 가지고 계셨더라면, 하고 바랍니다.

프란츠 그렇게만 된다면 그 큰아들이 자네에게 얼마나 보수
를 잘할 것인가! 자네의 그 정신과 귀족의 신분에 어울
리지 않게 현재 학대받고 있는 그 비참한 경지에서 자
네를 얼마나 명랑하게 끌어올려 줄 것인가! 그러면 자
네는 틀림없이 번쩍번쩍하는 옷을 입고, 사두마차에 의
젓하게 앉아서, 거리를 왕래하게 될 것일세! 정말이지
자네는 그럴 만한 가치가 있는 사람이야. 그리고 내가
말하는 것을 잊었지만, 자네는 그 폰 에델라이히 양을
벌써 잊어버렸는가?

헬 만 천만의 말씀입니다. 어째서 또 그런 이야기를 하셔서,

나에게 그 일을 회상시키는 것입니까?

프란츠　우리 형이 그 여자를 너한테서 빼앗아간 것이었지.

헬 만　그러니 그냥 있지는 않겠습니다.

프란츠　그 여자가 자네를 걷어찼었지. 그리고 우리 형이 자네를 층계에서 밀어 떨어뜨리기까지 하지 않았던가?

헬 만　나는 그 대신에 그를 지옥으로 밀어 떨어뜨리겠습니다.

프란츠　우리 형의 말에 의하면, 모두들 쑥덕쑥덕하며 자네가 쇠고기와 바닷무 사이에서 생겨난 자식이라고 한다는군. 그리고 자네 아버지는 자네를 보기만 하면 가슴을 치고 한탄을 한다던데. '아이고, 내가 저지른 일을 하느님은 용서해 줍소서!' 하고 말이야.

헬 만　(사납게) 제기랄, 망할 놈의 꼴도 다 보겠네. 제발 그런 말씀 좀 그만 하세요.

프란츠　그리고 또 우리 형이 말하기를, 자네의 귀족증서를 경매에 내놓고 팔아서, 그 돈으로 자네의 뚫어진 양말이나 깁도록 하라더군.

헬 만　개 돼지 같은 놈을 다 보겠네. 난 그놈의 눈깔을 손톱으로 긁어 내줄 테야.

프란츠　뭐라고? 자네는 화를 내는 것인가? 자네가 그 사람에게 화를 내본들 무슨 소용이 있겠나. 자네가 그에게 무슨 보복을 할 수 있겠나 말이야. 생쥐가 사자에게 어떻게 할 수 없는 것과 마찬가지지. 자네가 화를 내면, 그자의 승리감만 북돋워 주는 결과가 되는 거야. 자네는 이를 악물고 기껏해야 말라빠진 빵이나 깨물어서,

화풀이를 하는 수밖에 없네.

헬 만 (발로 마루를 구른다) 무슨 일이 있어도 그놈을 때려 눕히고야 말걸요.

프란츠 (헬만의 어깨를 툭툭 친다) 여보게, 헬만, 자네도 훌륭한 기사(騎士)일세. 그러한 욕을 듣고도 가만히 앉아 있을 수는 없는 일이지. 그리고 그 처녀를 고스란히 빼앗겨서야 되겠나. 어떠한 일이 있어도 그렇게 해서는 안 되지. 천부당만부당한 일이야. 내가 만일 자네의 위치에 있다면, 극단적인 방법이라도 취해 보겠어.

헬 만 나도 가만히 있을 수 없습니다. 그놈을, 그놈을, 매장시켜 버릴 때까지는.

프란츠 그렇게 너무 서두르지는 말게, 헬만! 좀더 가까이 오게. 자네는 아말리아를 획득하지 않으면 안 돼.

헬 만 어떠한 일이 있더라도 꼭 그렇게 하겠습니다. 그렇게 하고야 말겠습니다.

프란츠 그 여자는 자네가 가질 수 있을 것이네. 보게, 내가 그렇게 해주겠네. 그러니까 좀더 가까이 오란 말이야. 자네는 아마 모르겠지만 우리 형 카를은 벌써 추방된 셈이야.

헬 만 (가까이 오면서) 믿을 수 없는 일이군요. 처음 듣는 얘긴데요.

프란츠 진정하게. 그리고 내 말을 더 들어 보게. 더 자세한 이야기는 다음에 이야기하겠지만, 지금 말한 것처럼 그러한 상태에 있는 것이 벌써 열한 달째 된다네. 그런데

아버지는 벌써 좀 지나친 행동을 하였다고 후회하고 있
는 기색이야. 그것도 (웃으면서) 사실은 그 늙은이가 스
스로 한 일도 아니며, 더구나 에델라이히가 날마다 쫓
아가서 아버지를 비난하고 호소를 하는 통에, 머지않아
전 세계를 샅샅이 찾아서라도 카를을 찾아내게 될 걸세.
만일 그 늙은이가 카를을 찾게만 된다면, 만사가 허사
란 말이네, 여보게! 자네는 결국 카를 도련님과 아말리
아 작은아씨가 결혼식을 하러 교회로 납실 때, 굽실굽
실하면서 그 말고삐를 붙잡는 정도가 고작일 걸세.

헬 만 난 그놈을 교회의 십자가 앞에서 목을 눌러 놓겠습니다.

프란츠   아버지는 그렇게 되면 곧 집안의 상속을 카를에게
내릴 것이며, 시골의 별장에 나가서 한가하게 살 거란
말이야. 그리하여 거만하고 딱딱한 그 작자가 실권을
거머쥐고, 자기를 미워한 놈이나 시기한 놈들을 조소할
것이란 말일세. 내 자신도 그 꼴이 된단 말이야. 자네를
기껏 훌륭하게 만들어 주려고 생각하고 있으면서도, 그
렇게 되기만 하면, 여보게, 그놈의 문지방을 넘을 때마
다 굽실굽실하지 않을 수 있겠는가 말이야.

헬 만 (분격하며) 안 됩니다. 내가 헬만이라는 이름으로 불리
는 한, 결코 도련님에게 그렇게 하시지는 못하게 해드
리겠습니다. 이 머릿속에 한 가닥의 꾀라도 들어 있는
이상, 도련님이 그런 일을 당하시게는 하지 않겠습니다.

프란츠 그럼 자네가 그렇게 못 하게 한단 말인가? 그러나
내 말을 듣게. 그놈은 자네에게도 채찍을 가할 걸세. 거

리에서 만나면 자네 얼굴에 침을 뱉을 것이며, 만일 자네가 어깨를 움찔하거나 입을 삐죽하기만 해보게, 그때는 큰 야단이 일어날 걸세. 만약 자네가 그 처녀를 차지하려고 한다면, 자네의 앞날과 자네의 계획은 대략 그러한 형편에 있다는 것을 명심해야 할 걸세.

헬 만 그럼 제가 어떻게 해야 하는지, 그것을 말씀해 주십시오.

프란츠 그럼 들어 보게, 헬만 군. 내가 자네의 성실한 친구로서 자네의 앞길을 진심으로 근심한다는 것을 자네는 알겠지? 자, 그러니 자네는 곧 가서 옷을 바꿔 입고 오게. 아무에게도 들키지 않을 정도로 변장을 하고, 늙은 이에게로 가서 자네가 보헤미아에서 곧장 온 사람이라고 말하게. 그리고 자네가 우리 형과 프라크의 전쟁에 참석하였다고 말하게. 그리고 카를이 전쟁에서 목숨을 거둔 것을 보고 왔다고 이야기하게.

헬 만 내 말을 믿어 줄까요?

프란츠 해해! 그 점은 나에게 맡겨 두게. 이 보따리를 가져가란 말이야. 이 속에는 자네가 해야 할 행동이 자세히 씌어 있네. 그리고 의심스러운 일이라도 진실로 보이게 하는 서류가 들어 있단 말이야. 자, 이제 떠나게. 아무에게도 들키지 않게 뒷문으로 해서 마당으로 내려가고, 거기서 정원의 담을 넘어가게. 그리고 이 희비극의 결말은 나에게 맡겨 두게.

헬 만 그렇게 되기만 하면, 우리 프란츠 폰 몰의 새 영주님

만세입니다.

프란츠 (헬만의 뺨을 만져 주면서) 너도 꽤 머리가 좋구나. 그렇지 않은가! 이렇게 해서 우리들은 모든 목적을 일시에 곧 달성하게 될 걸세. 아말리아도 희망을 버릴 것이고, 늙은이는 자식이 죽은 것이 자기 책임이라고 생각하게 된단 말일세. 그리하여 몸도 병이 들 테지. 기둥이 흔들리면, 지진을 기다릴 필요도 없이 그 집은 무너지고 말거야. 그런 소식을 듣고 도저히 더 살 수는 없을 테니까. 그때엔 내가 단 하나의 아들이 될 것이고, 아말리아도 자기의 기둥을 상실하여, 모든 것을 내 뜻대로 할 수 있지. 그러면 자네도 대강 짐작을 하겠지. 다시 말하면 모든 것이 소원대로 된단 말일세. 그러니 자네도 지금 한 말을 취소하면 안 되네.

헬 만 무슨 말씀을 하십니까? (기뻐 뛰며) 오히려 총알을 쏜 것이 거꾸로 돌아와서 쏜 사람의 뱃속에서 요동을 칠지는 모르되, 제가 그 일을 취소하지는 않겠습니다. 저를 믿으십시오. 저에게 맡기십시오. 그러면 떠나겠습니다.

프란츠 (나가는 헬만을 향하여) 헬만 군, 그 수확은 자네의 것일세. (혼자서) 황소가 쌀 가마니를 곳간에 끌어넣은 다음에는, 자기 자신 꼴만 먹고 참아야 하는 법이니라. 네 놈에게는 마구간 계집년이나 하나 마련해 줄지는 몰라도, 아말리아는 어림도 없지! (퇴장한다)

제 2 장

늙은 몰의 침실.
늙은 몰은 안락의자에 기대앉아 잠들어 있다. 아말리아.

아말리아 (살그머니 가까이 다가가서) 가만히, 가만히! 잠을 주
무시니까, 깨우지 말아야지. (잠자는 노인 앞에 선다) 어쩌
면 이렇게 훌륭하시고 위엄이 있으신 모습일까! 마치
그림에 있는 성인(聖人)처럼 위엄이 있으셔. 내가 이분
한테 화를 내다니 될 말인가! 이렇게 하얀 백발 노인에
게 어떻게 화를 낸단 말인가. 고이 잠을 주무시옵소서!
잠을 깨실 때는 기쁘게 잠을 깨시옵소서! 나는 홀로 물
러가서, 혼자만 애간장을 태우겠나이다.

늙은 몰 (꿈을 꾸면서) 내 아들아! 내 아들아! 내 아들아!

아말리아 (그의 손을 꽉 붙잡으면서) 어머나, 아버님께서 카를
씨의 꿈을 꾸시네.

늙은 몰 오, 네가 왔느냐? 네가 정말 왔느냐? 아! 어쩌면
그렇게 비참한 꼴을 하고 왔느냐! 그렇게 슬픈 눈초리
로 나를 보지 말아 다오! 나도 슬픈 일을 참으로 많이
당했단다.

아말리아 (얼른 노인을 흔들어 깨운다) 잠을 깨세요, 아버님!
꿈을 꾸고 계시는 겁니다. 정신을 차리세요!

늙은 몰 (반쯤 잠을 깨며) 그애가 여기 오지 않았던가? 내가

그애의 손을 쥐지 않았던가? 고약한 프란츠 놈아! 너는
꿈에서까지 나를 그애한테서 떼어 놓는단 말이냐?

아말리아 아시겠어요? 전 아말리아입니다.

늙은 몰 (용기를 내며) 카를은 어디 있느냐? 어디 있느냐?
나는 지금 어디에 있는 것이냐? 거기에 있는 것은 아말
리아가 아니냐!

아말리아 기분은 어떠하세요? 잠을 잘 주무셨으니 기분도
좋아지셨겠지요.

늙은 몰 나는 카를의 꿈을 꾸고 있었단다. 계속해서 꿈을
더 꾸었더라면, 그애의 입에서 용서한단 말을 들었을
텐데.

아말리아 천사는 노하지를 않는답니다. 카를 씨는 아버님을
용서하실 거예요. (늙은 몰의 손을 쥐며 애석한 듯이) 나의
카를 씨의 아버님! 제가 아버님을 용서해 드리겠어요.

늙은 몰 아니다, 네 얼굴이 사색이 된 것을 보면, 이 아비를
저주하는 것 같구나. 가련한 처녀여! 나는 그만 너의 청
춘의 즐거움을 망쳐 놓고 말았구나! 제발 나를 욕하지
말아 다오!

아말리아 (노인의 손을 쥐고 다정스럽게 키스한다) 어떻게 제가
욕을 하겠습니까?

늙은 몰 너는 이 그림을 알고 있느냐?

아말리아 카를 씨가 아니에요?

늙은 몰 그애가 열여섯 살 때, 모습이 이와 같았단다. 지금은
퍽 달라졌지. 아, 내 마음이 괴롭구나. 이 부드러움도 지

금은 분노으로, 이 미소도 지금은 절망으로, 변해 버렸을 것이니. 그렇지 않겠느냐, 아말리아야? 네가 카를의 이 그림을 그린 것은 바로 그애의 생일, 재스민의 정자 속에서가 아니었느냐! 오, 나의 아말리아야, 너희들의 사랑은 나를 얼마나 기쁘게 하여 주었는지 모른단다.

아말리아　(언제까지나 그 초상화를 바라보며) 아닙니다, 아닙니다. 이것은 카를 씨가 아닙니다. 카를 씨는 바로 여기, 여기에 계십니다. (그 여자는 자기의 가슴과 이마를 가리킨다) 아주아주 다릅니다. 그분의 불과 같은 두 눈의 광채에 깃들여 있는 그 거룩하신 정신을 그리기에는, 그 따위 힘없는 물감으로는 도저히 제대로 나타낼 수가 없습니다. 이런 것은 집어치워 주세요. 이것은 너무나 평범한 인간같이 되어 있습니다. 제가 무척 서투른 그림을 그렸었지요.

늙은 몰　이 부드럽고 따스한 눈초리를 보아라. 그애가 만일 내 침상 앞에 서 준다면, 나는 죽다가도 살아날 것이다. 결코 죽지도 않을 것이다.

아말리아　절대로 아버님이 돌아가시지는 않을 것입니다. 죽음이란 것은 하나의 생각으로부터 다른 하나의 더 아름다운 생각으로 깡충 뛰어넘는 것일 테니까요. 이 카를 씨의 눈빛이 아버님의 갈 길을 묘지 건너까지 비춰 드릴 것입니다. 또한 이 시선이 아버님을 별들이 있는 곳까지 끌어올릴 것입니다.

늙은 몰　나는 괴롭다. 나는 슬프다. 나는 이제 죽을 것이며,

나의 아들 카를은 이 자리에 오지 못한다. 나는 묘지에 운반되어 갈 것이며, 카를은 내 묘지에서 눈물을 흘리지도 않을 것이다. 아들의 기도 소리를 들으면서 죽음의 달콤한 잠 속으로 흔들려 들어간다면 그 얼마나 즐거운 일이겠는가! 그것은 어린 아이를 잠들게 하는 자장가의 노랫소리와도 같은 것이다.

아말리아 (공상하듯이) 정말 그렇겠어요. 그것이 얼마나 달콤한 일이겠어요? 사랑하는 분의 노랫소리를 들으며 죽음의 잠 속으로 흔들려 들어간다는 것은, 그 얼마나 즐거운 일이겠습니까! 아마 그렇게 된다면, 묘지 속에 파묻힌 다음에도 계속해서 그 달콤한 꿈을 꿀 것입니다. 그것은 길고 긴, 언제까지라도 한량없는, 카를 씨의 꿈일 것입니다. 그리고 그것은 마지막 부활의 종소리가 들릴 때까지 계속될 것입니다. (뛰어 일어나며 황홀하게) 그러고서, 그때로부터는 그분의 팔에 영원히 안겨 있는 것입니다. (잠시, 그 여자는 피아노 앞으로 가서 치기 시작한다)

    그대는 영원히 나를 버리고 떠나 버리는 것입니까,
    해크톨이여,
    아히레스의 살인하는 칼이
    파트로클루스에게 무서운 희생을 가져오는 장소로?
    만일 크산투스의 강물이 그대를 삼켜 버리면
    장차 누가 그대의 자식을 가르치며,
    창 던지는 기술과 예배 보는 예법을 일러 줄 것이오?

늙은 몰 참으로 아름다운 노래다, 아말리아야. 내가 죽을

　　　때에는 꼭 그 노래를 들려 다오!
아말리아　이것은 안드로마하와 해크톨의 작별의 노래입니
　　　다. 카를 씨와 저는 가끔 가야금에 맞춰서 그 노래를 불
　　　렀었죠. (계속해서 피아노를 친다)

　　　　충실한 아내여, 가서 주검의 창을 가져오라!
　　　　그리하여 나를 무서운 전쟁터로 내보내 다오!
　　　　저 트로이는 나의 두 어깨에 달려 있노라.
　　　　아스티아낙스 위에는 우리들의 신이 있으니.
　　　　조국을 구하는 해크톨이 쓰러진다 하더라도,
　　　　우리들은 다시 극락세계에서 만나 볼 것
　　　　이라.

다니엘　누군가가 밖에서 뵈옵자고 합니다. 무슨 중대한 일
　　　을 알려 드리려 하니, 꼭 들여 보내 달라고 합니다.
늙은 몰　이제 나에게는 이 세상에서 한 가지만 중요하다.
　　　아말리아야, 너는 알겠지? 그런데 그 사람은 나의 도움
　　　을 바라는 불행한 사나이인가? 그에게 한탄을 하며 이
　　　집을 나가게 해주지는 마라.
아말리아　구걸하는 사람이라면 곧 이리로 오게 하세요. (다
　　　니엘 퇴장)
늙은 몰　아말리아, 아말리아, 나를 도와다오.
아말리아　(계속해서 연주한다)

　　　　그대의 무기 소리 끊어지고 들리지 않으며,
　　　　그대의 칼은 쓸쓸히 마루에 놓여 있다.

토로이의 위대했던 영웅의 집안은 이제 망해 버렸는가!
그대의 가는 곳은 이제 해도 비치지 않고,
코시투스의 강물은 황무지를 뚫고 눈물을 흘리며,
그대의 사랑도 망각의 강물에 사라져 버릴 것이 아닌가.

나의 모든 그리움도, 생각도
새카만 지옥의 강물에 잠길지라도,
다만 나의 사랑만은 사라지지 않으리라!
들어 보라, 그 용사는 벌써 성문 가까이 닥쳐오다.
내 허리에 칼을 채워 다오, 슬퍼함을 그쳐 다오!
해크톨의 사랑은 레테〔忘却〕의 강물에도 사라지지 않으
리라.

프란츠 (가장한 헬만과 함께 등장한다) 여기 이 사람입니다. 무슨
　　　대단한 소식을 가지고 왔다 하는데, 들어 보시렵니까?

늙은 몰　무서운 소식은 나에게 단 하나밖에 없다. 이리로
　　　다가오시오, 젊은 친구. 그리고 무엇이든지 말을 해보시
　　　오. 저 사람에게 술을 한잔 대접하라.

헬 만　(목소리를 바꾸어) 백작님! 지금 말씀드릴 일이 혹시 백
　　　작님의 마음에 들지 않으실지라도, 제발 이 불쌍한 놈
　　　을 원망하지 말아 주십시오. 저는 이 지방에는 처음 와
　　　보는 타지 사람이지만, 백작님은 전부터 잘 알고 있습
　　　니다. 당신은 바로 카를 폰 몰 씨의 아버님이시지요?

늙은 몰　그 소리는 어디서 들었단 말인가?

헬 만 그것은 백작님의 아드님을 제가 알기 때문입니다.

아말리아 (벌떡 일어나며) 아, 그분이 무사하신가요? 무사하신가요? 당신은 그분을 아시나요? 어디 계신가요? 대체 어디 계신지요? (뛰쳐나가려는 태도를 취한다)

늙은 몰 자네는 내 아들을 안단 말인가?

헬 만 예, 처음에는 라이프치히에서 공부를 하고 있었습니다. 그후 어디까지 나갔는지는 모르겠습니다만, 하여간에 독일 안을 한 바퀴 빙 도셨습니다. 저에게 말씀하신 바에 의하면, 모자도 없이 신도 안 신고 남의 집 문전에서 걸식을 하며 돌아다니셨다고 합니다. 그후 5개월쯤 지나서, 그놈의 전쟁이 프러시아와 오스트리아 사이에 벌어졌답니다. 그래서 그분도 이제 이 세상에 아무 희망을 붙일 곳도 없어서 프리드리히 대왕의 승전의 북소리에 이끌려, 보헤미아로 출전하셨습니다. 거기서 슈베린 장군에게 말씀하시기를, '나는 아버지도 없는 사람이니, 제발 전쟁터에서 죽도록 해주십시오.' 하였답니다.

늙은 몰 아말리아야, 내 얼굴을 보지 말아 다오!

헬 만 그리하여 카를 도련님께서는 깃발을 받으시고 프러시아의 승리의 군대와 함께 진군하셨습니다. 저는 우연히 같은 천막에서 잠자게 되었지요. 여러 가지로 연세 많으신 아버님의 말씀도 들려주셨고, 또 예전의 즐거웠던 나날의 이야기도 해주셨습니다. 그리고 또 헛되이 사라진 희망에 대해서도 말씀하시더군요. 우리 두 사람의 눈에서는 눈물이 글썽해졌습니다.

늙은 몰 (얼굴을 벽에 파묻으면서) 오, 그만 말하게. 그만 말하게, 제발.

헬 만 그후 일주일이 지나서 프라크의 대격전이 벌어졌습니다. 감히 말씀드리겠거니와, 아드님께서는 훌륭하신 용사로서 분투하셨습니다. 대부대 앞에서, 그분은 마치 기적같이 싸우셨습니다. 다섯 개의 연대가 카를 도련님 앞에서 교대로 공격하였지만, 그분은 그대로 버티셨습니다. 불덩어리의 탄환이 좌우로 빗발같이 쏟아졌지만, 그분은 그 자리를 뜨지 않으셨습니다. 한 개의 탄환이 그분의 오른손을 꿰뚫고 부숴 놓았지만, 그분은 여전히 왼쪽 손에 깃발을 쳐들고 계셨습니다.

아말리아 (감격하여서) 오, 그야말로 해크톨이십니다. 아버님도 들으셨습니까? 카를 씨는 그대로 서 계셨답니다.

헬 만 그날 저녁 저는 그분을 만나 뵈었습니다. 쌩쌩거리고 날아가는 총알 밑에 쓰러지셔서 왼손으로는 넘쳐흐르는 피를 누르고, 오른손은 땅바닥에 짓누른 채 저에게 이렇게 말씀하셨습니다. '여보게, 동지여, 장군께서 한 시간 전에 전사하셨다는 소문이 퍼졌는데.' 하시길래 '장군은 전사하셨어요. 그런데 당신은 어떠하십니까?' 하고 물어 보았더니, 왼손을 가슴에서 떼시면서 '그러면 누구나 용감한 군인은 나와 같이 장군을 따라가지.' 하시면서 이내 숨을 거두시고, 그 위대한 영혼은 장군을 뒤따라 가버리셨습니다.

프란츠 (사납게 헬만에게 달려들며) 이 고약한 놈아, 어서 그

혓바닥을 거두지 못하느냐? 네놈은 여기에 우리 아버님
의 명을 단축시키려고 온 것이냐? 아버님, 들어 보세요.
아말리아, 아, 아버님!

헬 만 이것이 전사한 전우의 마지막 유언이었습니다. '이 칼
을 가지고 가서 우리 아버님께 드려 다오.' 하면서 숨이
끊어지는 마지막 말을 하셨습니다. '아들의 피가 그 칼
위에 묻어 있다고 그렇게 말해 다오. 이걸로 아버님의
노하심도 풀어지시고 용서를 해주시겠지. 그리고 또 이
렇게 말해 다오. 아버님의 저주가 나를 싸움터로 몰아
넣고, 나는 절망 가운데 목숨을 거두었다고.' 그렇게 말
씀을 하시더니 마지막 한마디는 '아말리아'라는 말이었
습니다.

아말리아 (죽은 듯이 있던 아말리아는 갑자기 잠을 깬 듯) 그분의
마지막 말씀이, 아말리아였단 말씀이죠!

늙은 몰 (머리칼을 쥐어뜯으며 무참한 소리를 지르듯이) 나의 저
주가 그놈을 죽음으로 몰아넣었다니! 절망 가운데 숨을
거두었다니!

프란츠 (방 안을 이리저리 거닐며) 아버지, 당신은 어찌 그런
일을 하셨습니까? 오, 나의 형님. 오, 나의 카를!

헬 만 여기에 그 칼이 있사옵니다. 그리고 또 그분 주머니
에서 꺼낸 초상화가 있습니다. 이 사진은 여기 계신 저
아가씨와 꼭 같습니다. '이것은 내 동생 프란츠에게 전
해 다오.' 하고 말씀하셨습니다. 그것이 무슨 뜻인지는
나도 모르겠습니다.

프란츠 (놀란 듯이) 나에게? 아말리아의 초상화를 나에게라
　　　니? 카를 형님이 아말리아를 나에게?

아말리아 (맹렬하게 헬만에게로 달려들며) 이 거짓말쟁이야, 돈
　　　을 먹고 거짓말을 하는 이 나쁜 놈아! (헬만의 멱살을 잡
　　　는다)

헬 만 난 그런 사람이 아닙니다, 아가씨. 이것을 잘 보십시
　　　오. 이것이 당신 초상화가 아닙니까? 아마 당신이 직접
　　　그분에게 드린 것이 아니었을까요.

프란츠 정말이다. 이것은 당신 초상화야. 틀림없이 당신이다!

아말리아 (프란츠에게 그 사진을 돌려 주며) 오, 내 것이구나.
　　　오. 천지신명이여!

늙은 몰 (얼굴을 쥐어뜯으며 소리친다) 슬프도다, 슬프도다! 나
　　　의 저주가 그놈을 죽음으로 몰아넣었다니. 절망 속에서
　　　전사하였다니!

프란츠 아, 그 최후의 괴로운 운명의 순간에 그래도 나를
　　　생각해 주었단 말인가! 그 얼마나 천사와 같은 영혼인
　　　가! 새카만 죽음의 깃발이 머리 위에 펄럭일 때, 그래도
　　　나를 생각해 주었단 말인가!

늙은 몰 (혀 꼬부라진 소리로) 나의 저주가 그놈을 죽음으로
　　　몰아갔단 말이냐? 내 아들이 절망 속에서 마지막 숨을
　　　거두었단 말이냐!

헬 만 하도 딱해서 뵈올 수가 없습니다. 안녕히 계십시오,
　　　백작님! (작은 소리로 프란츠에게) 이렇게까지 심하게 하시
　　　지 않아도 좋았을 텐데요, 도련님? (재빨리 퇴장한다)

아말리아 (벌떡 뛰어일어나서 헬만의 뒤를 쫓는다) 잠깐만, 잠깐
만! 그분의 마지막 말씀이 뭐라고 하셨지요?

헬 만 (뒤돌아보며 소리친다) 그분의 마지막 탄식은 아말리아
였습니다. (퇴장)

아말리아 그분의 마지막 탄식이 아말리아였다고! 그렇지,
당신은 결코 거짓말쟁이가 아니지. 역시 정말인가 봐.
카를 씨는 돌아가셨어! 돌아가셨어! (비틀비틀 걷다가 쓰
러진다) 돌아가셨어. 카를 씨는 정말 돌아가셨어.

프란츠 저것이 무엇인가? 저 칼 위에 씌어진 것이 무엇인
가? 피로 씌어진 글자……. 아말리아 씨, 보세요.

아말리아 카를 씨가 쓰신 것인가요?

프란츠 내가 보는 것이 생시인가 꿈인가? 거기 씌어진 혈서
를 보십시오. '프란츠야, 나의 아말리아를 버리지 마라.'
이걸 보세요. 그리고 또 그 뒤에 씌어 있습니다. '아말
리아여, 당신의 맹세는 무엇보다도 강한 죽음으로 깨어
졌노라.' 자, 이것 보세요. 어떻습니까? 이제 아시겠어
요? 방금 굳어 가려는 손으로 쓴 필적입니다. 그의 따
뜻한 심장의 피로 씌어진 말입니다. 엄숙한 영원의 경
계선에서 씌어진 것입니다. 바야흐로 사라지려 하는 영
혼이 발을 멈추고, 프란츠와 아말리아를 결부시키려고
한 것입니다.

아말리아 어머나, 이것은 정말 그분의 필적이야. 그분은 나
를 한 번도 사랑하지 않으셨나 봐! (급히 퇴장)

프란츠 (마룻바닥을 발로 구르며) 제기랄, 나의 재주도 그 고집

쟁이 계집한테는 못 당하겠구나!

늙은 몰 슬프다, 슬프다, 아말리아야. 내 곁을 떠나지 마라!
프란츠야, 프란츠야, 내 아들을 다시 돌려다오!

프란츠 아들을 저주한 사람은 대체 누구였던가요? 제 자식
을 저주하여 전쟁으로, 죽음으로, 절망으로 몰아넣었던
사람이 누구셨던가요? 아, 형은 정말로 천사였지요. 하
늘의 보물이었지요. 그런 형을 죽게 만든 사람을 나는
저주합니다. 저주, 저주! 나는 당신을 저주합니다!

늙은 몰 (주먹을 불끈쥐고 자신의 가슴과 이마를 친다) 정말이지
그애는 천사였어. 하늘의 보물이었어. 내 자신에게 저주
와 멸망이 있으라! 나야말로 아비로서 훌륭한 제 자식
을 때려죽인 것이야! 그런 이 아비를 죽는 그 순간까지
사랑하고 있었단 말이야! 전쟁과 죽음 속으로 뛰어든
것은 나 때문에 그 울분을 터뜨린 것이었는가 봐. 아,
무서워라, 무서워라. (그는 자신의 온몸을 잡아뜯으며 몸부림
을 친다)

프란츠 카를은 벌써 죽었습니다. 지나간 뒤에 아무리 한탄
해 봤자 무슨 소용이 있습니까? (조소하며) 살리는 것은
어렵지만 죽이는 것은 쉬운 일이지요. 아무리 애써도
죽은 카를을 묘지에서 끌어낼 수는 없을걸요!

늙은 몰 아, 결코, 결코, 결코, 묘지에서 끌어낼 수는 없는
일이다! 이제 영원히 잃어버린 것이다. 그것도 네놈 때
문에 내 가슴에서 그런 저주가 나온 것이 아니냐. 너,
이놈, 프란츠야. 내 아들을 살려 놓아라!

프란츠 괜히 나의 분노를 사지 마세요. 까딱하다가는 당신을 죽게 할지도 몰라요.

늙은 몰 이놈의 악마야, 당장 내 아들을 살려 놓아라. (말하며 의자에서 일어나 프란츠의 목을 조르려고 한다. 프란츠는 아버지를 밀쳐 버리고 만다)

프란츠 힘도 다 빠진 뼈다귀가! 공연히 그러지 마. 어서 죽기나 해! 어서 절망하란 말이야! (퇴장)

늙은 몰 수많은 저주가 네놈의 뒤를 쫓아가서 천둥처럼 울려라! 너는 내 팔에서 나의 아들을 훔쳐간 놈이다. (절망에 잠겨, 안락의자 안에서 몸부림을 친다) 슬프다, 슬프다! 이렇게 절망하고도 죽지를 못하다니. 모두들 다 도망가 버리고, 나를 죽음 속에 내버리는구나. 나의 귀여운 천사는 내 곁을 떠나 버리고, 온갖 성인들은 차가운 백발의 이 살인자 곁을 떠나 버렸다. 이 얼마나 슬픈 일이냐! 이제는 나의 머리를 붙잡아 주고, 이 외로운 영혼을 풀어 주는 사람이 하나도 없단 말이냐? 아들도 하나 없고, 딸도 하나 없고, 친구도 하나 없다! 아, 누구라도 사람이 좀 와주었으면! 아무도 오지 않는구나. 혼자서 고독하게. 아, 슬프다, 슬프다. 절망 속에 있으면서 죽지도 못하다니!

아말리아가 눈물을 흘리면서 등장한다.

늙은 몰 오, 아말리아! 하늘의 사자(使者)! 너는 나의 영혼을 위로해 주러 왔느냐?

아말리아 (먼저보다 부드러운 음성으로) 당신은 훌륭한 아들을 잃어버리셨습니다.

늙은 몰 잃어버렸다기보다 죽였다고 해야겠지. 나는 그러한 증거를 걸머지고 하느님의 심판 앞에 나서게 되겠지.

아말리아 그런 말씀을 하시지 마세요, 가련한 노인이시여. 하늘에 계신 주님께서 그분을 불러가신 것이 아닙니까. 이 세상에서 같이 살게 된다면 그것은 너무나 지나친 행복이었을 것입니다. 저 위에 저 높이 태양이 있는 그 위에서, 우리들은 또다시 만날 것입니다.

늙은 몰 만나 본다? 만나 본다? 오, 그것은 나에게 영혼을 칼로 자르는 것과 같을 것이다. 만일 내가 많은 성인들 가운데 또 한 성인이 되어 있는 그애를 보게 된다면, 천당의 한가운데 있으면서 지옥의 전율을 느낄 것이다. 영원한 생을 받은 내 자식을 눈앞에서 보고도 지나간 추억이 내 몸을 분쇄할 것이다. 아, 나는 내 아들을 죽인거야.

아말리아 카를 씨는 아버님의 고통스러운 그 추억을 웃음으로써 잊어버리게 해주실 것입니다. 제발 마음을 돌리고 기운을 내세요. 아버님, 저는 이제 완전히 마음을 잡았어요. 벌써 그분이 천당에서 천사 세라프의 가야금에 맞추어 하늘의 청중 앞에 아말리아의 이름을 노래 부르셨겠지요? 그분의 마지막 탄식이 아말리아였다고 합니다. 그러니 천당에서의 최초의 기쁨의 환성도 역시 아말리아가 아니겠습니까?

늙은 몰   너의 입술에서 흘러나오는 말은 천상의 위안이구
　　　　나. 카를이 나를 보고 미소를 띨 거라고, 말하는 거냐?
　　　　용서할 거라고 말하는 거냐? 너는 나의 아들의 애인이
　　　　니 제발 내가 죽을 때에는 내 옆에 있어 다오.
아말리아   죽는다는 것은 그분의 팔에 안기는 것입니다. 아
　　　　버님은 행복하시지요. 저는 아버님이 부럽습니다. 이
　　　　뼈는 어째서 빨리 늙지 않는 것일까요. 이 머리는 왜 이
　　　　렇게 희어지지 않는 것일까요? 아, 이 젊음과 힘이 저
　　　　는 도리어 원망스럽습니다. 하늘에 가까이 갈 수 있고,
　　　　저의 카를 씨 곁에 갈 수 있는 그 무력한 늙음이 저에게
　　　　빨리 와주시옵소서.

　　　　　프란츠가 등장한다.

늙은 몰   프란츠냐? 이리 오너라. 내가 아까 너에게 너무 심
　　　　하게 말해서 미안하다. 나는 너의 모든 것을 용서하겠
　　　　다. 나는 되도록 평화롭고 고요히 이 세상을 떠나려 한
　　　　다.
프란츠   아버님은 아들을 위하여 이제 다 우셨습니까? 내가
　　　　보기에는 이제 당신의 아들은 한 사람밖에 없는 것 같
　　　　은데요.
늙은 몰   예전의 야곱은 열두 명의 아들을 가지고 있었단다.
　　　　그래도 그는 요셉 때문에 피의 눈물을 흘렸다고 하지
　　　　않느냐?

프란츠　흥!

늙은 몰　아말리아야, 나에게 성서를 갖다 다오. 그리고 야
　　곱과 요셉의 이야기를 읽어 다오. 그 이야기는 항상 내
　　마음을 감동시켰다. 더구나 그 전에는 내가 야곱도 아
　　니었는데.

아말리아　어디쯤부터 읽어 드릴까요? (성서를 들고 장을 들춘
　　다)

늙은 몰　야곱의 아이들 가운데 요셉이 안 보이게 되었을
　　때, 그 아이를 잃어버린 슬픔의 장을 읽어 다오. 열한
　　명의 아이들에게 둘러싸여 할 일 없이 기다리고 있을
　　때, 요셉이 영원히 돌아오지 않는 아이가 되었다는 것
　　을 알고 한탄하는, 그 비탄의 노래를 읽어 다오.

아말리아　(읽는다) ‘그리하여 그들은 요셉의 옷을 벗기고, 숫
　　염소 새끼를 죽여서 그 옷을 피에 적셔, 그 피 묻은 옷
　　을 아버지에게 보내어 말하기를, 우리들은 이것을 얻었
　　으니, 당신 아들의 옷인가 보소서. (프란츠가 갑자기 퇴장
　　한다) 야곱이 그것을 알아보고 가로되, 내 아들의 옷이
　　로다. 정녕 악한 짐승이 그애를 잡아먹었을 것이라. 요
　　셉은 틀림없이 그 짐승에게 찢기었으리라.’

늙은 몰　(자리에 쓰러지면서) ‘요셉은 틀림없이 그 짐승에게
　　찢기었으리라!’이냐.

아말리아　(계속해서 읽는다) ‘야곱은 그 옷을 찢고 베옷을 허
　　리에 두르고, 오래도록 그 자식을 비탄하였도다. 그의
　　아들과 그의 딸들이 모두 나서서 그를 위로하였으나,

라, 하고 통곡하더라.'

늙은 몰 그만 읽어라. 그만 읽어라. 내 기분이 어쩐지 이상
해진다.

아말리아 (책을 떨어뜨리며 달려간다) 오, 아버님, 어쩐 일이십
니까?

늙은 몰 나는 이제 죽는 것이다. 시커먼 것이 내 눈앞에 흔
들흔들한다. 제발 부탁이니, 목사를 불러 다오. 최후의
만찬을 베풀어 달라고 말해 다오. 어디에 있느냐, 나의
아들 프란츠는?

아말리아 어디로인지 도망쳐 버렸습니다. 오, 하느님이시
여, 우리를 불쌍히 여겨 주소서!

늙은 몰 도망치다니, 죽는 사람을 놓아 두고 도망을 치다
니? 그처럼 바라고 희망을 품었던 두 아들이 모두, 모
두 가버렸단 말이냐! 오, 에호바의 신이여, 당신은 주시
고, 당신은 빼앗아 가시나이까. 당신의 이름이 거룩…….

아말리아 (갑자기 큰 소리로 외친다) 아이구머니, 돌아가셨어!
세상이 캄캄해졌어! (절망 속에 퇴장한다)

　　　프란츠가 기뻐 뛰며 등장한다.

프란츠 죽었다고, 죽었다고, 아말리아가 소리를 치는구나!
이제 나는 드디어 주인이 되었다. 온통 성 안에서 죽었
다, 죽었다, 소리를 치는구나! 그런데 혹시나 죽지 않고

그저 잠들어 있는 것인지도 몰라. 그렇지, 정말 그렇지. 그것은 그저 잠들어 있는 것에 불과하지. 다만 언제까지나 아침인사를 하고 깨어나는 일이 없는 것이 다를 뿐이지. 잠과 죽음은 쌍둥이니까, 그 두 가지의 이름을 한번 바꾸어 보아도 좋아. 잘 왔다, 너 기특한 잠아. 우리는 너를 죽음이라고 부르련다! (그는 늙은 몰의 눈을 감겨 준다) 자, 이제 누가 감히 이리로 와서 나를 재판소로 몰아넣겠다고 할 사람이 있겠는가? 또는 나에게 직접 대고 '너는 악한이다.' 하고 감히 말할 놈이 있겠는가. 자, 이젠 내 세상이니, 뭐 그리 점잔이나 착한 체하는 가면을 쓰고 있을 필요가 없다! 너희들은 이제부터 벌거벗은 진짜 프란츠를 보고 깜짝 놀랄 것이다. 우리 아버지는 명령을 아주 부드럽게 하셔서, 우리 영토을 하나의 가족적인 지역으로 만들어 놓았었지. 문간에 걸터앉아 싱글싱글 미소를 띠며, 주민들에게 형제여, 자식들이여, 하고 인사했었지. 그런데 나의 눈썹은 너희들 위에 검정 구름과 같이 위협적이 되어서, 나의 무서운 이름은 이 영토 내에 닥쳐드는 공포의 혜성과 같이 퍼지고, 나의 얼굴은 너희들의 청우계가 될 것이다! 아버지는 자신에게 반항하는 놈의 목을 쓰다듬어 주었지만, 나는 그 따위 쓰다듬기라든지, 귀여워하기라든지 하는 것은 다 집어치웠다. 나는 너희들의 육체 속으로 그 무서운 박차를 마구 처박을 것이다, 정신이 번쩍 나는 채찍으로 단단히 혼을 빼놓을 것이다. 나의 영토 내에서는 감자와 묽은 맥주만이 잔칫날의 음식이 될 것이다.
불그레하고 통통한 뺨을 가지고 있는 놈이 혹시나 하나
라도 있어서 내 눈앞에 나타나면 혼을 내주리라! 내가
좋아하는 색깔이란, 네놈들의 가난과 노예적인 공포의
창백한 얼굴색뿐이다. 네놈들에게 모두 그러한 색깔의
제복을 입혀 주리라! (퇴장)

제3장

보헤미아의 숲.
슈피겔베르크, 라스만, 도둑들.

라스만 자네가 왔는가? 정말 자네가 왔단 말인가? 이거 참
오랜만에 보게 되는군! 모리스 군, 우리 한번 죽도록 껴
안아 보세! 이 보헤미아의 숲까지 오느라고, 수고가 많
았네. 그리고 몸도 커지고 든든해졌어. 야, 이것은 또
굉장하군! 신병이 대 부대를 이루고 따라오지 않았는가
말이야. 병정 모으기는 아무래도 자네가 제일인걸!

슈피겔베르크 내 솜씨가 어떤가? 자, 보게. 더구나 모두 똑
똑한 놈들이거든! 하느님의 축복이 명백하게 내 위에
있다는 것을, 자네는 그래도 의심하는가? 성서에도 있
다시피, 처음에 요단강을 건너셨을 때는 손에 쥔 지팡
이 한 자루뿐으로, 아주 가련한 신세였다네. 그런데 지
금은 78명이라는 대부대가 되었고, 더구나 그 대부분이
슈바벤 지방의 실패한 상인들, 숨은 학사들, 또는 글을
쓰는 사람들이란 말이야. 정말이지 모두들 한몫 할 만
한 젊은 놈들이야. 순식간에 옆에 있는 놈의 바지 단추
를 귀신도 모르게 잡아채고, 곁에는 항상 장전을 한 총
을 준비하고 있단 말이지. 그리하여 장사는 썩 잘되고,
그 이름이 40마일 밖의 지역에까지 휘날리고 있어서,

좀처럼 상상을 할 수가 없는 정도일세. 신문이라는 신문에는 슈피겔베르크에 대한 꽤 많은 기사가 올라 있지. 내가 신문을 구독하는 것도 사실은 그 재미 때문일세. 머리끝부터 발끝까지 어찌나 자세히 설명하였던지, 자네가 보면 내 자신을 눈앞에 보는 것 같을 걸세. 심지어 나의 상의 단추 구멍까지 잊어버리지 않고 있단 말이야. 그러나 이쪽에서는 그놈들을 불쌍하도록 무시하고 덤비지. 지난번에도 나는 어느 인쇄소에 가서 그 유명한 슈피겔베르크를 만나 보았다는 듯이 이야기 하였네. 그리고 그 근처에 앉아 있던 풋내기 기자에게 그 근방에 사는 엉터리 의사의 모습을 자세히 얘기해 주었단 말이야. 그러니까 그 이야기가 이리저리 돌아가서 그 의사 선생이 결국은 붙드려 가고 고문까지 당하지 않았겠나! 그런데 그 양반이 겁이 많고 인간이 어리석어서, 세상에 별일도 다 보겠네마는, 자기가 슈피겔베르크라고 고백을 하셨단 말일세. 귀신이 곡할 노릇이지! 하마터면 내가 뛰어가서 내 진짜 이름을 밝히고, 그놈의 겁쟁이가 나의 이름을 땅에 떨어뜨렸다고 항의를 제출할 뻔하였네. 과연 그후 3개월이 지난 다음, 그 의사는 목을 매달고 말았다네. 그후로 나는 그 교수대 근처를 지날 때마다 가짜 슈피겔베르크가 영광스럽게 버티고 달려 있는 것을 보고, 향담배를 콧속에 쑤셔넣지 않을 수 없었다네. 더구나 그놈의 슈피겔베르크 군이 거기에 매달려 있는 틈을 타서 여기 진짜 슈피겔베르크 선생은 살그머

니 올가미를 빠져나가서, 등 뒤에서 당나귀의 귓종을
흉내내어 주고, 용한 체하는 재판관 나리들을 실컷 비
웃어 주었던 거야.

라스만 (웃으면서) 자넨 항상 그전과 똑같군!

슈피겔베르크 자네가 보는 바와 같이, 마음도 몸도 예전과
다름없는 나일세! 그리고 또 한 가지 우습지도 않은 이
야기를 해주겠네. 그것은 아주 최근에 시실리의 수도원
에서 일어났던 일일세. 그 수도원 근처까지 우리가 헤
매며 갔을 때는 벌써 날이 어둑어둑할 무렵이었고, 그
날은 특히 한 방의 총알도 쏘지 않았다네. 자네도 알다
시피 나는 하루라도 그냥 지내는 것은 죽기보다 싫어하
는 성질일세. 그래서 그날 밤은 심지어 악마에게 귀를
잡히더라도, 한번 톡톡히 장난을 치고 멋있게 지내야겠
다고 생각하였네. 그리고 깊은 밤중이 될 때까지 점잖
게 기다리고 있었지. 그러자 주위가 고요해지고 등불은
모두 꺼져 버렸다네. 이제 수녀들은 모두 이불 속에 들
어갔을 거라고 우리들은 생각했네. 자, 그래서 나는 동
료 그림을 데리고 가고 다른놈들은 모두 피리 소리의
신호가 있을 때까지 정문 앞에서 기다리게 해놓았네.
수도원 문지기를 꼼짝 못하게 해놓고서는, 열쇠를 빼앗
아서 여자들이 자고 있는 방으로 기어들어갔지. 그리고
그들의 옷을 모두 훔쳐다가 한데 묶어서, 대문 있는 데
로 운반해 내왔단 말이야. 그러고 나서 우리는 그 다음
방으로, 또 다른 방으로, 차례차례 들어가서 수녀들의

옷을 남김없이 끄집어내 왔어. 마지막에는 원장 수녀의 옷까지 빼앗아 왔으니까. 그러고 나선 내가 피리를 부니까, 밖에 있던 놈들이 일시에 우당탕 하고 뛰어들어, 대소동을 일으킨 것이야. 그것은 정말이지 최후 심판의 날과 같은 큰 소동이었네. 그리하여 말할 수 없는 혼잡을 이루고, 수녀 아가씨들의 방 안으로 달려들었단 말씀이지! 하, 하, 하! 그 소동이야말로 정말이지 자네에게 한번 보여 줄 만한 것이었네. 그 불쌍한 아가씨들이 깜깜한 어둠 속에서 입을 옷을 찾아 헤매고, 어찌된 영문인지를 몰라서 발버둥치는 꼴이란, 말할 수가 없는 것이었어. 게다가 우리들이 천둥을 치듯 몰려들어갔기 때문에, 놀라서 허겁지겁 요 밑으로 기어들어간다, 고양이처럼 난로 속으로 숨는다, 심지어는 너무 급해서 방 안에서 오줌을 싸기도 해서, 자네가 있었더라면 그 속에서 헤엄 공부를 할 수 있었을 걸세. 삑삑거리는 놈에 짹짹거리는 놈에 마구 짖어대는 놈에, 나중에는 원장 할멈인 수녀까지 나타나서, 천당 앞에 섰는 이브와 같은 꼴이었다네. 자네도 알지만, 여보게, 이 세상에 거미와 늙은 할멈처럼 보기 흉한 것이 또 있느냐 말일세. 그런데 생각 좀 해보게. 거무칙칙하고 주름살이 잔뜩 끼고, 털투성이인 마귀 같은 그 할멈이 내 눈앞을 가로뛰며 깨끗한 처녀의 몸이니 뭐니 지껄여대는 통에 난 견딜 수가 없었다네. 나는 더 이상 참을 수가 없어서, 팔꿈치를 가지고 몇 개 남지 않은 그 할멈의 이를 똥구멍

까지 쑤셔 넣어 줄까 하였단 말일세. 그러나 일은 끝을
맞춰야 되는 법이 아닌가. 은그릇이고 보물이고 무엇이
든지 번쩍번쩍하는 것은 모두 휩쓸어서 걸머지고 나가
버린다든가, 그러잖으면 또……. 부하 놈들이 시키지 않
아도 곧잘들 할 줄 아는 일이니 말해 무얼 하겠나. 하여
간에 내가 그 수도원에서 뽑아 낸 돈이 천 달러는 될 것
이고, 그 밖에 실컷 재미도 보고, 부하 놈들은 수녀 아
가씨들에게 각각 기념품을 남기고 갔으니, 앞으로 아홉
달 동안은 그 아가씨들, 기념품을 뱃속에 간직하고 다
닐 거란 말일세.

라스만 (발로 마루를 구르면서) 아이, 분해! 나도 함께 갔었더
라면 얼마나 재미를 보았겠나!

슈피겔베르크 그것 보게, 내가 말하지 않던가! 이 얼마나
재미나는 생활이냔 말이야. 게다가 기운은 북받치고 몸
은 튼튼해진단 말이야. 동료들간의 친목은 점점 두터워
지고, 시간마다 배때기가 중놈의 배때기처럼 두둑해지
고 말이야. 나도 모르는 일이지만, 어쩐지 내 몸에는 지
남철 같은 것이 붙어 있어서 이 세상의 건달패들과 악
당들을 모두 쇠나 강철처럼 빨아들이는 것 같더군.

라스만 그것 참 신통한 지남철이야. 그런데 자네는 대체 무
슨 마술을 쓰는 것인가? 제발 좀 들려주게나!

슈피겔베르크 마술이라니? 무슨 마술이 있단 말인가? 만사
는 머리가 좋아야 하는 것이네! 무엇이든지 실질적인
머리를 사용하는 것이 중요하지. 그것은 물론 아무렇게

나 하는 쉬운 일은 아닐세. 내가 항상 말하는 바지만, 고지식한 인간은 아무 데나 있는 버드나무 꼬챙이로 만들 수 있지만, 진짜 악당을 만들려면 약간의 연구가 필요하단 말일세. 그뿐 아니라 거기에는 독특한 국민적인 천재가 있어야 하지. 그것은 내가, '불량배를 위한 풍토'라고 부르는 것이네. 그래서 내가 자네에게 충고하겠는데, 자네도 한번 그라우뷘덴 지방으로 건너가 보게. 거기야말로 현대 악당들이 모이는 에덴일세.

라스만 여보게, 내가 듣기로는 이탈리아로 가면 어디나 그와 같다고 하던데.

슈피겔베르크 그야 그렇지. 누구나 남의 권리는 인정해 주어야지. 이탈리아에도 상당히 맹랑한 사람들이 있다네. 그리고 독일에서도 지금 되어가는 발전만 계속된다면, 바이블을 완전히 축출해 버리고 차츰 비약적인 발전을 할 수 있을 걸세. 그리하여 독일에서도 상당한 것이 장차 생겨날 거야. 그러나 대체적으로 그 풍토에는 별로 관계없이 천재는 어디서나 생겨날 수 있는 것이라고 생각하네. 그 다음에는, 여보게, 말하자면 산(山)능금은 자네도 알다시피 아무리 천당 같은 정원에 심어 보았자 끝끝내 파인애플이 될 수는 없지 않은가. 그 이야기는 그쯤 해두고, 우리 먼저 이야기를 계속하세. 어디까지 이야기를 하였지?

라스만 왜, 그 머리를 쓴다는 말이었잖아.

슈피겔베르크 그래, 그래, 옳아, 옳아. 그 머리를 쓴다는 말

이었어. 자네가 말이야, 우선 어느 도시에 가면, 제일
먼저 거지 대장이라든가 야경꾼, 감옥의 간수들 같은
사람을 찾아가서, 누가 가장 부지런히 그들의 신세를
지러 나타나는가를 물어 본단 말일세. 그리고 나서 바
로 그런 놈팽이들을 찾아내면 되는 것일세. 또 그 다음
에는 카페라든지 기생집 또는 요정 같은 곳을 찾아가서
자리를 잡고는 물가가 싸다든지, 세금이 낮다든지, 경찰
이 질서를 유지한다든지 하는 일에 대하여 가장 불평이
많은 사람이 누구인가를 찾아낸단 말일세. 그리고 정부
에 대한 험담을 가장 많이 하는 놈, 또는 관상학에 대하
여 가장 반대 의견을 털어놓는 놈, 또는 그와 비슷한 놈
들을 찾아내는 것일세. 그러면 제일 올바르게 골라낼
수 있지. 그놈들의 양심 같은 것은 다 썩은 이처럼 흔들
거리고 있을 테니까 말이야. 그까짓 건 자네가 집게 하
나만 대도 슬쩍 빠져 도망가 버리네. 아니면 더 간단하
고 손쉽게 하는 방법도 있지. 우선 사람이 많이 다니는
길거리에 가서 돈이 잔뜩 든 지갑을 떨어뜨려 둔단 말
이야. 그리고 자네는 어디 숨어서 그것을 집는 놈을 감
시하란 말이야. 잠시 후 그놈의 뒤를 쫓아가서 큰 소리
로 외쳐 말하기를, '혹시 당신이 돈 지갑을 줍지 않으셨
습니까?' 만일 그놈이 주웠다고 대답을 하면 그놈은 소
용없고, 줍지 않았다고 하며 '미안하지만 나는 그런 것
을 모릅니다.' 하고 대답하면, (벌떡 일어서며) 여보게, 만
세일세. 축하를 하세! 대낮에 등불을 켜고, 디오게네스

의 흉내를 내지 않아도 되는 것일세! 바로 우리가 찾고
있는 작자를 거기서 만난 것이니까.

라스만 자네는 정말로 대단한 재주꾼이야.

슈피겔베르크 여보게, 그렇게 말하면 자네가 여태까지 나를
의심하고 있었다는 말이 되지 않는가. 그런데 자네가
아까처럼 해서 그놈을 발견하면, 그놈을 잡아 낚는 데
아주 교묘하게 하지 않으면 안 되네. 알겠나, 여보게.
예를 들면 나는 이렇게 하였다네. 내가 일단 그놈의 뒤
를 따라가는 것이지. 그 후보자의 뒤꽁무니에 찰거머리
와 같이 붙어 따라가서, 그놈과 형제를 맺는 술잔을 교
환하지. 그때 주의해야 할 것은 절대로 그놈에게 돈을
내게 해서는 안 되네. 물론 밑천이 들어서 곤란하기는
하지만 그까짓 푼돈은 생각하지 말게. 그리하여 한걸음
한걸음 그놈을 이끌어서 노름판으로 끌고 들어가란 말
이야. 악당들한테 소개도 시켜 주고, 싸움판이든지 사기
계획이라든지 하는 것과 관련을 시켜 주어서, 결국 힘
도 진도 다 빠뜨리게 해주고, 돈이나 양심이나 명예 같
은 것을 모조리 파산시켜 버린단 말이야. 덧붙여 말하
면, 그놈의 정신과 육체를 똑같이 파괴해 주는 거지. 그
렇지 않으면 아무 소용이 없네. 알겠나, 여보게! 이것은
내가 몇십 번의 실제 경험을 쌓아서 하는 말이니까, 틀
림없네. 진실한 사람일수록 한번 자기의 보금자리에서
내쫓기면 마귀의 자유대로 되는 것일세. 그렇게 되면
문제는 아주 간단해지지. 그것은 마치 갈보가 일약 뛰

어서 진실한 수녀가 되는 것이나 똑같아. 저게 무슨 소리야? 꽝 하는 소리 말이야?

라스만 천둥이 치는 소리인가 보지. 하여간에 말을 계속해 보게!

슈피겔베르크 그리고 그보다도 더 빠르고 손쉬운 길이 있어. 그것은 그놈의 집과 재산을 송두리째 없애 주는 것이야. 몸에 지닌 것이 셔츠 한 장도 없게 되면, 그놈은 제 발로 걸어들어온다고, 그런 재주는 지극히 손쉬운 일일세. 친구여, 저기 있는 저 붉은 얼굴을 한 놈에게 물어 보게, 저놈이야말로 내가 아주 쉽사리 끌어들인 놈이었지. 내가 그놈한테 가서 돈 40냥을 내놓고, 너의 주인의 열쇠를 납에다 눌러서 그 모형을 떠오라고 말했어. 그러니까 그놈이 어리석게도 그와 같은 짓을 해오고, 그 돈을 달라고 하지 않겠나! 그래서 내가 그놈에게 말해 주었지. '여보시오, 나리님. 당신도 아시다시피, 내가 지금 이 열쇠를 가지고 곧장 경찰에게로 달려가면, 교수대 위에 당신을 위한 훌륭한 잠자리를 마련해 드릴 수 있겠지요?' 그러니까 말일세, 자네도 그 녀석의 눈깔이 둥그래지고, 흠뻑 젖은 똥강아지처럼 전신을 부들부들 떠는 꼴을 보았더라면 좋았을텐데. '제발 나를 살려 주시오. 나는 정말이지.' 하고 말하길래, 내가 '뭐라고? 당신이 지금 당장 준비를 하고 나와 함께 마귀 있는 곳으로 가겠단 말인가?' 하고 물었더니, '그야 물론 하시라는 대로 하겠습니다.' 하면서 굽실굽실 쫓아왔단 말일

세, 하하하! 불쌍한 녀석이지. 고깃조각으로 생쥐를 낚
은 것이야. 거참, 우습지 않은가! 하하하!

라스만 정말이지 놀랍네. 자네의 교훈은 금문자로 내 머릿
속에 써넣어 두겠네. 마귀도 자네를 중개인으로 한 것
은 사람을 바로 본 것일세.

슈피겔베르크 사실이지. 여보게, 그래서 내가 생각하기에
는, 그와 같이 열 놈만 붙잡아 오면 마귀도 나를 놓아
둘 것이야. 서점에서도 책을 주문하는 손님이 열 권만
주문하면 한 권쯤 덤으로 주니 말일세. 마귀도 마찬가
지로 그다지 일하는 데 유태인 같지는 않을 것일세. 그
런데 여보게, 라스만, 어쩐지 화약 냄새가 풍겨 오네.

라스만 글쎄 말이야, 나도 아까부터 그런 냄새가 나네. 조
심하게. 이 근처에서 무슨 일이 일어난 모양일세. 그래,
그래, 모리스 군! 자네도 많은 부하들을 몰고 왔으니,
우리 두목한테 환영받을 것일세. 두목도 벌써 맹랑한
친구들을 많이 모아 놓았다네.

슈피겔베르크 그렇지만 나의 부하들은, 나의 부하들은 그
이상일 걸세.

라스만 그럴지도 모르지. 그놈들은 맹랑한 솜씨들을 가지고
있겠지. 그렇지만 내가 말하려는 것은, 우리 두목의 명
성이 높아서 고지식한 놈들까지 여기에 많이 몰려왔단
말이야.

슈피겔베르크 그건 그리 좋은 일이 못 되네.

라스만 농담이 아닐세! 그들이 우리 두목의 부하가 되는 것

을 조금도 부끄러워하지 않는단 말일세. 우리 두목은 우리처럼 도둑질을 하기 위해서 사람을 안 죽이니까. 그는 돈 같은 것도 필요한 만큼만 있으면 절대로 문제 삼지 않네. 그리고 정당하게 자기 물건이 된 노획품도 3분의 1은 고아들에게 주어 버린다네. 때로는 장래의 유망한 젊은이를 공부도 시키고. 그러나 소작인들을 소나 말같이 부려먹는 시골 귀족들한테는 톡톡히 혼을 내준단 말일세. 그리고 법률이나 정의의 눈을 금전으로 속여먹으려는 놈, 또는 그와 유사한 놈을 붙잡으면…… 말도 말게! 그때에는 두목이 제 세상을 만난 것처럼 위세가 대단하고, 몸뚱아리의 조각조각이 모두 복수의 여신이 된 것 같다네.

슈피겔베르크 흥! 흥!

라스만 요전번에도 술집에 앉아 있다가 레겐스부르크의 돈 많은 백작이 그 앞을 지나간다는 말을 들었다네. 그놈은 자기 변호사의 잔꾀로 백만 냥이나 되는 돈을 소송에서 땄다는 거야. 두목은 그때 마침 식탁에 앉아서 게임을 하고 있었는데, 갑자기 벌떡 일어나며 나를 보고 '우리 대원이 몇 명이나 되지?' 하고 묻는 것이었네. 보니까 그의 이는 아랫입술을 꽉 깨물고 있었네. 그것은 그가 지독하게 분통이 터졌을 때 하는 행동이야. '다섯 명밖에 없는데요!' 하고 내가 말하니까, '그 정도면 충분하지.' 하고서 주인 아주머니한테 돈을 지불하고, 주문했던 포도주는 마시지도 않은 채 큰길로 그대로 나섰다네. 그 동안 두목은 한 마디도 말이 없었지. 우리들 곁을 조금 떨어져서 혼자 걸으며, 가끔 무엇이 보이지나 않는가, 또는 들리지나 않는가 귀를 땅에 대어 보라고 했네. 드디어 백작이 마차를 타고 다가왔네. 마차는 짐을 잔뜩 싣고 있었고 변호사 나리는 그 옆에 타고 앉아 있었네. 한 놈이 말을 타고 그 앞을 달렸으며, 두 놈이 양쪽에서 그 곁을 호위하고 가는 것일세. 그때 우리 두목이 양손에 권총을 들고 우리들의 선두에 서서 달려드는 그 광경을 자네에게도 한번 보여 주고 싶었네. '멈추어라!' 하고 소리를 쳤는데, 마부는 마차를 세우지 않아서 그대로 마차대에서 거꾸로 떨어져 버렸지. 백작만 마차 안에 앉아서 공중에 대고 총을 쏠 뿐, 호위병들은 그대로 도망쳐 버리고 말지 않았겠는가. '돈을 내놓아라, 이 악한아!' 두목은 천둥과 같이 소리를 쳤고, 백작은 산양처럼 쓰러지고 말았어. '그리고 네놈은 법률을 화냥질하는 더러운 놈이다!' 하고 변호사에게 대드니까, 그는 바들바들 떨며 아래윗니가 맞지 않을 지경이었어. 단도를 배때기 속에 푹 쑤셔넣은 것은 마치 포도산에다 기둥을 쿡 박아 놓은 꼴이었네. '나는 내 일을 끝마쳤다! 물건을 훔치는 일은 너희들의 할 일이다.' 하고는 두목은 드높이 고개를 돌리고, 숲속으로 들어가 버렸다.

슈피겔베르크 아, 그랬는가! 그런데, 여보게. 아까 내가 자네에게 한 이야기는 우리끼리의 이야기니까, 두목한테는 말할 필요가 없어. 알겠는가?

라스만 그래, 그래, 알았어.

슈피겔베르크 자네는 두목 성질을 잘 알지! 그렇게도 고집이 세단 말이야. 그리고 내 말을 알아듣겠지, 응?

라스만 알겠어, 알겠어.

(슈발츠가 막 뛰어서 등장한다)

라스만 거기 누구냐? 무슨 일이 일어났느냐? 숲속을 산보하는 사람이라도 있단 말이냐?

슈발츠 어서 어서! 딴놈들은 다 어디 갔어? 큰 야단이 났는데! 너희들은 거기 서서 무슨 잔소리들이야. 대체 아무것도 모르고 있는 건가? 아무것도 모른단 말인가? 롤러가…….

라스만 뭐라고? 뭐라고?

슈발츠 롤러가 사형을 당한단 말이야. 그리고 다른 네 사람도 함께…….

라스만 롤러가? 이거 큰일났군. 언제부터 그렇게 된 거야? 그런 말은 또 어디서 들었나?

슈발츠 벌써 3주일 전부터 붙잡혀 있었지. 그런데 우리가 모르고 있었단 말이야. 그 동안에 세 번이나 재판이 었었다는데, 우리는 아무것도 못 듣고 있었어. 그리고 두목이 어디에 있는가를 알려고 그놈을 고문에 걸었다는 이야기야. 똑똑한 놈이니, 아무 말도 고백을 하지 않았대. 그래서 어저께 그에게 판결이 내리고, 오늘 아침에, 특별 마차를 타고 악마한테로 직행하게 된단 말이야.

라스만 제기랄 놈의 것! 두목은 그 이야기를 알고 있는가?

슈발츠 어제서야 비로소 두목도 그 이야기를 들었대. 그래서 두목은 산돼지처럼 헉헉대더군. 자네도 알다시피 항상 롤러는 두목에게 신임이 있었지 않았나. 그런데 고문을 당하였다니. 사다리와 밧줄을 벌써 그 감옥의 탑에 걸어 놓았으니 이미 때는 늦었다는 이야기일세. 그래서 두목은 할 수 없이 카프친의 두건을 쓰고 롤러가 있는 감옥으로 기어들어가서 그와 바꾸어 자기가 희생되려고 하였으나, 롤러가 단호히 거절하였다는 것일세. 그래서 그는 하나의 맹세를 하였다는데, 그것이 어찌나 지독한지 우리들의 간담까지 서늘해질 정도야. 그것은 어느 임금에게 바쳐진 것보다 더한 굉장한 행상의 모닥불을 밝혀서 그 길을 비추어 주겠다는 것일세. 그리하여 그들의 잔등을 시커멓게 태워 준단 말일세. 나는 아무래도 저 도시가 근심이 되는걸. 두목은 그전부터 그 도시의 사람들이 가짜 신앙을 가지고 있다고 화를 품고 있었단 말이야. 그러니까 자네도 아는 바지만, 우리 두목이 한번 한다고만 하면 우리가 벌써 저질러 놓은 일이나 마찬가지니까 말일세.

라스만 그것은 사실이야. 나도 두목의 성질은 잘 알고 있지. 그가 일단 지옥에 가겠다고 악마에게 말하면, 주기도문을 반만 외워도 천당에 갈 처지가 되더라도 결코 기도는 하지 않을 성질이니까 말일세. 그러나저러나 롤러가 불쌍하지! 롤러가 불쌍해!

슈피겔베르크 죽음을 생각하라(Memento mori). 그러나 그

까짓 건 문제가 아니야. (콧노래를 부른다)

　교수대 옆을 지나갈 때면

　난 오른쪽 눈을 가늘게 뜨고,

　너 혼자 목 매달려 있느냐 하고 생각하지만

　글쎄, 과연 네가 바보인지 내가 바보인지 모르겠구나.

라스만 (벌떡 뛰어일어나며) 저거 봐, 총소리가 나네! (총소리
　와 떠들썩하는 소리)

슈피겔베르크 또 한 방의 총소리!

라스만 그리고 또 한 방의 총소리. 아, 두목이다!

　(무대 뒤에서 노랫소리가 들려온다)

　슈람베르크에서는 목매달지 않는다.

　목매달 사람이 있어야 말이지.

　(반복한다)

슈바이처와 롤러 (무대 뒤에서) 워이, 워이!

라스만 아, 롤러구나. 롤러의 소리구나! 이거 참, 어떻게 된
　일이야!

슈바이처와 롤러 (무대 뒤에서) 라스만! 슈발츠! 슈피겔베르
　크! 라스만!

라스만 롤러와 슈바이처구나! 대체 어떻게 된 일인지 모르
　겠다. (뛰어나가서 그들을 마중한다)

　　도둑의 두목 몰은 말을 타고, 슈바이처, 롤러, 그림, 슈프텔레, 그
　　밖의 여러 도둑의 무리가 흙과 먼지에 뒤덮여서 등장한다.

몰 (말에서 뛰어내리며) 자유다, 자유다! 이제 자네도 마음놓을

수 있다. 롤러! 내 말을 끌고 가서 술로 몸을 씻겨 주게,
　　슈바이처. (땅바닥에 몸을 눕히며) 정말 혼이 났군!

라스만 (롤러에게) 이게 도대체 어떻게 된 일인가. 자네는 고
　　문 바퀴에서 살아났단 말인가?

슈발츠 자네는 롤러의 유령인가? 그렇지 않으면 내가 헛것
　　을 보고 있나? 네가 정말 롤러란 말인가?

롤 러 (헐떡이며) 정말 다름 아닌 나일세. 여기 있는 그대로
　　말짱하네. 자네는 내가 어디서 온 줄 아는가?

슈발츠 그런 건 마녀에게나 물어 보게. 자넨 이미 사형선고
　　를 받았지 않았던가?

롤 러 그것은 사실이야. 사실은 그 정도가 아니었어. 나는
　　교수대에서 지금 곧장 이리로 달려오는 길이야. 하여간
　　에 잠시 숨을 돌리도록 해주게. 슈바이처가 대신 이야
　　기를 해줄 테니. 나에게는 한잔의 브랜디를 따라 주게.
　　아, 자네도 여기 도로 왔는가? 모리스! 난 자네와 어디
　　다른 곳에서 만날 줄 알았더니. 하여간에 브랜디를 따
　　라 주게. 전신의 뼈가 조각조각이 되어서 흩어질 것만
　　같군. 아, 우리 두목! 두목은 어디로 갔는가?

슈발츠 그래, 그래, 곧 따라 주지. 아무튼 자네가 어떻게 살
　　아 나왔는지 이야기를 좀 해주게! 대체 우리가 어떻게
　　다시 만나게 되었단 말인가? 나는 도무지 알아듣질 못
　　하겠어. 교수대에서 이리로 왔다고 말하는 것인가?

롤 러 (한 잔의 브랜디를 들이마신다) 아, 거 참 맛있다. 확 하
　　는군! 그렇지, 그렇지. 내가 지금 말한 대로 교수대에서

곧장 온 거야. 너희들은 거기 서서 입을 딱 벌리고 있어도 아마 꿈에도 생각 못 할 일일 거야. 나는 성스러운 그 사다리를 올라가서 세 걸음이면 아브라함의 품에 안길 수 있는 곳까지 올라갔단 말일세. 그렇게 가까이, 그렇게 아슬아슬하게 다다랐을 때, 만사가 끝장이 나고, 몸뚱어리와 머리가 따로따로 떨어질 지경에 도달했지. 내 목숨이 향담배의 한 줌으로 끝장나려고 했던 그 순간에 이르렀다가 또다시 내가 이 자유와 생명과 바람을 맛보게 된 것은 바로 우리 두목 덕분이었단 말이야.

슈발츠 정말 말할 수 없는 재미였네. 하루 전에 우리의 스파이가 정보를 얻은 바에 의하면, 롤러가 곤욕을 치르고 있다는 이야기였지. 그래서 하늘이 무슨 변을 일으키기 전에는 내일이면 그가 끝장을 본다는 말이었어. 그 내일이라는 것이 바로 오늘이지. 그때 두목은 '가자, 한 사람의 동료의 생명보다도 더 중요한 일이 있겠느냐?' 하고 말을 하였다네. '우리가 당장 쫓아가서 그를 살려 오자. 만약 살리지 못한다 해도, 그를 위하여 죽음의 횃불을 불붙여 주자. 이 지상의 어느 왕도 밝히지 못했을 만큼 불을 크게 밝혀서, 그들의 잔등을 시커멓게 그을려 주자.' 하고서 우리들 모두가 일어섰던 것일세. 우선 우리는 그에게 특급 사자를 보내어, 종잇조각을 국 속에 집어넣어 롤러에게까지 전하였다네.

롤 러 그때 나는 도저히 성공할 줄은 몰랐었네.

슈바이처 우리들은 거리에 사람들이 없어질 때까지 시기를 기다리고 있었지. 시내에 사람들이란 사람들은 모두 그 광경을 구경하겠다고 말을 타고 가는 놈에, 걸어가는 놈에, 뒤범벅이었어. 마차, 군중, 교수대의 마지막 기도 소리, 그런 것이 멀리서 울려왔었다네. 그때에 두목이 '불질러라. 지금이다. 불질러라.' 하고 소리를 지르고, 우리들은 쏜살같이 날아다니며 시내의 33개 장소에다가 동시에 불을 질렀다네. 불붙는 노끈을 근처의 화약고며 사원이며 창고에다 마구 내던지기도 하였지. 그러니까 15분도 채 못 돼서 북동풍이 불기 시작하더란 말이야. 그 바람또한 이 도시를 집어삼키려는 듯하였기 때문에 우리에게는 정말로 좋은 기회였지. 그리하여 지붕 꼭대기까지 불꽃을 불어 올리며 우리에게 원조를 베풀어 주었다네. 우리들은 그 동안에 골목에서 골목으로 마치 복수의 여신처럼 뛰어다녔지. 불이야, 불이야, 하면서 전 시내를 떠들고 외치면서 소란을 일으키고 돌아다녔단 말이야. 화재의 종소리가 울리기 시작하고, 화약고가 폭발하고, 마치 이 지구 덩어리가 두 조각으로 갈라져서, 하늘이 쪼개지고 지옥이 몇천만 장의 깊이로 떨어져 온 것같이 야단이었네.

롤 러 그러니까 나를 붙들어 가둔 놈들이 뒤돌아 보았단 말이야. 거기에는 도시가 마치 소돔이나 고모라같이 되어서 늘어져 있는 것이 아닌가! 멀리 지평선상에는 곳곳에 불과 유황과 검은 연기가 가득하였네. 사방을 둘러싼 40개의 산들이 그 지옥과 같은 야단을 호령하고, 그 무서운 아비규환이 만물을 땅바닥에 내던지는 것이야. 그때 나는 그 기회를 이용하여 바람과 같이 뺑소니를 친 것일세. 나는 그때 벌써 포승이 풀려 있었을 때였네. 그토록 아슬아슬한 경지였지. 나를 이끌고 가는 자가 로트의 여인처럼 그 자리에 뿌리가 박혀 뒤를 바라보고 있는 사이에 나는 후딱 몸을 피하여 군중들 사이로 파고들어 줄행랑을 쳤단 말일세. 육십 걸음쯤 도망가서, 옷을 벗어 던지고 풍덩 강 속에 뛰어들어 물 속을 잠수하여 헤엄쳐서, 아무도 모를 만한 자리까지 피하였지. 그러니까 벌써 우리 두목이 말과 옷을 가지고 마중 나와 있지 않겠나. 대략 그와 같이 해서 빠져나온 것일세. 아, 몰, 몰! 자네도 언젠가 한번 그와 같은 경지에 빠져 봤으면 좋겠네. 그리하여 나도 자네에게 그 은혜를 갚기 위하여 똑같은 행동을 해보았으면…….

라스만 망할 놈의 소원도 다 많군. 그런 소릴 하면 정말 자네를 목매달아 사형시킬 만도 하지. 하여간에 전신이 터질 정도로 유쾌한 일이었어.

롤 러 정말로 급한 경우에 살아난 것이었지. 자네들은 그 심정을 이해 못 할 걸세. 그 심정을 이해하려면 역시 나처럼 목에 노끈을 매고 산송장이 되어 묘지까지 걸어 보지 않으면 안 될 거야. 그리고 성스러운 준비와 무시무시한 의식, 게다가 한 발짝마다 겁이 나서 다리를 덜덜 떨며 비틀비틀 걸어가면, 그 저주받은 사형기계가 차츰 가까이, 무섭게 가까이 다가오는 것이야. 그 기계속에 내 자신이 틀어박히려는 참인데, 그놈이 더구나 무서운 아침 햇빛 속에 솟아오르고 있었어. 그리고 노려보는 사형 집행인들의 눈과 그 지긋지긋한 음악 소리. 아, 지금도 그 소리가 내 귀에 쟁쟁해. 또 허기가 진 까치들의 깍깍 소리는 어떻고! 그놈들이 약 30마리나 나의 선배들의 썩어 가는 시체에 달라붙어 있단 말일세. 이 모든 것, 이 모든 것이 나에게 베풀어질 죽음이라는 행복의 선입맛인 것이야. 여보게, 바로 그때였네. 갑자기 거기 나타난 것이 자유의 신호성이 아니었던가! 그것은 마치 하늘의 통이 굴레가 빠져서 떨어지는 것과 같은 소리였네. 자, 들어 보아라, 악당들이여! 진실로 자네들에게 말하거니와, 열화같이 불타는 난로 속에서 차가운 얼음물에 뛰어들었을 때라도 내가 그때에, 건너편의 강가로 헤엄쳐갔을 때만큼 시원한 기분은 맛보지 못할 것일세.

슈피겔베르크 (웃으면서) 비참한 꼴을 당하였군. 하여간에 모든 것은 이제 끝난 거야. (술을 따른다) 무사하게 살아 난 것을 축복하네.

롤 러 (그 술잔을 던지며) 아니야, 보물의 신 맘몬에게 맹세해서, 그와 같은 꼴은 두 번 다시 맛보고 싶지 않네. 죽는다는 것은 어릿광대의 재주넘기보다 더 심각한 것이며, 그보다도 죽음에 대한 불안이라는 것은 죽음 그 자체보다도 더 고약한 것이니까.

슈피겔베르크 그래서 그 화약고가 폭발한 것이었구나. 이제

알겠군. 라스만, 그러길래 이렇게 먼 곳까지 화약 냄새
가 풍겨 온 것이었네. 그 냄새는 모로코의 귀신의 옷방
에 있는 옷이 모두 함께 볕에 마를 때와 같이 지독한 냄
새였어. 하여간에 두목의 대성공이었군. 나도 그것만은
부럽네.

슈바이처 하여간에 도시에서도 우리 동료들을 때려잡은 돼
지 꼴로 만들고 좋아하려 한다면 천만의 말씀이지. 이
쪽에서도 그만한 각오는 있단 말씀이야. 우리의 동료를
위해서는 이 도시쯤이야 망쳐 버려도 상관없지. 이쪽에
서는 뜻하지 않은 밥거리가 생겨서 대대적으로 약탈까
지 할 수 있었으니까. 여보게, 말 좀 해보게. 자네들은
무엇을 훔쳐 왔는가?

첫째 도둑 나는 그 혼란 통에 슈테판 교회에 기어들어가서,
제단에 걸려 있는 장식 레이스를 잘라 왔지. 그리고 나
는, '여기 계신 하느님이시여, 당신은 큰 부자시니 초라
한 노끈을 가지셔도 금실을 만드실 수가 있겠습니다.'라
고 말하였네.

슈바이처 그것은 참 잘한 일일세. 그따위 것이 교회에 있어
보았자 무슨 소용이 있는 것도 아닐 테고, 사람들이 그
런 것을 하느님께 갖다 바쳐도 하느님은 보잘것없는 그
런 물건을 비웃을 거야, 한편 인간들은 배를 조르고 있
는 판이니 말일세. 그리고 자네 슈펭글라, 자네는 망을
어디다가 던졌는가?

둘째 도둑 나는 뷔겔과 둘이서 가게를 약탈하였지. 그래서

우리들은 쉰 사람 몫을 해왔단 말이네.

셋째 도둑 나는 금시계를 두 개 잡아채었고, 은숟가락을 한 다스 덤으로 가져왔지.

슈바이처 좋아, 좋아. 우리가 그것을 2주일이나 걸려도 끌 수 없게 해놓았으니, 불을 끄려면 아무래도 도시 속을 물로 다 망가뜨려야 할걸. 여보게, 슈프텔레 군, 대체 몇 명쯤이나 죽은 사람이 생겼는지를 모르겠는가?

슈프텔레 83명이라고 하더군. 그 화약고 하나만으로 거의 60명이 즉사하였다고 들었네.

몰 (대단히 엄숙하게) 롤러 군, 자네 생명은 지독하게 비싸게 먹힌 거야.

슈프텔레 뭘, 뭘, 그까짓 것이 뭐란 말이야? 그것이 모두 커다란 남자들이라면 모르되, 기저귀를 노랗게 만드는 갓난아이들이라든지, 주름살이 잔뜩 잡혀서 쭈글쭈글한 할멈이라든지, 대문도 올바로 찾지 못하는 쭈그렁 할아범이라든지, 의사에게 우는 소리를 하는 환자들뿐이었다고. 의사들은 벌써 뽐내면서 말을 타고 나가 버렸고, 발이 빠른 친구들은 그 구경거리를 보러 외출중이었으니, 집에 남아서 집을 지키던 사람들이란, 말하자면 모두 이 도시의 찌꺼기였단 말이네.

몰 아, 불쌍한 인생들이여! 자네는 환자들, 노인들, 아이들 이었다고 말하는가?

슈프텔레 그렇고말고! 그리고 그 밖에는 해산한 아기 어머니, 만삭 된 여인네들 정도였을 것이야. 그들은 목매어 죽이는 것을 보고 진통을 시작하면 곤란하다고 생각했기 때문에 안 간 것이고, 젊은 여인네들은 그 처형의 광경을 보고 혹시 뱃속에 있는 아이의 등에 교수대의 자국이 찍히면 곤란하다고 근심하였던 것이겠지. 그리고 가난한 시인들은 한 켤레밖에 없는 구두를 수선하러 보내고 나서 신고 갈 것이 없어서 못 간 것이었겠고. 대략 그와 같은 찌꺼기들이며, 그와 비슷한 놈들이 도시에 그냥 남아 있었던 것이야. 그까짓 것 하나하나 이야기할 만한 가치도 없어. 내가 우연히 어느 판잣집 옆을 지나가려니까 안에서 울음소리가 들려오지 않겠나! 그래서 들여다보니, 무엇이 있었는지 알겠나? 그 안에는 불이 켜 있어서 자세히 보니, 어린 아이가 있었다네. 원기 있고 건강한 어린 놈이었지. 그애가 책상 밑의 마룻바닥에서 뒹굴고 있었는데, 그 책상이 그때 막 불붙기 시작하는 것이 아니었겠나. 그래서 내가 아, 불쌍한 녀석, 너 거기 있으면 춥겠지, 하면서 그 아이를 불 속으로 내던져 주었네!

몰 정말이냐, 슈프텔레? 그렇다면 그 불꽃이 영원히 너의 가슴에 불타거라! 당장 여기를 나가거라, 이 무서운 놈아! 앞으로는 나의 도둑단에 머물러 있는 것을 허락지 않겠다. 너희들은 또 무엇을 중얼거리느냐? 너희들도 무슨 생각이 있느냐? 내가 명령을 할 때에 누가 생각을 한단 말이냐? 그놈을 당장 데리고 나가거라. 명령이다. 너희들 가운데는 내가 화를 내야 할 몇몇 놈들이 아직

도 있다. 슈피겔베르크, 너도 그 중의 한 사람이다. 요
다음에 언젠가 한번 너희들 속에 들어가서, 자세히 검
사를 하여야겠다. (모두들 떨면서 퇴장한다)

몰 혼자만이 홍분하여 이리저리 왔다갔다한다.

몰 하늘에 계신 복수의 신들이여, 저놈들의 말을 듣지 마시
옵소서. 나로서는 어찌할 수 없는 일이요, 또한 신이라
도 어떻게 할 수 없는 일이 아니겠습니까! 신이 내리는
질병, 기아, 홍수가 올바른 사람들을 악한 사람들과 함
께 집어삼켜 버리는 것이 아닙니까! 또한 땅벌의 집을
태우기 위한 불이 잘 익은 곡식을 태워 버리지 말라고
누가 불에게 명령할 수 있겠습니까? 아, 그러나 어린
아이들을 죽이다니 슬픈 일이다! 부녀자들을 죽이다니,
병자를 죽이다니. 그와 같은 행동을 하여, 나는 정말 고
개를 들고 다닐 수가 없다. 그 행동은 나의 가장 신성한
사업을 욕되게 한 것이다. 주피터의 막대기를 휘둘러서
거인을 때려눕히려고 하다가 난쟁이를 죽인 전설의 소
년이, 지금 여기 얼굴을 붉히고 하늘의 꾸지람을 받고
서 있는 나 자신이다. 가거라, 가거라! 너는 하늘의 중
벌을 위하여 칼을 휘두를 사람은 아니다. 너는 첫걸음
에서부터 벌써 잘못 디디고 있다. 나는 지금 그 대담한
계획을 포기한다. 가거라. 그리하여 어디로든지 쥐구멍
을 찾아서 기어들어가거라. 나는 나 자신의 창피를 햇

별에 보이지 않도록 해야겠다.

도둑들 (황급히 등장) 조심하십시오, 두목! 이상한 사람들이 나타났습니다. 보헤미아의 기병이 대부대로 숲속을 이리저리 돌아다니고 있습니다. 필경 어느 경찰 나부랭이가 밀고를 하였나 봅니다.

다른 도둑들 두목, 두목! 놈들이 우리의 기색을 알아차렸소. 우리 주위에는 그들이 몇천 명이나 둘러쌌으니, 이 숲의 한가운데를 노리고 진을 치고 있는 것이오.

새로운 도둑들 큰일났다, 큰일났다, 우리들은 잡혔다. 우리들은 고문 바퀴에 걸릴 것이고 네 조각이 날 것이다. 몇천 명의 기병, 용기병, 엽병(獵兵)들이 언덕 둘레를 뛰어다니며, 바람구멍마저 빈틈 없이 점령하여 버렸다.

몰이 퇴장한다.
슈바이처, 그림, 롤러, 슈발츠, 슈프텔레, 슈피겔베르크, 라스만, 그 밖의 도둑들.

슈바이처 이제 드디어 그놈들을 이불 속에서 덜어낸 것이구나. 자, 기뻐하게, 롤러 군! 이것은 내가 벌써부터 바라고 있던 일이네. 그놈들, 군대의 건빵 조각 같은 기병들하고 맞서 보는 것 말일세. 두목은 어디로 갔는가? 우리 단원들이 모두 모였는가? 화약은 충분히 있는가?

라스만 화약은 충분이 있다. 그러나 우리는 다해서 80명이다. 그러니까 한 사람이 스무 명을 당해도 모자랄 지경이지.

슈바이처 그러면 더욱 좋아! 나의 커다란 손톱으로 50명쯤
은 꼼짝 못하게 해놓을 테니까. 그놈들, 우리가 밑구멍
에 불붙여 놓을 때까지 오래도록 끈기 있게 기다리고
있던 놈들이야. 이봐. 이봐, 동지들! 그리 무서워할 것
없어. 겨우 그놈들이라고. 동전 십 크로이서에 팔려서
목숨을 내걸고 있는 놈들이 아닌가 말이야! 그 반면 우
리들은 목숨과 자유를 위하여 싸우고 있잖은가. 자, 우
리 그놈들 머리 위에 노아의 홍수처럼 달려들어 번개같
이 총을 쏘아 주세. 그런데 도대체 우리들의 두목은 어
디로 갔단 말인가?

슈피겔베르크 그 사람은 이렇게 위급할 때 우리를 버리고
가는군. 자, 우리들도 어떻게 도망갈 수는 없을까?

슈바이처 도망가다니, 무슨 도망!

슈피겔베르크 아, 나는 어째서 이런 곳으로 왔을까! 나는
왜 예루살렘에 머물러 있지 않았단 말인가!

슈바이처 무슨 개 같은 소리야, 거지 같은 놈아! 너 따위는
똥통에 빠져서 숨이 막혔으면 좋겠다. 벌거벗은 수녀
아가씨들 앞에서는 흰소리를 하지만, 주먹 두 개 앞에
선 꼼짝을 못한단 말이냐? 이 비겁한 놈아, 정신을 좀
차려 보아라. 그러잖으면 돼지 배때기 속에 집어넣고
개를 몰아 줄 테다.

라스만 두목이 온다, 두목이 온다!

몰 (서서히 나타나며 혼잣말로) 이제 완전히 포위당했구나. 부
하들도 죽을 힘을 다하여 싸우지 않을 수 없겠지. (큰 소

리로) 동료들이여! 지금이 중대한 시기다. 우리가 멸망
을 할 것이냐? 그렇지 않다면 상처 입은 산돼지처럼 용
감하게 싸워라!

슈바이처 그러면 나는 이 큰 칼로 그들의 배때기를 갈라 놓
고 오장육부를 한 자쯤만 끄집어 내주지! 자, 우리들을
이끌어 주시오. 두목이여! 우리는 죽음의 복수로써 두
목을 따라가겠소!

몰 총마다 모두 총알을 장전하라! 화약이 부족하지는 않느냐?

슈바이처 (벌떡 뛰어 일어서며) 화약은 얼마든지 있소! 지구를
달나라에까지 날려 보낼 만큼 충분히 있소!

라스만 모두가 탄약을 잰 열 자루의 권총을 가지고 있으며,
단총을 세 자루씩 소유하고 있소.

몰 좋아, 됐어. 그럼 일부는 나무 위에 기어올라가든지 덤
불 속에 숨든지 해라. 숨어서 그놈들에게 총을 쏘아라!

슈바이처 자네는 그쪽으로 가야 하네, 슈피겔베르크.

몰 우리 나머지 사람들은 복수의 여신처럼 그들의 측면을
찌른!

슈바이처 그 가운데 나도 끼고 싶소!

몰 또한 각자는 숲속을 이리저리 뛰어다니며 신호의 피리를
불어서, 우리의 숫자가 대단한 것처럼 보여 주어야 한
다. 그리고 모든 개는 풀어 주어라. 그리하여 그놈들의
수족을 깨물도록 하라! 그리고 각자는 분산하여 모두
사격하기 좋은 자리로 가는 것이다. 우리 세 사람, 롤러
와 슈바이처와 나는 적군의 한가운데 뛰어들어서 싸우

련다!

슈바이처   그거 굉장하군. 참 좋은 의견이야! 한번 톡톡히
혼을 내줘서 어디에서 뺨을 맞았는지 모를 지경으로 눕
혀 놓아야겠다. 나는 입에 문 앵두알까지 쏘아 맞혀서
떨어뜨린 적이 있는 사람이다. (슈프텔레는 슈바이처를 잡
아끈다. 슈바이처는 몰을 곁으로 끌고 가서, 그와 작은 소리로 이
야기를 한다)

몰   잔말 말게!

슈바이처   정말 부탁이오!

몰   저리 비켜! 그놈은 자기 자신의 나쁜 행동에나 감사할
거야. 그 행동이 그를 구하는 것이지. 그놈은 나나 슈바
이처나 롤러가, 죽을 때 같이 죽을 자격이 없어! 그놈의
옷을 벗겨라! 그러면 그놈이 자신은 여행하는 사람이어
서 우리가 그의 물건을 훔친 것이라고 말하지. 제발 안
심하게, 슈바이처. 그놈은 언제라도 목매달려 죽을 놈이
라는 것을 맹세할 수 있네.

　　　한 명이 등장한다.

신 부   (혼잣말을 하면서 놀란다) 야, 이것이 독사의 보금자리인
가? 여러분, 죄송합니다만, 나는 교회에서 일을 보는
사람이랍니다. 밖에는 1,700명이 호위하고 있어서, 내
머리의 머리카락 하나까지 보호되고 있답니다.

슈바이처   잘한다, 잘한다. 말도 잘한다. 당신은 말을 잘해
서 뱃속을 따스하게 한단 말이구려.

몰   가만히 있게. 내가 말하겠네. 신부님, 간단하게 말씀해
     보시지요. 말씀하실 것은 무엇이지요?

신 부 나를 이리로 보낸 것은 생사의 권리를 가지고 계신
     상부기관입니다. 당신들 도둑들은 살인하고 방화하고
     나쁜 짓을 하는 악당들입니다. 어둠 속을 기어다니며
     숨어서 사람을 찌르는 독사입니다. 인류의 찌꺼기며 지
     옥의 종자입니다. 까치와 구더기가 좋아하는 밥이며, 사
     형대와 고문바퀴의 이주민입니다.

슈바이처 개 같은 놈, 그따위 말은 당장 그쳐라! 안 그치면…
     …. (그의 얼굴에 총뿌리를 가져다 댄다)

몰   글쎄, 좀 조용히 하라니까, 슈바이처! 그러면 좋은 말씀
     을 도중에서 그치게 되지 않느냔 말이야. 자, 선생님,
     어서 계속 하십시오! 사형대와 고문바퀴가 그 다음에는
     어떻게 되었단 말씀입니까!

신 부 당신이 그 훌륭한 두목이시구려! 소매치기의 대장이
     시며, 도둑의 왕자! 이 세상의 불량배들을 다스리는 대
     원수(元首). 이 세상에 최초로 나타난 그 무서운 악의 대
     장과 어쩌면 그렇게 닮으셨는가! 죄없는 천사들 몇천
     명을 반역의 불 속에 몰아넣고 자기 자신과 더불어 깊
     은 저주의 구렁텅이로 빠져들어간 그 악한의 두목 말입
     니다. 아이 잃은 어머니들의 비통한 울음소리는 당신의
     발뒤꿈치를 쫓아서 부르짖을 것이오. 또한 당신은 사람
     의 피를 물과 같이 들이마시고, 살인하는 것을 물거품
     처럼 손쉽게 한단 말씀이지…….

몰 지당한 말씀! 그리고 또 어쨌단 말씀이오?

신 부 뭐라고? 지당한 말씀이라고? 그것이 당신의 대답이
    란 말이오?

몰 어째서 그러십니까? 그렇게 대답하리라고는 생각지 못
    했단 말씀입니까? 하여간에 말의 계속을 들어 봅시다.
    그 밖에 또 무슨 말씀을 하시러 오셨는가요?

신 부 (열렬히) 무서운 인간이야! 내 앞에서 물러가라! 너의
    저주받은 손가락엔 살해된 그 백작의 피가 묻어 있지
    않은가! 너는 또한 그 도둑의 손을 가지고, 하느님의 성
    당으로 쳐들어와서, 무엄하게도 성스러운 만찬의 거룩
    한 기구를 훔치지 않았단 말인가! 그렇지 않은가? 너는
    하느님을 받드는 이 마을에 불을 질러 놓지 않았는가!
    그리고 선량한 기독교도의 머리 위에 화약고를 폭발시
    키지 않았단 말인가? (두 손을 모아 치며) 이 극악무도한
    악행은 하늘 꼭대기까지 그 악취를 풍기고, 최후 심판
    의 무장을 재촉하여 곧장 이리로 달려들게 하리라! 이
    제 벌을 받을 시기가 왔다. 마지막 천사의 나팔 소리가
    울리게 될 것이다.

몰 지금까지의 말씀은 참으로 훌륭하십니다! 그러나 용건을
    말씀하셔야지. 그 높으신 관청에서는 당신을 통하여 나
    에게 무슨 통지를 전하려고 하는 것인가요?

신 부 그것을 받아들일 가치가 너한테는 없다, 이 살인강도
    야! 너의 주위를 살펴보라. 눈길이 닿은 데까지 너는 우
    리 기병에게 포위당하고 있다. 이제 아무 곳으로나 빠

져나갈 길은 막힌 것이다. 여기 이 참나무에 앵두가 달리고, 이 전나무에 복숭아가 생기지 않는 이상, 너는 무사히 여기 참나무와 전나무를 빠져 도망할 수 없는 것이다.

몰 잘 들었는가, 슈바이처? 그리고 또 말씀을 계속하시오!

신 부 그러면 들어 보라! 우리 법정에서는 너 같은 악당에 대하여, 얼마나 관대하고 너그러운 처분을 내리시는가. 네가 만일 지금 십자가 앞에 무릎을 꿇고 자비와 용서를 빈다면, 그 준엄함이 연민이 되고, 그 엄숙함이 따뜻한 어머니와 같이 될 것이다. 너의 죄악의 반에 대해서는 눈을 감아 주실 것이다. 자, 알겠는가? 생각을 해보라! 그렇게 하면 그저 하나의 바퀴 고문으로 용서를 받을 것이다.

슈바이처 지금 그 말씀을 들으셨소, 두목? 당장 달려가서 그놈의 잘 훈련된 양지기 같은 목구멍을 졸라, 전신의 땀구멍에서 붉은 액체를 뽑아내 줄까요?

롤 러 두목! 가만히 있을 수가 있겠소! 아, 두목도 아랫입술을 깨물으셨군. 어디 내가 한번 이놈의 새끼를 푸른 천장 밑에 막대기처럼 거꾸로 박아 줄까?

슈바이처 제발. 제발, 나에게 맡겨 주게! 내가 엎드려서 빌 테니, 나한테 그놈의 처치를 맡겨 주게. 이 중놈을 찌그러뜨려서 묵사발을 만들어 주겠네.

　　　　신부가 비명을 지른다.

몰 저리로 비켜라! 아무도 손을 대는 놈이 있어서는 안 된다. (칼을 뽑아들며 신부를 향하여) 자, 보시오, 신부님. 여기에는 79명의 동료들이 있소. 그 두목이 바로 나란 말이오. 물론 나의 부하들은 신호나 명령으로 날아갈 줄도 모르고, 대포의 음악 소리로 춤을 출 줄도 모른다오. 밖에 있는 1,700명은 총을 메고 있는 경험 있는 군인들이지요. 그러나 내 말을 들어 보시오. 이 몰의 말을 들어 보시오. 살인강도의 말을 들어 보시오! 내가 백작을 때려 죽이고, 도미니카의 교회에 방화를 하고, 약탈을 하고, 또한 당신네들의 위선적인 도시를 불바다로 만들어 선량한 기독교도의 머리 위에 화약고를 폭발시킨 것만은 사실이오. 그러나 그것이 전부는 아니오. 나는 그 일만 한 것이 아니란 말이오. (그는 오른손을 쳐들어 내민다) 여기 있는 네 손가락에 끼여진 네 개의 값비싼 반지를 보시오. 그리고 여기서 당신이 듣고 보신 하나하나의 사실을 빠짐없이 생사를 관할하는 당국에 알려 드리란 말이오. 바로 이 루비 반지야말로 내가 어느 대신의 손가락에서 뽑은 것이오. 나는 그 대신을 수렵 때 그의 군주의 발 밑에 때려눕혔소. 그자는 비천한 처지에서 아첨을 통해 영내 제일의 총신으로 기어올라간 놈이었소. 이웃 놈의 멸망이 그놈의 출세의 발판이 되었고, 고아의 눈물이 그놈을 높이 치켜올린 재료가 된 것이었소. 더구나 이 다이아몬드는 그놈이 어느 경리관에게서 빼앗은 것이라오. 그놈은 명예 있는 직책과 관직을 가장 뇌물을 많이 가져오는 놈에게 팔아먹었고, 국가 장래를 슬퍼하는 자에게는 대문을 굳게 닫아서 들여보내지도 않았단 말이오. 이 마노 반지는 당신과 같은 성직에 있는 사람의 기념으로 끼고 있는 것이라오. 그 양반이 교회의 설교대에서 종교재판이 예전과 같이 성행하지 않는다고 눈물을 흘리고 있을 때, 내가 바로 이 손으로 목을 졸라 죽였소. 이 반지들에 대해서는 아직도 여러 가지 얘깃거리가 있소마는, 당신과 같은 양반하고 이야기를 하느라고 시간만 낭비한 것이 벌써 후회가 되니까, 그만 해두는 것이오.

신 부 아, 당신은 그 유명한 애급의 폭군 타라오를 연상시키는 사람이오!

몰 모두들 그 말을 들었느냐? 그 탄식 소리를 들었느냐? 저 사람은 마치 모제에 반역한 유다의 일족을 하늘에서 불을 빌려서 멸망시키고자 하는 것처럼 저기 버티고 서 있지 않은가! 어깨를 으쓱이며 재판을 하듯이, 예수교식의 탄식을 섞어 가며 저주를 기도하는 것이 아닌가! 대체 인간이 그다지도 맹목적이 될 수가 있는 것일까? 알구스와 같이 백 개의 눈을 가지고 동포의 결점을 찾아내는 그자가 자기 자신에 대해서는 그다지도 소경일 수가 있단 말인가. 그들은 구름 사이에서 유순할 것과 인내할 것을 설교하고, 사랑의 신에 대해서는 마치 불의 팔을 가진 모로코 신과 같이 인간의 희생을 바치고 있지 않는가! 이웃을 사랑하라고 설교를 하면서, 팔십

먹은 장님을 문 밖으로 쫓아내지 않는가! 인색함을 공격하면서, 황금의 단추를 위하여 페루의 민중을 학살하고, 이교도를 마차 말처럼 차 앞에 매어 놓지 않았던가? 머리를 쥐어짜고 생각하는 것이라고는 어떻게 해서 자연이 그 유다와 같은 자를 만들어 낼 수 있는가 하는 일뿐이다. 더구나 삼위일체의 신을 열 냥의 은전으로 팔아먹는 놈이 그들 중에서 제일 나쁜 놈이라고도 할 수 없는 형편이다. 오, 당신네들 파리세인들, 진리의 위조자. 당신네들은 정말로 하느님을 흉내내는 원숭이들이오! 당신들은 십자가와 성단 앞에 무릎을 꿇는 것을 두려워하지도 않고, 당신들은 가죽 혁대로써 잔등의 살을 에고, 단식으로써 외람되게 몸을 깎는다. 당신네들은 그와 같은 가련한 속임수를 가지고 어리석은 당신네들이 스스로 전지전능이라고 부르는 자의 눈을 교묘하게 속이려고 한다. 그것은 마치 권력 있는 사람을 가장 신랄하게 조롱하는데, '당신은 아부하는 사람을 가장 싫어하십니다.' 하면서 아부를 하는 거와 꼭 같은 일이 아니겠소! 당신네들은 정직함과 남의 모범이 될 행동을 하라고 역설한다. 만일 당신네들의 마음을 꿰뚫어보는 신이 마침 나일 강의 괴물을 만들어 낸 자가 아니라면, 창조주를 향해서 화를 내게 될 것이다. 저놈을 내 눈앞에서 당장 끌어내 가라!

신 부 부랑배이면서도 저렇게나 의기양양하다니!

몰   이 정도로는 부족하다. 이제부터 진짜로 의기양양하게 이야기를 하겠다. 가라, 가서 생과 사의 권한을 쥐고 있는 그 훌륭한 법정에게 다음과 같은 말을 전하여라. 나는 결코 잠자는 틈과 한밤중을 노려서 사다리 위에 활개를 치는 그런 시시한 도둑이 아니다. 내가 일단 한 일이면, 언제라도 반드시 하늘의 심판장부에 기록을 하여 두었다가, 읽을 날이 있을 것이다. 그러나 그 기록을 맡아 보는 가련한 대리자 따위하고는 한마디도 말을 허비하지 않겠다. 자, 가서 그자들에게 똑똑히 말하여라. 나의 할 일은 보복이라고. 복수야말로 나의 직업이라고. (말을 하고서 돌아선다)

신 부 그럼 당신은 은혜라든지 관대한 처분이라든지, 하는 것을 원치 않는단 말이군. 좋소, 당신하고는 이제 이야기를 할 필요가 없소. (몰의 부하들을 향하면서) 자, 그대들은 사직당국이 본인을 통하여 이야기한 말을 들어 보시오! 만일 당신들이 지금 당장 여기 선고받은 이 악인을 포박하여 인계를 한다면, 그대들의 죄상은 최후의 기억에 이르기까지 용서받으리라. 거룩한 교회는 그대들, 잃어버린 양들을 새로운 사랑으로 어머니의 품안에 받아들일 것이요, 그대들의 각자에게는 명예스러운 직책에 이르는 길이 환히 열릴 것이리라. (말하며 승리의 미소를 짓는다) 자, 자, 어떻게들 생각하시오. 이 내 말이 귀하신 여러분은 구미가 당기지 않소? 자, 어서 그자를 묶어서 내놓고, 그대들이 자유로운 몸이 되어 보시오!

몰 너희들은 지금 그 말을 들었느냐? 그 말을 들었느냐? 무엇을 어물어물하는 것이냐? 무엇 때문에 어쩔 줄을 모르고 거기 서 있는 것이냐? 당국에서는 너희들에게 자유를 주려고 하고 있단다. 그리고 정말로 지금 너희들의 처지는 벌써 포로가 되어 있는 것이나 다름없지 않느냐. 너희들에게 목숨을 살려 준다는 이야기다. 그리고 그것은 결코 허풍은 아니다. 왜냐하면, 너희들은 이미 처형을 선고받고 있는 처지니까. 이제 사직당국에서는 너희들에게 영예와 관직을 약속하고 있다. 그리고 너희들이 만약 여기서 승리를 얻는다 하여도, 치욕과 저주와 추방 이외에 또 무슨 다른 운명이 너희들에게 있겠느냐? 당국에서는 너희들에게 하늘의 화해를 통고하는 것이다. 그런데 너희들은 사실상 저주되어 있는 몸이 아니냐? 현재 너희들의 어느 누가 지옥에 빠지지 않을 한 가닥의 머리카락이라도 가지고 있단 말이냐? 그런데도 무엇을 자꾸 생각하는 거냐? 아직도 결심이 안 생기느냐? 천당과 지옥과 그 어느 쪽이 좋은가를 선택하는 것이 그리도 어려운 것이냐? 신부님, 당신도 좀 이야기를 해서 도와주시구려!

신 부 (혼잣말로) 아, 이 사람이 미쳤는가? 이것이 당신네들을 산 채로 잡으려는 계교인 줄 알고 근심을 한단 말이오? 자, 이것을 읽어 보시오. 여기 특사를 베푼다는 서명이 되어 있소. (그는 슈바이처에게 종이를 한 장 내준다) 이렇게 해도 또 의심을 하겠소?

몰 어서 보아라. 어서 보아라! 너희들은 이 이상 무엇을 바

랄 수가 있겠느냐? 직접 서명된 특사장이 아니냐. 이것
은 정말로 끝없는 은혜다. 혹시 배반자에게는 약속을
지키지 않는다는 말을 들었기 때문에, 너희들은 당국에
서도 약속을 지키지 않을지도 모른다는 걱정을 하고 있
는 것이냐? 그런 근심은 하지 마라. 약속을 지킨다는
것은 설혹 악마에 대한 약속이라도 정책상 지키지 않을
수 없게 되어 있는 것이다. 그렇잖으면 장래에 누가 그
들을 신용할 수 있겠느냐. 어떻게 두 번 다시 그들이 정
책을 쓸 수 있겠느냐. 나는 그 점만은 맹세를 하겠다.
이것은 그들이 거짓말로 속이는 것이 아니다. 그들은
내가 너희들을 선동하여 이렇게 만들어 놓은 것을 잘
알고 있다. 그들은 너희들이 죄가 없다는 것도 잘 알고
있다. 너희들의 죄과는 젊은 혈기의 과실, 또는 조급한
성미의 결과라는 것을 이해하는 것이다. 붙잡으려고 하
는 것은 나 한 사람뿐이다. 나 한 사람만이 죄를 받으면
된단 말이다. 여보시오, 신부님, 그렇지 않습니까?

신 부 이 사람에게 말을 시키고 있는 악마는 대체 어떤 악
마일까? 그렇소, 그렇소. 당신 말이 옳소. 이 사람은 나
의 머리를 뱅뱅 돌게 만들어 놓는단 말이야!

몰 어째서 아무도 대답하는 놈이 없느냐? 너희들은 아직도
무기를 들고 포위망을 꿰뚫고 나갈 수 있다고 생각하느
냐? 주위를 둘러보라. 너희들의 주위를 둘러보라! 그런
생각은 아예 하지도 마라! 지금에 와서 그런 생각을 한
다는 것은 철없는 어린 아이와 같다. 또 혹시나 내가 미

친 듯이 싸우는 것을 좋아하기 때문에 그것을 보고 너희들이 용사가 되어, 목숨을 버리려고 허영심을 가지는 것이 아니냐? 그런 생각은 꿈에도 하지 마라. 너희들은 몰이 아니다. 너희들은 구원될 수 없는 도둑들이란 말이다. 너희들은 나의 위대한 계획의 불쌍한 도구에 지나지 않는다. 마치 사형을 집행하는 집행인의 손에 있는 그 비천한 노끈과 같은 것이다. 도둑은 영웅처럼 죽을 수는 없다. 도둑에게는 살고 있다는 것이 이득이요, 그 다음에는 무서운 것이 뒤따라오는 것이다. 죽음 앞에서 몸을 떨 권리를 가지고 있는 놈이 도둑인 것이다. 너희들은 나팔 소리가 울리는 것이 들리지 않느냐? 보아라, 저기 그들이 칼 끝을 반짝이며 닥쳐오는 그 꼴을. 그래도 아직까지 결심이 서지 않는단 말이냐? 너희들은 정말 머리가 돌았느냐? 정신이 착란을 일으켰느냐? 정말이지, 용서받지 못할 일이구나! 나는 너희들에게서 목숨을 구원받으려고는 생각지 않는다. 오히려 너희들을 희생자로 만든다는 것을 난 부끄럽게 생각하고 있다!

신 부 (극도로 놀라서) 나는 머리가 돌겠구나! 이 정도로 하고 도망쳐야겠다. 이런 이야기를 듣는 것은 생전 처음이야.

몰 그렇지 않으면 너희들이 두려워하고 있는 것은 혹시나 내가 자살이라도 하지 않을까, 동시에 그 자살로 인해 여기 살아 있는 이 몸에 약속이 된 일을 무효로 만들지나 않을까 하고 생각하는 것이냐? 그런 염려는 조금도 없다. 전혀 필요 없는 걱정이다. 자, 여기 나의 칼을 내던진다. 이 총도, 이 독이 든 작은 병도 다 내버리련다. 그것은 그래 봬도 아직 상당히 이용가치가 있는 것이다. 정말이지 나는 나 자신의 목숨조차 마음대로 처리할 수 없게 된 가련한 사나이가 되어 버렸다. 그런데도 너희들은 결심을 못 한단 말이냐? 또는 아직도 너희들이 나를 묶으려고 하면, 내가 대항할 것이라고 생각한단 말이냐? 좋다, 이것을 보라. 여기 내가 참나무 기둥에 내 스스로의 오른팔을 묶어 놓겠다. 자, 이제 나는 완전히 대항할 수 없게 되었다. 어린 아이라도 나를 이길 것이다. 위급할 때에 자기의 두목을 제일 먼저 저버리는 자가 누구일까?

롤 러 (거친 몸부림을 치며) 심지어 지옥이 아홉 겹으로 우리를 둘러쌌다 할지라도! (단도를 빼어들고) 누구나 개가 아닌 놈은 나서서 우리 두목을 구하라!

슈바이처 (특사장을 찢고 그 종잇조각을 신부의 얼굴을 향하여 내동댕이친다) 우리 총알 속에 우리의 특사는 들어 있다! 가거라, 이 망할 놈아! 가서 너를 보낸 사직당국에 보고하라. 몰의 부하 속에는 한 사람의 배반자도 없더라고 보고하라. 살리자, 살리자. 우리 두목을 살리자!

모두들 (떠들썩하며) 살리자, 살리자. 우리 두목을 살리자!

몰 (결박된 손을 뿌리치며 기쁜 듯이) 이제야말로 우리들은 자유다. 동지들이여! 나는 이 주먹 속에 대군대의 힘을 느낀다. 죽음이냐, 그렇지 않으면 자유냐? 적어도 한 사람이라도 살아서 붙들리지는 않게 하겠다!

공격 신호의 나팔 소리가 들린다. 소동과 혼란 소리. 모두들 칼을
뽑아들고 전진한다.

제 3 막

제 1 장

아말리아 (정원에서 가야금을 타며)

발할라의 기쁨에 넘친 천사들처럼 아름답고 수많은
젊은이들 사이에 그대는 뛰어나게 늠름하니
푸르른 바닷물에 거울과 같이 반사되어
5월의 햇빛처럼 그대의 눈초리도 다정스러웠도다.

그대의 포옹. 아, 황홀의 극치여!
가슴과 가슴 불과 같이 뜨겁게 두근거렸으며
입과 귀가 닫혀 눈앞은 암흑이 되었고
두 사람의 영혼, 소용돌이치고 하늘 높이 날아갔도다.

그대의 입맞춤. 천상의 환락이여!
두 개의 불꽃, 한데 합치고
가야금 소리, 서로 어울려서
천상의 곡조 미묘하게 들려오듯 하였도다.

마음과 마음, 함께 닥쳐오고, 날고, 뛰고,
입술과 뺨이 서로 불타고 떨고
마음은 마음속에 흘러들어가

천(天)과 지(地)는 사랑하는 두 사람을 감돌고 둥실둥
실 떠갔도다.

그대 지금 없으니 세상은 허무하다!
한숨은 연달아 그대를 그리워 토해 나오나
그대는 이미 떠났으니 이 지상의 모든 기쁨은
덧없는 한탄 속에 사라져 갈 뿐이로다.

프란츠 　(등장한다) 고집쟁이 변덕 아가씨께서는 또 여기 와
　　계시는군요! 그렇게 재미나게 식사하는 자리에서 빠져나
　　와, 손님들의 기분을 완전히 망쳐 놓으셨잖아요, 글쎄!
아말리아 　손님들이 모두 그렇게 즐거워하시는 것이 저는 유
　　감이에요! 당신 아버님을 묘지로 전송하였던 그 장사
　　지내는 노랫소리가 아직도 당신 귀에 쟁쟁하게 남아 있
　　지 않나요…….
프란츠 　그럼 당신은 언제까지나 비탄에만 잠겨 있겠다는 말
　　씀이오? 죽은 사람은 잠을 자게 하고, 산 사람끼리 즐
　　겁게 놀도록 합시다. 내가 여기 온 것은…….
아말리아 　그리고 언제 돌아가려고요?
프란츠 　아이 참, 너무 그러지 마세요. 그렇게 무뚝뚝한 표
　　정을! 당신은 나를 슬프게 하십니다. 아말리아 씨, 내가
　　여기 온 것은, 당신에게 말씀을…….
아말리아 　저는 의무적으로 듣겠습니다. 프란츠 폰 몰 씨께
　　서 이제 영주님이 되셨으니까요.

프란츠 그렇고말고요. 바로 그 점에 대해서 말씀을 좀 듣자고 온 것입니다. 선친 막시시밀리암은 이제 조상들의 묘지에 잠들어 버렸습니다. 이제 나는 당당한 이곳 주인입니다. 그래서 나는 주인으로서 완전히 그 구실을 다하려고 하는 것입니다. 아시겠어요, 아말리아 씨? 당신이 우리 집안에 있어서 어떠한 분이었다는 것도 당신 자신이 잘 알고 계실 것입니다. 당신은 우리 아버님의 딸이나 마찬가지였고, 아버님이 돌아가신 다음에도 당신에 대한 사랑만은 변할 수가 없을 것입니다. 그것만은 당신도 결코 잊어버릴 수 없으시겠죠.

아말리아 결코. 결코 잊어버리지 못하겠습니다. 다른 사람들이 아무리 경망스럽게 즐거운 식사를 하며, 그런 것을 모두 잊어버린다 할지라도!

프란츠 바로 그 아버님의 사랑을 당신은 그 아버님의 아들에게 보답하십시오. 그런데 카를 형님은 벌써 죽었습니다. 당신은 놀라시는가요? 현기증이 나시는가요? 그것도 그러할 것입니다. 나의 생각만은 당신같이 쌀쌀하신 부인마저 어리둥절할 만큼 뛰어나게 고상한 것입니다. 프란츠라는 사람은 지극히 고상하신 아가씨의 희망을 발 아래에 짓밟고, 동시에 전혀 갈 곳 없는 불쌍한 고아에게 그 마음을 바치고, 구원의 손을 뻗치고, 모든 재산을, 성들을, 숲들을, 그 불쌍한 여자에게 내바친다는 말입니다. 그 프란츠라는 사람은 여러 사람이 부러워하고, 여러 사람이 두려워하는 사람이지만, 이제 여기 자발적으로 아말리아 아가씨 앞에 엎드려, 노예가 되겠다고 맹세하는 것입니다.

아말리아 그런 무도한 말씀을 가히 토해 놓는, 저주받은 그 혓바닥이 어째서 벼락을 맞지 않는 것일까요! 당신은 나의 사랑하는 애인을 죽이고, 이제 와서 자기를 남편이라고 부르란 말입니까! 당신이…….

프란츠 너무 그렇게 흥분하지 마십시오, 영특하신 공주님이시여! 프란츠라는 놈도 셀라돈처럼 그렇게 비굴하게 굽실대고 있기만 하는 놈은 아니랍니다. 물론 알카디아의 양치기처럼 사랑에 눈이 어두워, 동굴이나 절벽의 산울림을 향하여 자신의 사랑의 비애만을 중얼거리는 것도 배우지는 않았답니다. 프란츠는 말합니다. 좋은 말로 말합니다. 그러나 거기에 대해서 좋게 대답하시지 않는다면, 그때는 명령을 하지요.

아말리아 벌레만도 못한 당신이 명령을 해? 나에게 명령을 한단 말이에요? 그까짓 명령을 비웃고 돌려보내면 어떻게 하시겠단 말씀이에요?

프란츠 아마 그렇게는 못 하실 것입니다. 그래도 나는 고집쟁이 아가씨의 콧날을 거뜬하게 꺾어 놓을 수 있는 수단을 가지고 있는걸요. 수도원의 지하실 속에 감금하는 방법도 있고요!

아말리아 참 훌륭하십니다. 대찬성이지요! 수도원에 틀어박혀서 당신의 지긋지긋한 그 눈초리를 영원히 피할 수 있고, 카를 씨의 생각을 하고, 카를 씨에 잠겨 있을 시간을 갖는다는 것은 어찌 기쁜 일이 아니겠어요. 제발, 그 수도원을, 그 지하실을 나에게 주세요!

프란츠 하하, 그렇습니까? 그러나 조심하십시오. 이제 나는 당신을 어떻게 괴롭힐 수 있는지, 그 방법을 당신한테서 배웠습니다. 말끝마다 카를 씨, 카를 씨, 하고 잊지 못하는 당신의 생각을, 불의 머리털을 가진 복수의 신과 같이 나의 얼굴이 쉴새없이 당신 앞에 나타나서, 당신의 머리로부터 내쫓아 드리지요. 당신이 사랑하는 사람의 모습에 항상 그 무서운 프란츠라는 사람의 얼굴이 몰래 숨어 있어서, 마치 마술에 걸린 개가 지하의 보물 상자 위에 앉아서 지키고 있는 것처럼 가로막고 있을 것입니다. 당신의 머리카락을 움켜잡고 강제로 교회로 끌고 가서, 한 손에 칼을 들고, 당신의 영혼으로부터 부부의 맹세를 짜내고, 당신의 처녀의 잠자리를 폭력으로 짓밟아서, 당신의 부끄러움 많은 자존심을 더 커다란 자존심으로 정복해 드리겠습니다.

아말리아 (프란츠의 뺨을 친다) 그 혼수(婚需)로 우선 이것이나 받으시오!

프란츠 (분노하여) 좋다. 그 대가는 열 배로, 스무 배로 보답해 주겠다! 이젠 너를 내 아내로 삼아 주지 않겠단 말이다. 그와 같은 명예를 너에게 베풀어 주지 않겠다. 나의 첩으로 해주겠다. 그래서 길거리를 돌아다니더라도 농부의 마누라들한테까지도 손가락질을 받도록 해주겠단 말이다. 이를 갈고 분해 하겠으면 하여라! 눈에서 불

을 뽑든, 살인을 하든 마음대로 하여라! 계집이 화를 내
는 것을 보는 것은 나에게는 재미나는 일이다. 한층 더
아름답고 관능적이 되기 때문이지. 나를 따라오라. 이렇
게 발버둥을 치면 칠수록 나의 승리가 장식되는 것이다.
이렇게 강제로 껴안을수록 나에게는 한층 향락이 더해
오는 것이다. 자, 이리로 오란 말이야. 내 방으로. 나는
이제 참을 수가 없어. 지금 당장 나하고 같이 가자. (아
말리아를 강제로 끌고 가려 한다)

아말리아 (프란츠의 목덜미를 갑자기 껴안는다) 프란츠 씨, 용
서해 주십시오! (프란츠는 아말리아를 포옹하려 한다. 그때 아
말리아가 프란츠의 허리에서 단도를 뽑아들며 뒤로 몸을 싹 뺀
다) 이 천하에 고약한 악당 같은 놈아! 이제 내가 네놈
을 어떻게 할 수 있는지 알겠느냐? 나는 한낱 여자다.
그러나 물불을 가리지 않는 여자다. 한 번만 그따위 더
러운 손으로 이 내 몸을 만기만 하여라. 이 강철은 네놈
의 음탕한 가슴속을 꿰뚫고 지나갈 것이다. 이 칼 든 손
은 우리 돌아가신 백부님의 망령이 보호해 주시리라!
지금 당장 도망가지 않겠느냐!

아밀리아가 프란츠를 몰아낸다.

아말리아 아, 참, 속이 다 시원하구나. 이제 비로소 마음놓
고 숨을 쉴 수가 있어. 어쩐지 내 자신이 불을 뿜는 준
마가 된 것같이 힘차게 느껴지는군. 어린 것을 빼앗긴

어미 호랑이가 환호하는 도둑을 쫓는 것과 같은 분통이 느껴진다. 수도원으로 보내겠다고 말했지. 고맙다. 좋은 생각을 나에게 일깨워 주었구나. 이제 거짓 사랑에 대한 도피처가 발견되었으니, 수도원, 구세주의 십자가가 있는 수도원이야말로 거짓 사랑에 대한 도피처가 될 것이다. (퇴장하려 한다)

헬 만 (멈칫멈칫하며 들어온다) 아말리아 아가씨, 아말리아 아가씨!

아말리아 불우한 사람, 어째서 나의 길을 막으시나요!

헬 만 이 무거운 마음의 짐을 내가 지옥에 빠지기 전에, 내 마음에서 털어놓아야겠습니다. (아밀리아가 앞에 엎드린다) 용서해 주십시오. 용서해 주십시오. 나는 당신에게 대단히 못할 짓을 하였습니다, 아말리아 아가씨!

아말리아 일어나시오. 그리고 가시오. 나는 아무것도 듣고 싶지가 않답니다. (나가 버리려 한다)

헬 만 (아말리아를 만류하며) 아닙니다. 제발 잠깐만 기다리십시오! 하늘에 계신 영원한 하느님께 맹세하여, 당신은 기필코 모든 것을 들으셔야만 합니다!

아말리아 아무 말씀도 하지 마세요. 모든 것을 용서해 드리려고 하오니 조용히 집으로 돌아가시란 말이에요. (서둘러 나가 버리려고 한다)

헬 만 그럼 꼭 한마디만 들어 주십시오. 그러면 아가씨께서 그전과 같은 마음의 평화를 다시 얻을 것입니다.

아말리아 (되돌아서서 이상하다는 듯이 그의 얼굴을 쳐다본다) 뭐

라고요! 대체 이 하늘과 땅 사이에서 나에게 마음의 평
화를 줄 사람이 누가 있겠습니까?

헬 만 나의 한 마디로써 충분합니다. 제발 내 말씀을 들어
주세요!

아말리아 (동정적으로 헬만의 손을 잡아 주며) 이것 보세요, 당
신의 입술에서 나오는 한마디가 영원한 저승의 대문 빗
장을 열어 준다고 말씀하시는 거예요?

헬 만 (일어서면서) 카를 씨는 아직도 살아 계십니다!

아말리아 (고함을 지르듯이) 이 사람이 미쳤나 봐!

헬 만 틀림없습니다. 그리고 또 한마디만. 당신의 백부님께
서도……

아말리아 (헬만 쪽으로 달려들다시피) 당신은 거짓말을 하시는
건가요?

헬 만 당신의 백부님께서도…….

아말리아 카를 씨가 아직도 살아 계시다고요?

헬 만 그리고 당신의 백부님께서도…….

아말리아 카를 씨가 아직도 살아 계시다고요?

헬 만 그뿐 아니라, 당신의 백부님께서도……. 그리고 이
말을 나에게 들었다고 말씀하지 마십시오. (급히 퇴장)

아말리아 (화석이 된 것처럼 오래도록 그 자리에 서 있다. 그러더니
갑자기 거친 동작으로 헬만의 뒤를 따른다) 카를 씨가 아직도
살아 계시다고요?

제 2 장

다뉴브 강 근처 지역.
도둑의 무리가 언덕의 나무 그늘에 자리를 잡고, 말들은 언덕에서
풀을 뜯어먹으며 내려온다.

몰 여기 좀 드러누워야겠다. (말하며 땅 위에 눕는다) 팔다리
가 마치 두들겨맞은 것 같구나. 혓바닥은 말라서 깨진
오지그릇 조각 같구나. (슈바이처가 아무도 모르는 사
이에 나간다) 누구든지 저 강에서 물을 한 그릇 길어
달라고 청하고 싶지만, 모두가 이렇게 죽도록 피곤하니
어찌 부탁이라도 할 수 있겠나.

슈발츠 가죽 물통에 있는 술도 이제 아무도 가지고 있는 사
람도 없단 말이야.

몰 저것들 좀 보게. 곡식이 저렇게 잘 익어서 아름답고, 나
무는 열매가 가득 차서 가지가 꺾일 지경이 아닌가! 포
도 수확도 크게 풍년일 거야.

그 림 올해는 정말 풍년이지.

몰 그렇게 생각하는가? 그러면 이 세상에서 한 가지의 땀만
은 보답이 될 거란 말이군. 단 한 가지의 땀? 그러나 그
것도 하룻밤 사이에 우박이 오면 모든 것이 다 망가져
버린단 말이야!

슈발츠 그야 물론 그렇게 되기가 쉬운 일이지. 심지어 추수

하기 전 몇 시간 앞이라도 모든 것이 엉망이 될 수 있으
니까.

몰 바로 내 말이 그 말이야. 모두가 다 망해 버리는 수도
있어. 인간을 신과 같이 높이는 일에도 실패하기 쉬운
세상인데, 어떻게 인간이 개미의 흉내를 내어서 성공할
수 있단 말인가? 글쎄, 그 점에 인간의 운명의 한계가
있는 것일까?

슈발츠 난 그런 건 몰라.

몰 그 말이 참 좋군. 그리고 그런 것을 알려고 하지 않는다
면, 더욱 잘하는 일이야. 여보게, 나는 인간이라는 것을
보았다네. 인간의 꿀벌과 같은 고생도 보았고, 인간의
거인과 같은 계획도 보았다네. 신에 비길 만한 계획이
라든지, 쥐와 같은 부지런한 사업, 행복을 쫓는 불가사
의한 경쟁. 어느 사람은 자기가 올라탄 말의 도약을 믿
고 있고, 또 어느 사람은 자기 당나귀의 콧대를 믿고,
또 다른 사람은 자기 자신의 다리만을 믿는단 말이야.
그렇게 해서 인생의 갖가지의 복권(福卷)에 자기들의 순
진한 마음과 심지어 자기들의 천국까지 걸고서 당첨번
호를 맞히려고들 하지. 그런데 막상 뽑아 놓고 보면, 모
두 꽝이란 말이야. 결국 그 속에는 한 장의 당선도 들어
있지 않지. 그것은 하나의 연극이야. 여보게, 뱃가죽이
비틀어지고 눈에서 눈물이 나오도록 우스운 연극이란
말일세.

슈발츠 아, 저기 지는 태양의 광경이 얼마나 아름다운가!

몰 (그 광경에 잠기며) 영웅이 죽는 광경도 저와 같은 것일세.
   머리가 수그러지는 엄숙한 광경이군!

그 림 자네는 아주 감동이 된 모양이군.

몰 내가 아직 어린 아이였을 때, 항상 생각한 것은 저 태양
   처럼 살고, 저 태양처럼 죽는 것이었네. (비통한 표정을
   지으며) 어린 아이다운 생각이었지!

그 림 나도 그렇게 희망하고 싶어.

몰 (모자를 깊숙이 눌러 쓰고) 아, 그때 시절에는……. 여보게,
   모두들 나를 혼자 있게 해주게!

슈발츠 몰, 몰! 이거 웬일이야? 어째 얼굴빛이 달라지고 이
   상한걸!

그 림 무슨 영문인지 도대체 알 수가 없군. 어디 몸이 좋지
   않은 모양이지?

몰 그 시절…… 저녁에 잘 때도 기도를 올리지 않으면 잠이
   오지 않던 시절도 있었지!

그 림 이 사람이 돌았나? 어린 시절을 끄집어 내서 자기의
   교훈을 삼으려는 것인가?

몰 (자기의 머리를 그림의 가슴에 기대고) 형제여! 형제여!

그 림 왜 그러는 거요? 제발 어린 아이같이 굴지 마. 부탁
   이야.

몰 다시 한 번, 다시 한 번, 나는 어린 아이 시절이 되어 보
   고 싶어!

그 림 괜히 쓸데없는 소리.

슈발츠 용기를 내시오. 그리고 이 그림과 같은 경치를 바라

보시오, 이 얼마나 보기 좋은 저녁 경치인가!

몰 정말이야, 이 세상은 참으로 아름다워!

슈발츠 암, 그것은 정말 좋은 말이야.

몰 이 지상은 참으로 화려하단 말이야!

그 림 좋아, 좋아. 그렇게 말해야지.

몰 (주저앉으면서) 그렇게도 아름다운 이 세상에 나는 이렇게
추하단 말이야. 그리고 이 찬란한 지상에, 나는 이렇게
무서운 놈이 되었어!

그 림 아, 이것을 어찌하나!

몰 아, 슬프도다, 슬프도다. 보라, 이 세상의 만물은 따뜻한
봄의 평화로운 햇빛을 받고 모두 밖으로 나오지 않았는
가? 그런데 무엇 때문에 나 하나만이 그 천상의 기쁨을
등지고 홀로 이 지옥을 빨아들여야만 하는 것인가? 모
든 것이 그토록 행복하고, 평화의 정신으로 함께 단란
하고 있지 않은가! 전세계는 하나의 가족이나 마찬가지
다. 그리고 하늘에는 한 사람의 아버지가 계신다. 그러
나 나의 아버지는 아니다! 나 하나만은 쫓겨난 놈이요,
깨끗한 사람들의 줄에서 골라 뽑아 놓은 단 하나의 불
순한 놈이다. 나에게는 어린 아이라는 감미로운 이름도
없다. 나 하나에게는 사랑하는 애인의 동경의 눈초리도
있을 수 없다. 친한 친구의 팔에 안길 수도 없다. (거칠
게 몸부림을 친다) 살인자들에게 둘러싸여서, 독사들이 소
리를 내며 달라붙는 것처럼 쇠사슬로 죄악에 연결되어
있단 말이다. 악덕의 흔들거리는 줄기를 타고 파멸의

구렁텅이 속으로 흔들려 들어가고 있으니, 이 행복스러
운 세계의 꽃 가운데 있으면서도 울부짖는 천사 아바돈
나와 같은 처지가 아닌가!

슈발츠 (다른 동료들에게) 알 수 없는 일이야. 몰의 저런 모습
은 여지껏 본 적이 없어!

몰 (슬프게) 다시 한 번 어머니 뱃속으로 되돌아갈 수 있다
면 얼마나 좋을까! 내가 차라리 거지로 태어났더라면
얼마나 다행이었을까! 아니다, 나는 그 이상의 아무것
도 원하지 않으련다. 오, 하늘이여, 내가 저 품팔이 노
동꾼이 되었더라면! 정말이지, 나는 이 관자놀이에서
피가 흐를 만큼 노동하여 녹초가 되고 싶다. 그리하여
단 한 번의 낮잠의 즐거움을 맛보고, 단 한 번의 눈물의
기쁨을 얻었으면 좋겠다.

그 림 (다른 사람들을 향하여) 조금만 더 참아 보게. 발작이 이
제 그치기 시작하네.

몰 예전에는 그래도 곧잘 눈물을 흘릴 때가 있었어. 아, 그
때는 평화의 나날이었지! 우리 아버님의 성, 초록의 그
리운 계곡들, 그리고 나의 어린 시절의 모든 천당과 같
은 광경, 그 모든 것이 이제 두 번 다시 찾아오지 않을
것이다. 저 값비싼 살랑거리는 소리로써 불타는 내 가
슴을 다시는 시원하게 해주지 않을 것이다. 자연이여,
나와 함께 슬퍼해 다오! 그 모든 것이 다시는 되돌아오
지 않는 것이며, 그 값비싼 소리와 함께 나의 불타는 이
가슴을 식혀 주지 않을 것이다. 지나가 버렸다! 모든 것

은 지나가 버렸다! 다시는 되돌아올 수 없는 것이다!

슈바이처 (모자에 물을 담아 가지고 온다) 자, 두목, 여기 물이 있소. 이것을 마시시오. 얼음과 같이 차가운 물을.

슈발츠 자네는 피를 흘리고 있지 않는가. 대체 무슨 일이지?

슈바이처 아무것도 아니야. 공연한 일이었지. 그러나 하마터면 두 다리와 모가지 한 개를 잃어버릴 뻔했어. 내가 강가의 모래 언덕을 덜렁덜렁 걸어가다가, 미끈미끈하더니 못난 두 다리가 주르륵 미끄러져 떨어지더란 말이야. 그래서 대략 30미터쯤이나 빠져 내려가서 간신히 정신을 차리고 보니, 거기 자갈 밑에 아주 맑은 물이 흐르고 있더군. 나는 춤이라도 출 정도로 기뻤지. 우리 두목이 맛있게 먹을 것이라고 생각했기 때문에 말이야.

몰 (그 모자를 돌려주며, 슈바이처의 얼굴을 닦아 준다) 이런 때가 아니면 보헤미아의 기병이 자네 이마에 입혀 놓은 상처를 볼 기회가 없을 것일세. 갖다 준 물은 참 잘 먹었네, 슈바이처. 그 상처는 자네에게 잘 어울리는군.

슈바이처 뭐, 그까짓 것! 그 정도의 상처라면 아직도 30개는 더 있을 장소가 충분하지.

몰 아무튼 오늘 오후는 굉장했어. 죽은 사람은 단 한 사람뿐이고. 롤러는 정말로 훌륭한 최후였어. 그가 나 때문에 죽은 것이 아니었다면, 사람들이 그 시체 위에 대리석을 세워 주었을 거야. 죽은 롤러여, 자네에게는 참 안됐네. (말을 멈추고 눈시울을 닦는다) 그런데 상대편에서 죽은 숫자는 대략 얼마나 되었을까?

슈바이처 표기병이 160명쯤 죽었고, 용기병이 93명, 엽기
병이 한 40명 해서, 총 300백 명은 될 거야.

몰 한 사람에 대해서 300명이군. 너희들 가운데 누구라도
이 머리에 대한 요구를 할 수 있다! (모자를 벗는다) 이
자리에서 나는 내 단도를 치켜들고 맹세하겠다. 내 목
숨이 살아 있는 한, 나는 결코 너희들과 헤어지지 않으
려다!

슈바이처 그런 맹세는 그만두게. 자네가 또 어느 때 행복한
사람이 되어서 그 맹세를 후회할지도 모르는 것이니까.

몰 롤러의 시체에 맹세한다. 나는 결코 너희들을 저버리지
않을 것이다.

　　　　코진스키가 나타난다.

코진스키 (혼잣말로) 대략 이 근처에서 그 사람을 만날 것이
라고 하던데. 어허, 저 사람들의 얼굴 모양이 어쩌면 저
럴까? 혹시나? 글쎄? 이 사람들이 어쩌면? 그렇지, 그
렇지! 어디 한번 물어 보아야겠다.

슈발츠 조심들 해라. 저기 누가 오는 모양이다.

코진스키 실례합니다, 여러분. 내가 바로 찾은 것인지 잘못
들어왔는지 잘 모르겠습니다만.

몰 당신이 바로 찾아왔다면, 우리들이 누구라고 생각하는
거요?

코진스키 남자들이겠지요!

슈바이처　우리가 과연 남자라고 불릴 만큼 남자다운 행동을
　　　하였던가요?

코진스키　내가 찾고 있는 남자들이란, 죽음에 임박하여 두
　　　려워하지 않고, 위험을 당하여 길들인 뱀과 같이 얼룩
　　　대게 하고, 명예나 목숨보다 자유를 높이 평가하고, 그
　　　의 이름만 불러도 가난하고 시달림받은 사람들에게 환
　　　영받으며, 용사들에게는 겁을 내게 하고, 폭군들의 얼굴
　　　색을 변하게 하는 그런 남자들입니다.

슈바이처　(두목에게) 이놈 꽤 맹랑한데요, 이것 좀 보시오.
　　　당신은 바로 그런 사람을 발견한 거요.

코진스키　글쎄, 그럴 거라고 생각했습니다. 여러분이 나의
　　　동지가 되셨으면 합니다만, 우선 내가 찾고 있는 바로
　　　그 사람을 가르쳐 주시오. 내가 찾고 있는 사람은 바로
　　　당신들의 두목, 폰 몰의 대백작님입니다.

슈바이처　(열렬하게 악수하며) 친애하는 동지여! 우리 서로 벗
　　　이 됩시다.

몰　(가까이 오며) 그럼 당신은 그 두목을 알고 있단 말이오?

코진스키　아, 바로 당신이다. 그 얼굴만 보면 알 수 있소.
　　　당신을 한 번 보고 더 이상 누구를 찾아보겠소! (한참 동
　　　안 몰을 응시한다) 마치 카르타고의 폐허 위에 서 있는 영
　　　웅 말리우스와 같이 사람을 정복하는 눈빛을 가진 사람
　　　을 만나게 되었으면, 하고 그전부터 바라고 있었답니다.
　　　그런데 지금 나의 희망은 성취되었습니다.

슈바이처　근사한 놈인걸!

몰 그래, 나에게 무슨 용무가 있단 말이오?

코진스키 두목! 말할 수 없이 참혹한 나의 운명을 들어 보
십시오. 나는 이 세상의 모진 파도에 파산을 한 사람입
니다. 나는 나의 일생의 희망이 바닷속 깊이 침몰해 들
어가는 것을 보았답니다. 그래서 현재 나에게 남아 있
는 것이라곤 고통스러운 추억뿐입니다. 그 괴로운 추억
을 무슨 다른 일로써 눌러 버리지 않는다면, 내 정신이
그대로 돌아 버릴 것만 같습니다.

몰 아, 또 신을 비난하는 사람이 나타났구나! 그래서 어떻
게 하였지?

코진스키 나는 군인이 되었답니다. 그러나 역시 불행은 내
뒤를 쫓아왔지요. 나는 동쪽 인도를 향하는 배를 타고
출발하였는데, 그 배가 그만 암초에 부딪쳐서 파선되어
버리고, 결국은 그 계획도 실패로 돌아가고 말았습니다.
마침내 당신에 대한 풍문이 널리 세계에 알려져서, 그
소리가 '살인, 방화'라는 딱지가 붙어서 내 귀에까지 들
어온 것입니다. 그래서 나는 여기까지 멀리서 달려온
것이지요. 당신이 나를 부하로 받아들여 주신다면, 당신
밑에서 일하겠다고 결심하였습니다. 제발 소원이니, 나
의 청을 들어주십시오, 나를 거절하지 말아 주십시오!

슈바이처 (깡충 뛰며) 잘됐다, 잘됐다! 이제 우리는 잃어버린
롤러를 천배 만배 보충하게 되었다. 우리 도둑단에 꼭
알맞은 살인 동지가 생겼다.

몰 자네 이름은 무엇인가?

코진스키 코진스키라고 하오.

몰 뭐, 코진스키라고? 자네는 경솔한 나이 어린 청년이라는 것을 알겠는가? 마치 생각 없는 처녀와도 같이 자네의 중요한 인생의 길을 함부로 그르치려 하는 것을 깨닫지 못하는가? 여기는 자네가 생각하는 것같이 공차기나 자치기를 하고 노는 장소가 아닐세!

코진스키 당신 말씀이 무엇인지를 모르는 바가 아니오. 나는 아직 스물네 살밖에는 안 되었지만, 총알이 번쩍이고 총탄이 쌩쌩거리며 눈앞을 날아가는 것을 몇 번이나 겪어 본 사람이라오!

몰 정말, 그렇단 말인가? 그런데 자네는 그 검술을 불쌍한 길손을 찔러서 노잣돈을 빼앗기 위해서만 배운 것인가? 그렇잖으면 부녀자들의 배를 뒤에서 꿰뚫기 위해서 배운 것이란 말인가? 가게, 어서 가게. 자네는 유모에게 종아리를 맞기가 무서워서 여기까지 도망온 것 같네!

슈바이처 여보시오, 두목. 대체 어찌된 일이오? 당신은 이 헤라클레스와 같은 장사를 쫓아 버릴 속셈이오? 내가 단 한 자루의 주걱을 들고 삭센의 대원수를 갠지스 강 너머로 쫓아 버릴 만한 기운이 있는 것같이 보이지 않는가 말이오!

몰 자네는 자기의 조그마한 일에 실패하였다고 해서 여기에 나타나 악당이 되려고, 살인자가 되려고 한단 말인가? 살인이라는 단어가 어떤 뜻인지 모르는가? 양귀비꽃의 머리를 잘랐다면 태평스럽게 잠도 잘 수 있겠지만, 적어도 한 사람의 인간을 죽였다는 생각을 마음에 지니고 있으면…….

코진스키 당신 명령이라면, 어떠한 살인이라도 서슴지 않고 해내겠소!

몰 뭐라고? 자네는 상당히 영리하네! 아주 아첨을 잘해서 남의 비위에 꼭 맞추려 드는 모양일세. 내가 악몽을 꾸지 않고, 마지막 죽음을 당하였을 때도 얼굴색이 변치 않는다는 것을 자네는 어디서 들어서 아는가? 자네는 지금까지 몇 번이나 책임을 느끼고 일을 해보았는가?

코진스키 사실은 말씀대로 그리 많지는 않습니다. 그러나 여기까지 여행을 오게 된 것은, 고귀하신 백작인 당신께…….

몰 자네의 가정교사는 그 대도둑 로빈홋의 이야기책을 자네에게 쥐어 주었던 모양일세. 그따위 경솔한 자는 마땅히 노예선에 태워서 보내야 할 걸세. 자네의 아이다운 공상을 자극하고, 이름 있는 사람이 되려는 어리석은 명예욕을 불질러 놓았으니까. 자네는 이름과 명예가 탐나서 꿈틀꿈틀하는 모양이지? 그런데 그 불명의 이름을 자네는 살인과 방화로써 획득하겠다는 말인가? 잘 생각해 보게! 야심이 많은 젊은이여, 살인·방화범에게는 결코 푸르른 월계관이 부여되는 법이 없다네. 도둑의 승리는 결코 영광의 승리가 아니며, 그저 저주와 위험과 죽음과 치욕밖에는 없는 것일세. 그리고 저 건너 언덕 위에 있는 교수대가 자네 눈에도 보이지 않는가?

슈피겔베르크 (불만스런 듯이 이리저리 거닌다) 아, 참 어리석기도 하지. 정말로 용서할 수 없을 만큼, 말이 안 되게 어리석은 소리를 하고 있어. 대체 그렇게 하는 법이 어디 있나! 나 같으면 전혀 다르게 말했을 텐데.

코진스키 그렇지만 죽는 것이 무섭지 않은 사람에게 무엇이 두려울 것이 있겠소?

몰 그 말은 참 잘했어. 참 걸작이야! 아마 자네는 학교에서도 성적이 좋았던 모양일세. 로마의 세네카의 말을 아주 틀림없이 잘 암기하였는가 봐. 그러나 여보게, 그와 같은 문구를 알고 있어도 인간의 마음의 고통은 그것으로 해결되는 것이 아니야. 고민의 칼끝이 결코 무뎌지는 법도 아니니까. 잘 생각해 보아야 해. 알겠나! (코진스키의 손을 잡는다) 잘 생각해 보게. 나는 자네에게 아버지와 같은 입장으로 이야기를 하는 것이야. 우선 이곳에 뛰어들기 전에, 이 낭떠러지의 깊이를 잘 알아보란 말이야! 만일 자네가 이 세상에서 무엇이고 단 한 가지의 기쁨이라도 붙잡을 수 있다면, 그때에는 벌써 어찌할 수 없는 처지가 되어 있는 것일세. 더구나 자네가 언제라도 잠을 깰 날이 있을 것이니 말일세. 이곳에 빠진다는 것은 자네가 인간의 한계를 벗어난다는 것이야. 그러니까 자네가 인간보다 더 높은 사람이 되든지, 그렇지 않으면 아주 악마가 되어 버려야 하는 것이지. 다시 한 번 말하겠는데, 잘 들어 보게. 만약에 어디서라도 한 가닥의 희망의 빛이 자네에게 비칠 수 있다면, 이와

같이 무서운 도둑의 무리에게는 가까이 오지 말아 주
게! 이 무리들을 연결시키고 있는 것은 다만 절망뿐이
야. 결코 위대한 지혜가 만들어 놓은 것이 아니란 말일
세. 인간에게는 실수라는 것이 있는 법이니, 내가 하는
말을 꼭 믿어 주게. 결국은 절망에 불과한 것을 사람들
은 간혹 정신의 힘이라고 착각하는 수가 있다네. 내 말
을 믿어 주게. 제발 내 말을 믿고, 한시라도 빨리 이곳
을 떠나게!

코진스키 안 됩니다! 이제 나는 더이상 도망치지 않겠습니
다. 만일 나의 간청이 당신의 마음을 움직이지 못한다
면, 나의 불행한 이야기라도 들어 주십시오. 그러면 당
신 스스로 나에게 단도를 주실 테지요. 틀림없이. 여러
분들도 둘러앉아서, 내가 하는 말을 자세히 들어 주십
시오!

몰 어디 들어 봅시다.

코진스키 그 이야기라는 것은 다음과 같습니다. 나는 보헤
미아의 귀족으로 태어나, 아버님이 일찍 돌아가셔서 상
당히 큰 기사령(騎士領)의 영주가 되었습니다. 그 영토는
어찌나 좋은지 천당과 같았습니다. 더구나 그 속에는
한 사람의 천사가 살고 있었지요. 꽃피는 청춘에 온갖
아름다움을 지닌 꽃 같은 처녀, 하늘의 빛과 같이 맑고
깨끗한 처녀였습니다. 아니, 이런 말은 해서 무엇 하나.
여러분이 그저 한쪽 귀로 듣고 다른쪽 귀로 흘려 버리
실 이야기입니다. 아마도 당신들은 사랑 하신 적도 없

으며 사랑을 받으신 적도 없으실 테니까요.

슈바이처 조용히 하게, 조용히 해. 우리 두목의 얼굴이 시 뻘겋게 되었네.

몰 그 이야기는 그만 하게. 나중에 또 기회가 있으면 듣겠 네. 내일이나 또는 그후에, 혹시 내가 사람의 피를 보았 을 때에.

코진스키 바로 그 피입니다. 피란 말입니다. 제발 내 이야 기를 계속해서 들어 주십시오. 그 피가 당신의 영혼을 가득 채울 것입니다. 그 처녀는 평민 태생이었지요. 독 일 처녀였습니다. 그러나 그 처녀를 한번 쳐다보면 귀 족이니 양반이니 하는 생각은 그 자리에서 사라져 버립 니다. 그 처녀가 얼굴에 부끄러움을 머금고 얌전하게 우리들의 약혼반지를 나의 손에서 받아들었습니다. 그 리하여 내일모레면 나의 사랑하는 아말리아를 결혼의 제단으로 이끌고 갈 예정이었습니다.

몰 (갑자기 벌떡 일어선다)

코진스키 그처럼 혼례 준비에 바쁘고, 또 나를 기다리는 행 복의 도취경에 빠져 있는데 갑자기 급한 사자가 와서 나 는 궁중으로 호출되어 갔습니다. 궁중으로 출두해 보니, 내가 썼다고 하는 편지를 보여 주더군요. 나의 배반이 잔뜩 씌어 있는 내용의 편지였지요. 나는 너무나 악독한 모략에 얼굴이 새빨개지고 말았습니다. 곧장 나는 칼을 몰수당하고, 그 자리에서 감옥소에 갇히고 말았습니다. 나는 그저 영문을 모르고 멍청히 있었을 뿐입니다.

슈바이처 그리고 그 다음에는 어떻게 되었단 말이오? 벌써 불고기 굽는 냄새가 나는군!

코진스키 나는 그곳에 한 달 가량이나 있었습니다. 그리고 사태가 어떻게 되었는지도 몰랐습니다. 나는 다만 아말리아가 근심되었을 뿐이었지요, 나의 그러한 운명에 대하여 한시라도 산 것 같지 않을 만큼 고통에 잠겨 있을 것으로 상상하였습니다. 마침내 궁중의 총리대신이 나타나서, 내가 무죄인 것이 판명되었다며, 달콤한 몇 마디의 축사와 함께 석방장을 읽어 주고, 나의 칼을 반환해 주었습니다. 그래서 나는 기뻐 날뛰며 집으로 달려가, 나의 아말리아의 품안에 안기려고 하였습니다. 그런데 그 처녀는 행방불명이 되어 버렸답니다! 한밤중에 누군가가 와서 끌고 갔다는데, 어디로 갔는지는 아무도 모른다는 것입니다. 그때 이후로 아무의 눈에도 띄지 않았다고 하더군요. 그때 번개같이 내 머리를 스치는 생각이 있었지요. 그래서 나는 도시로 달려가서, 궁중의 형편을 살펴보았습니다. 모든 사람이 내 얼굴을 뚫어져라 바라볼 뿐, 아무도 이야기를 해주는 사람은 없었습니다. 나는 마지막에 겨우 궁중의 비밀 창살 속에 아말리아가 갇혀 있는 것을 발견했습니다. 그 처녀는 나에게 조그마한 쪽지를 던져 주었지요.

슈바이처 글쎄, 내가 한 말이 있지 않은가!

코진스키 놀랍게도 그 속에는 이런 말이 씌어 있었습니다. 그 여자는 협박을 받았고, 자기가 군주의 첩이 되든가,

그렇지 않으면 나를 사형시키겠으니, 그 둘 중의 한 가지를 선택하라고 강요당했다는 것입니다. 그래서 정조와 사랑 사이에서 할 수 없이 그 여자가 선택한 것은 첩이 되는 것이었으며, 따라서 (웃으면서) 나는 사형을 면하게 되었던 것이랍니다.

슈바이처 그래서 당신은 그후 어떻게 하였소?

코진스키 나는 그 자리에서 몇천 개의 벼락을 맞은 사람 처럼 우두커니 서 있었습니다. '피!'라는 생각이 나의 최초의 생각이었고, 마지막에 생각한 것도 '피!'라는 글자였습니다. 내가 입에 거품을 물고 집으로 뛰어돌아와서 골라잡은 것이 아까 그 삼각의 단도였습니다. 나는 그 것을 가지고 곧장 그 대신의 집으로 뛰어갔습니다. 왜냐하면 바로 그 대신이야말로 그 흉악한 뚜쟁이 행동을 한 녀석이었으니까요. 아마 내가 뛰어오는 것을 거리에서 보았던 모양인지, 내가 그 집에 쫓아들어가 보니 방마다 모두 잠겨 있는 것이었습니다. 나는 대신을 찾아 헤매며 어디로 갔느냐고 물었지요. 그랬더니, 그는 군주한테 가 있다는 말이었습니다. 그래서 또다시 그리로 달려가 보니, 그쪽에서는 대신이 와 있지 않다는 대답이었습니다. 나는 다시 되돌아와서 문을 밀쳐 열고 뛰어들어가니, 바로 그 자리에 대신이 있었으며, 그놈을 그냥……. 그러자 어느새 대여섯 명의 하인들이 뒤에서 달려들어 나의 칼을 빼앗고 말았답니다.

슈바이처 (발을 구르며) 그래, 그놈은 한 칼도 맞지 않고, 자네만 빈손으로 쫓겨났단 말인가?

코진스키 나는 그 자리에서 붙들려 포박당하고, 고소되고, 고통의 취조를 당한 다음에, 특별한 은혜로서 명예박탈이라는 죄명을 뒤집어쓰고 외국으로 추방되었답니다. 나의 영지와 재산은 그 대신에게 하사품으로 인도되고, 결국 나의 아말리아는 그 호랑이의 발톱에 걸려서 한탄과 슬픔 속에 하루하루를 지내게 된 것입니다. 그러나 나의 복수심은 만족을 못 하고, 절망의 멍에 밑에서 몸부림치지 않을 수 없는 형편이 된 것입니다.

슈바이처 (일어서서 칼을 갈며) 자, 이것이야말로 우리들의 물방아에 걸리는 물이 아니겠소! 두목, 여기 바로 불을 질러야만 하는 것이 있소!

몰 (그때까지 격렬한 동작으로 이리저리 거닐다가 펄쩍 뛰며 부하들을 바라보고) 나는 그 여자를 만나 보아야겠다. 모두들 일어서서 준비를 해라. 코진스키, 자네도 참가하게. 급히 짐을 꾸리게!

도둑들 어디로 가는 거요. 무엇을 하러 가는 거요?

몰 어디로냐고? 그것을 묻는 놈은 누구냐? (격렬한 태도로 슈바이처를 향하여) 너는 나를 만류하려고 하는 것이냐? 배반자여, 하늘의 희망에 맹세하건대, 나는 꼭 가련다.

슈바이처 내가 배반자라고? 천만에. 지옥에 간다고 해도 나는 자네를 쫓아가려네!

몰 (슈바이처의 목을 끌어안으며) 나의 형제여! 자네는 나를 따라와 주겠는가? 아, 그 여자는 울고 있을 것이다. 그 여자는 슬픔의 나날을 보내고 있을 것이다. 일어서라, 어서 일어서라. 모두들 나를 따라라. 목적지는 나의 고향, 프랑켄이다. 8일 안으로 우리는 거기에 도착할 것이다.

(모두 출발한다)

제 4 막

제 1 장

몰 백작의 성 부근 시골.
멀리 도둑단, 몰, 코진스키 등.

몰 먼저 나가서 내가 온 것을 전해 주게. 가서 뭐라고 말할지는 다 알고 있겠지?

코진스키 당신이 매크렌부르크에서 오신 폰 브란트 백작님이라고 말하고, 나는 그의 마부라고 이야기하면 되는 것이지요. 염려 마시오, 내 일은 거뜬히 해치울 테니. 그럼 다시 봅시다. (퇴장)

몰 오, 그리운 고향의 땅이여, 나의 인사를 받아라! (땅에 입맞춘다) 고향의 하늘이여, 고향의 태양이여! 그리고 들과 언덕이여, 냇물과 숲이여! 그 모든 것에 빠짐없이 나는 마음으로부터 인사를 드린다. 이 고향의 산과 들에서 불어오는 바람은 그 얼마나 상쾌한 바람이냐! 이 불쌍한 추방자를 맞고서, 너희들한테서는 그 얼마나 값비싼 기쁨이 흘러나오는 것이냐! 이것을 천당이라고 부를 것인가, 시(詩)의 세계라고 부를 것인가! 잠시 멈추어라, 몰이여. 너의 발은 지금 신성한 절간을 거닐고 있지 않은가! (차츰 무대 전면으로 다가온다) 보라, 저기 성의 정원 속에 있는 제비의 집들을. 그리고 정원의 사립문도 그전과 다름없지 않은가! 그리고 여기 울타리 모퉁이는

바로 부엉이가 오는 것을 엿듣고 장난하던 자리가 아닌
가! 그리고 또 저쪽에는 풀밭의 계곡이 있다. 내가 어렸
을 때 영웅 알렉산더가 되어서 마케도니아의 군대를 이
끌고 알베라의 전쟁을 하였던 곳이다. 바로 그 옆의 풀
이 무성한 언덕에서는 페르시아의 총독을 때려눕히고,
승리의 깃발을 드높이 바람에 휘날렸던 곳이다! (미소를
짓는다) 황금과 같은 소년시절의 따스한 기분이 비참한
나의 영혼에 다시 살아나는구나. 그때에 나는 그렇게도
행복하였었지. 그렇게도 완전하였고, 그렇게도 구름 한
점 없이 맑았었다. 그런데 지금은 모든 계획이 조각조
각으로 깨어지고 부서지지 않았는가! 아, 나야말로 위
대하고 떳떳한 사람으로서, 만인의 칭송이 자자한 귀감
으로서 이곳을 활발하게 거닐 사람이 아니었던가. 그리
고 이 지방에서, 아말리아의 꽃피는 어린 아이들과 함
께 그 어린 시절을 다시 한 번 살아 볼 사람이 이니었던
가! 여기서, 바로 여기서, 나의 국민이 숭배하는 우상이
될 수 있었다. 그런데 그 악독한 적이 비웃는 웃음을 띠
고 나타났던 것이다.

(흥분해서) 나는 무엇 때문에 여기로 왔는가? 나에게 죄
인과 같은 기분을 맛보여 주기 위함인가? 쇠사슬에 짤
랑거리는 소리가 자유의 꿈을 깨뜨려 주기 위함인가?
아니다, 나는 나의 비참한 생활로 되돌아가야겠다. 죄인
은 이미 불빛을 잊어버린 것이다. 그렇지만 자유의 꿈
은 나의 머리 위를 지나서, 밤에 빛나는 번갯불처럼 지

나갔다. 그 번개가 지나간 다음에는 먼저보다도 더 어두운 광경이 남는 것이다.

오, 고향의 골짜기들이여, 잘 있거라! 너희들은 그 옛날 어린 카를을 보았다. 그 카를은 행복한 소년이었다. 그러나 지금 너희들이 보는 카를은, 어른이 된 사람이다. 그리고 그는 절망에 빠진 사람이다.

(그는 몸을 휙 돌려서 무대의 한쪽 끝까지 걸어가더니, 거기서 갑자기 멈추고 비통한 태도로 성을 쳐다본다)

그 여자를 보지 않고 간단 말이냐? 한 눈이라도 보지 않고 간단 말이냐? 지금 나와 아말리아 사이에는 단 한 겹의 벽이 가려져 있다. 아니다, 나는 꼭 만나야겠다. 그리고 아버님도 만나 뵈어야겠다. 이 몸이 부서진다 할지라도! (그는 되돌아선다) 아버님, 아버님! 당신의 아들이 다가옵니다. 시커멓게 연기나는 피여, 잠시 비켜나라! 공허하고 무섭게 떨리는 죽음의 눈초리여, 잠시 자취를 감추어 다오! 다만 이 시간 동안만 나를 자유로이 만들어 다오. 나에게서 잠깐만 떠나 있어 다오. 아말리아여! 아버님이여! 당신의 카를이 여기 왔습니다! (그는 재빨리 성으로 다가간다)

아침해가 뜨면, 나를 얼마든지 괴롭혀라! 밤이 오거든 나를 떠나지 마라! 무서운 악몽이 되어 나를 고통스럽게 하라! 다만 지금 이 시간, 단 하나의 기쁨만 망쳐 놓지만 말아 다오! (성문 앞에 선다) 나의 기분은 지금 어떠한가? 몰이여, 이게 무슨 꼴이냐? 남자답게 용기를 내

라! 죽음의 전율, 공포의 예감이라니……. (그는 성 안으
로 들어간다)

제 2 장

성 안의 화랑(畫廊).
몰과 아말리아가 등장한다.

아말리아 이렇게 많은 그림 가운데서 그분의 초상화를 발견
해 낼 수 있단 말씀입니까?

몰 그야 물론이지요. 그 사람의 모습은 내 마음속에 항상
살아 있었답니다. (여러 가지 그림들 사이를 둘러보더니) 바
로 이것이 아닙니까?

아말리아 바로 맞았습니다. 그분은 백작 집안의 조상이시
며, 발바로사 왕조에게 충성을 다하여 해적을 평정하시
고, 귀족의 칭호를 얻으신 것입니다.

몰 (계속해서 그림을 둘러보며) 이것도 아니고, 저것도 아니야.
저쪽에 있는 저 그림도 아니고. 그렇다면 이 속에는 없
는 모양입니다.

아말리아 왜요? 좀더 자세히 보십시오. 당신은 그분을 잘
아시는 줄 알았는데요.

몰 나는 그분을 우리 아버지 못지않게 잘 압니다. 몇천 명
이 있어도 알아볼 수 있는, 그 입가의 친절한 모습이 여
기에는 없는걸요. 그러니까 그분이 아니시지요.

아말리아 참 놀라운 일입니다. 18년 동안이나 안 보시고도
그렇게 잘 아실 수 있다니.

몰 (갑자기 얼굴에 홍조를 띄며) 바로 이것입니다!

(그는 마치 번갯불에 다친 것처럼 우뚝 선다)

아말리아 참 훌륭하신 분이지요.

몰 (그 초상화를 바라보느라고 열중하여) 아버님, 아버님! 용서
해 주십시오. 예, 그렇지요. 아주 훌륭하신 분입니다!
(눈을 비비며) 아주 거룩하신 분이시지요!

아말리아 그분에게 아주 대단히 존경을 바치고 계시군요.

몰 정말로 훌륭한 분입니다. 그런데 그분이 벌써 돌아가셨
다지요?

아말리아 예, 그렇습니다. 우리들의 무엇보다도 더한 기쁨이
사라진 것과 같습니다. (그의 손을 다정하게 잡으면서) 백작
님, 이 달〔月〕 밑에는 이제 아무런 행복도 없습니다.

몰 옳은 말씀, 옳은 말씀. 그런데 당신 같은 분도 그렇게 슬
픈 경험이 있으신가요? 당신은 아직 나이도 스물세 살
이 못 돼 보이시는데.

아말리아 그렇습니다. 슬픈 경험을 하였답니다. 이렇게 살
고 있는 것도, 그저 슬프게 죽기 위해서일 뿐이지요. 여
러 가지 재미나는 일을 당하고, 여러 가지 좋은 물건을
얻고 하는 것도 결국은 나중에 가슴 쓰라리게 모두 잃
어버리기 위한 것인가 봅니다.

몰 그렇게 말씀하시다니, 무엇을 잃어버리신 모양이지요?

아말리아 예, 모든 것을 잃어버렸습니다. 이제는 아무것도
없답니다. 백작님, 앞으로 더 가보실까요?

몰 그리 서두르지 마십시오. 저기 오른쪽에 있는 것은 어느

분의 초상화인가요? 어쩐지 나에게는 그리 좋지 않은
관상을 하고 계신 사람인 것 같습니다.

아말리아 저기 왼쪽에 있는 초상화는 돌아가신 노백작님의
아드님으로, 현재의 영주님이십니다. 그것은 그렇고, 어
서어서 앞으로 나가십시다.

몰 여기 오른쪽의 초상화는?

아말리아 정원으로 안 나가시렵니까?

몰 여기 오른쪽의 초상화는 누구신가요? 아, 아말리아 씨,
왜 우십니까?

아말리아 (급히 퇴장)

몰 아말리아는 나를 사랑하고 있구나. 나를 아직도 사랑하
고 있구나! 그 여자의 전신이 갑자기 열을 띠고, 느닷없
이 흘러내린 눈물 줄기로 모든 것을 알 수 있다. 그 여
자는 나를 사랑하고 있다! 그런데 너는 얼마나 비참한
놈이냐? 나는 지금 이 자리에 마치 교수대에 서 있는
죄인같이 서 있지 않은가 말이다. 여기 있는 이 안락의
자는 내가 그 여자의 목을 껴안고 기쁨에 잠겨 있었던
자리가 아닌가? 아, 이것이 아버님의 방이 아닌가? (아
버지의 초상화를 보고 감동되어서) 오, 아버지, 아버지, 당
신의 눈에서 불꽃이. 아, 저주, 저주, 무서운 처형! 나
는 지금 어디 있는가? 내 눈앞은 온통 캄캄하다. 하느
님의 저주에, 아, 내가 바로, 내가 바로 아버지를 죽인
놈이 아닌가! (거기서 뛰어 도망간다)

　　　프란츠 폰 몰이 깊은 생각에 잠기며 등장.

프란츠　에잇, 이 얼굴아, 없어져라! 이 못난 겁쟁이야, 대체 너는 무엇을 두려워하고, 누구 때문에 무서워하는 것이냐? 그놈의 백작이라는 놈이 우리 성 안에 들어온 지 몇 시간도 지나지 않아서 지옥의 간첩이 내 뒷다리를 쫓아다니는 것 같은 기분이 되다니, 무슨 꼴이냐. 어쩐지 나는 그놈을 알고 있는 것 같아. 그놈의 거무스름한 위엄있는 얼굴에는 어딘지 위대하고 퍽 낯익은 것 같은 기색이 있단 말이야. 그것이 나를 오싹오싹하게 해주는 것이야. 그리고 아말리아도, 그 남자에게 대해서는 좀 태도가 이상해. 반한 것처럼 뚫어지게 그놈을 쳐다보고 살펴보고 하는 것이 이상하단 말이야. 그전 같으면 세상 만사를 그렇게 무관심하게 거들떠보지도 않던 아말리아가 아니던가? 그리고 남몰래 서너 방울의 눈물을 포도주 잔에 떨어뜨리는 것을 내 눈으로 똑똑히 보았어. 그런데 그놈이 내 뒤에서, 그 잔을 허겁지겁 받아 마시는 것이었어. 그렇지, 나는 똑똑히 보았지. 거울을 통해서 나는 그 모습을 내 눈으로 똑똑히 보았어. 정신 차려야 한다, 프란츠야! 조심해야 한단 말이다! 너의 뒤에는 무엇인지 모를 무서운 괴물이 숨겨 있다. (카를의 초상화 앞에 서서 살피는 듯한 눈초리로 바라본다) 저 기다란 오리 모가지를 보란 말이야. 불을 뿜는 듯한 저 새까만 눈동자를 보란 말이야. 흥흥! 저 거무스름하고 뒤덮는 것 같은 두둑한 눈썹을 보지. (갑자기 몸을 떨며) 이 망할 놈의 지옥 같으니, 어째서 너는 그와 같은 근심을 나에게 가져다 맡기느냐? 저것이 카를이다! 하고 생각하면, 모든 것이 구석구석에서 모두 다 살아 나오는 것 같구나. 아무래도 그놈이 카를인 것 같아! 아무리 변장을 하였지만 틀림없어. 그 백작놈이라는 놈이 바로 카를이야! 제기랄, 찢어죽일 놈! (씩씩거리며 왔다갔다한다) 내가 그렇게 오랜 세월을 두고 밤마다 잠을 못자고 노력하여, 온갖 고생을 하여 만들어 놓은 것을? 심지어 인간의 모든 본능에게까지 반역을 하여 이렇게 만들어 놓은 것이 결국에는 보잘것없는 불량배에게 유린당하기 위한 것이었던가?

아니야, 아니야. 가만히 생각을 해보자. 그저 조그마한 장난 같은 일만 하면 되는 것이 아닌가? 그렇잖아도 나는 지금까지 벌써 목에 차도록 죽을 죄를 많이 지지 않았는가 말이다. 그런데 지금 강변이 저렇게 멀리 떨어졌는데 다시 되돌아간다는 것이 말이 되는가? 그것이야말로 어리석기 짝이 없는 일이지. 뒤로 되돌아서 헤엄을 친다는 것은 이제 와서는 생각할 수도 없는 일이야. 만일 나의 죄가 한꺼번에 모두 용서를 받으려면, 은혜라는 것이 땅에 떨어지는 것이요, 아무리 큰 자비심이라도 파산하지 않고는 못 배길 것이야. 그러니까 사나이답게 더 전진해야 해야 하지! (그는 종을 울린다) 그놈도 아버지의 유령과 같이 나타나라! 나는 죽은 자들을 조소해 주리라. 여봐라, 다니엘! 이리 오너라. 하하! 이 건 웬일이야? 다니엘까지 충동해서 나에게 반항하게 만 들었는가? 그놈, 참 엉큼한 눈초리로 보고 있지 않은가 말이야.

다니엘이 등장한다.

다니엘 영주님, 부르셨습니까?

프란츠 뭐, 별일은 아니야. 가서 이 술잔에 포도주를 한 잔 따라다 주게. 얼른! (다니엘 퇴장) 가만 있자! 저놈의 늙 은이, 나는 너를 꼼짝 못하게 해놓으리라! 내 눈으로 쏘 아보아서, 네가 어쩔 줄을 모르고 찔리는 양심에 가면 을 벗어 놓고 새파래질 때까지 꼼짝 못하게 해주리라! 아주 목숨까지 끊어지게 해주리라! 참 어리석은 일이지, 자기의 일을 반쯤 해놓고는 발을 빼고서 그 결과가 어 떻게 되는가 입을 딱 벌리고 구경한다는 것은. (다니엘이 포도주를 가지고 다시 등장한다) 그것을 이리 가져오너라. 그리고 내 눈을 똑똑히 쳐다보란 말이야. 어째서 너는 무릎을 부들부들 떠는 것이냐? 전신이 떨리지 않는가? 이 망할 놈의 늙은이, 바른 대로 말을 해봐! 넌 대체 무 슨 짓을 하였느냐?

다니엘 아닙니다, 영주님. 아무 짓도 하지 않았습니다. 하 느님께 맹세합니다.

프란츠 이 포도주를 들이마셔! 뭐라고? 어째서 어물어물하

는 거야? 어서 바른 대로 말해, 빨리! 넌 이 포도주 속
에 무엇을 섞어 놓았지!

다니엘 하느님 맙소사! 뭐라고요? 제가 이 포도주 속에?

프란츠 이 포도주 속에 네가 독을 섞었지! 네 얼굴색이 눈
과 같이 창백하지 않느냐 말이다. 바른 대로 실토를 해
라! 누가 너한테 그 독을 주더냐? 바로 그 백작이지?
틀림없지? 내 말이 어때?

다니엘 백작이라니요? 천만의 말씀입니다. 그 백작님께서는
나에게 아무것도 주시지 않았습니다.

프란츠 (다니엘의 멱살을 쥐고) 네 얼굴이 새파랗게 될 때까지
목을 졸라 주겠다. 이 백발 거짓말쟁이 늙은이! 아무것
도 안 받았다고? 그럼 무엇 때문에 너희들은 그렇게 소
곤대느냔 말이야. 그 백작과 너와 아말리아 말이다. 네
놈들이 한패가 되어서 쑥덕쑥덕하지 않았느냐 말이야?
자, 어서 고백해라! 대체 어떠한 비밀을, 어떠한 밀계
를, 그놈의 백작이 네놈에게 이야기하더냐?

다니엘 하늘에 계신 하느님도 증명을 하실 겁니다. 그분께
서 저에게, 아무런 비밀도 저에게 말씀하신 적이 없었
습니다.

프란츠 네놈이 끝끝내 부인하겠단 말이냐? 너희들이 나를
해치려고 대체 어떠한 음모를 꾸몄느냐? 틀림없지? 잠
자고 있는 나를 목조르려고? 면도하는 동안에 목까지
잘라 버리려고? 포도주라든지 초콜릿 속에 독을 섞으려
고? 자자, 어서어서 고백을 하란 말이다. 그렇지 않으

면 수프 속에 약을 타서 나를 영원히 잠재우려고? 빨리
실토하란 말이야. 나는 벌써 다 알고 있다.

다니엘 제가 말씀드린 것은 한마디의 거짓도 없습니다. 이
이상 저를 괴롭히신다면, 그저 하느님의 가호를 빌 뿐
입니다.

프란츠 이번만은 내가 특별히 너를 용서해 주겠다. 그러나
누가 알겠나? 그놈이 분명 너에게 돈을 한줌 쑤셔넣어
주었지? 그리고 악수를 할 때도 보통보다 더 꼭 쥐어
주었지? 마치 그전부터 퍽 친했던 사이처럼 그렇게 손
을 잡아 주지 않았느냔 말이야?

다니엘 원, 천만의 말씀을 다 하십니다, 영주님이시여.

프란츠 아마 그놈의 백작이 너에게 이렇게도 말했을 거야.
자기가 너도 그전부터 잘 알고 있는 사람이라고, 그러
니까 너도 자기를 잘 알고 있을 거라고. 그렇지 않아?
또 그놈이 너에게 이제 조금만 있으면 모든 일을 다 알
게 된다고, 그렇게 말하지 않았어? 그리고 또 그 점에
대해서도 너에게 이야기하였을 거야.

다니엘 절대로 그런 일은 없었습니다.

프란츠 또 혹시 어쩔 수 없는 사정으로 이렇게 하고 있다든
지, 적에게 접근하려면 가면을 쓸 필요가 가끔 있다든
지, 아주 지독하게 복수를 한번 해보려고 한다든지, 그
런 말은 안 하던가?

다니엘 그런 종류의 말씀은 한마디도 없었습니다.

프란츠 뭐라고? 전혀 없었다고? 잘 생각해 보란 말이야. 혹

시 그놈의 백작이 돌아가신 영주를 잘 알고 있다고는 하지 않던가? 특히 잘 알고 있으며 그분을 퍽 사랑하였다고. 이만저만하게 사랑한 것이 아니고, 마치 아들처럼 사랑하였다고는 하지 않던가?

다니엘 그런 비슷한 말씀을 하시는 것을 들은 것 같습니다.

프란츠 (얼굴빛이 창백해지며) 그래? 정말 그런 말을 하던가? 글쎄, 그 말을 나에게 좀 전해 다오. 혹시 그가 나의 형제라는 말은 하지 않던가?

다니엘 (깜짝 놀라며) 영주님, 뭐라고요? 그런 말씀은 안하시던데요. 그러나 아가씨께서 그분을 화랑으로 안내하셨을 때, 마침 저는 그림틀에서 먼지를 털고 있었습니다. 그분은 돌아가신 영주님 초상화 앞에 이르자 갑자기 천둥을 맞은 사람처럼 그 자리에 멈칫 서버리는 것이었습니다. 그때 아가씨께서 그 초상화를 가리키시며 참으로 훌륭한 분이셨지요, 하고 말씀하시니까, 그분 역시 예, 참 훌륭한 분이십니다, 하시며 눈을 비비시더군요.

프란츠 내 말을 좀 들어 보게, 다니엘! 너도 잘 알겠지만 나는 너에 대하여 항상 좋은 주인이었지. 좋은 음식과 값비싼 옷을 많이 주었고, 일을 시키는 데도 너의 늙은 몸을 항상 배려하지 않았더냐.

다니엘 그 친절하심에 대해서는 하느님께서 보답이 있으실 겁니다. 저도 항상 성실하게 일해 왔습니다.

프란츠 바로 그 점을 내가 이야기하려고 하는 것이다. 너는 오늘날까지 한 번도 나의 말에 거역한 적이 없어. 그것

은 너도 잘 아는 일이지만, 나의 명령에 대해서는 어떠
한 일이라도 절대 복종할 의무가 있기 때문이었지.

다니엘 하느님의 뜻과 저의 양심에 거슬리지 않는 한, 어떠
한 일이라도 마음껏 충성을 다하겠습니다.

프란츠 어리석은 소리는 마! 어지간히 나이를 먹은 지금에
와서 크리스마스날의 아이와 같은 이야기를 한단 말이
냐? 부끄럽지도 않단 말이냐? 다니엘! 어리석은 생각은
하지 말란 말이야. 나는 영주다. 만일 신이 있고 양심이
있는 것이라면, 벌은 주인인 내가 받을 것이다.

다니엘 (두 손을 합장하고) 오, 하늘에 계신 아버님이시여!

프란츠 너의 복종심을 믿고 말하겠다. 알겠나, 나의 말을?
너의 충성심을 믿고 너에게 명령하는 것이다. 내일 해
가 뜰 때부터는 그놈의 백작이 산 사람들 사이에서 걸
어다니지 못하게 만들어 오란 말이다.

다니엘 하느님 맙소사! 어째서 그러시는 것이옵니까?

프란츠 너의 맹목적인 복종만을 믿고 하는 말이다! 나는 너
만을 믿겠다.

다니엘 저에게 하라고 하시는 말씀이십니까? 오, 하늘에 계
신 성모 마리아시여! 이 늙은 몸이 무슨 죄를 지었사옵
기에, 저에게 그렇게 하시는 것이옵니까?

프란츠 이제 와서 무엇을 우물쭈물 생각하고 있는 것이냐?
너의 운명은 나의 손아귀 속에 들어 있다. 너는 죽을 날
이 멀지 않은 그 몸을 내 감옥 탑의 제일 아래층에서 보
내기를 원하느냐? 배가 고프면 자기 자신의 뼈다귀를

빨고, 목이 말라서 속이 타면 네 자신의 오줌을 마시고 살아도 좋단 말이냐? 그렇지 않으면 노년에 편안하고 무사히 지내면서 실컷 먹고 지내기를 원하느냐?

다니엘 뭐라고요, 영주님? 사람을 죽이고 노년에 편안하고 무사하게 지낸단 말씀입니까?

프란츠 내가 물어 본 것이나 대답하여라!

다니엘 이 늙은 백발을 보십시오. 이 늙은 머리를 보십시오!

프란츠 어서 대답이나 하란 말이다. 하겠느냐, 안 하겠느냐!

다니엘 안 하겠습니다! 하느님이여, 보호해 주시옵소서!

프란츠 (그 자리를 떠나려고 하며) 좋다, 너도 톡톡히 맛을 볼 때가 있을 것이다. (다니엘이 그의 옷자락을 붙잡고 그 앞에 엎드린다)

다니엘 영주님, 살펴 주시옵소서. 불쌍히 여겨 주시옵소서!

프란츠 그럼, 다시 묻겠다. 하겠느냐, 안 하겠느냐?

다니엘 영주님, 제발 제 말을 들어 주십시오. 저는 오늘날 일흔한 살의 늙은이옵니다. 이 나이에 이를 때까지 부모를 공경하여 왔으며, 한푼의 돈이라도 남의 것을 횡령한 적이 없었습니다. 그저 항상 정직하고 충실하게 신앙을 지켜 왔으며 댁에서도 44년간 한결같이 일해 왔습니다. 지금에 이르러 한 가지 바라는 것은 편안하게 복된 여생을 끝마치는 것뿐입니다. 아, 영주님, 영주님! (그의 무릎을 꼭 껴안으면서) 그런데 지금에 와서, 당신께서는 이 마지막 위안마저 빼앗으려고 양심의 벌레나 최후의 기도마저 못 드리게 하시며, 하느님과 인간들 앞에 악인이 되어서 물러가라고 말씀하시는 것입니까? 아닙니다, 아닙니다. 너그러우시고 친절하신 영주님이시여! 설마 그것이 당신의 뜻이 아니실 것입니다. 일흔한 살 먹은 이 늙은 놈에게 그런 일을 분부하실 리가 없을 것입니다.

프란츠 하겠느냐, 안 하겠느냐? 쓸데없는 타령은 듣고 싶지 않다.

다니엘 앞으로도 더 한층 열심히 일 하겠습니다. 당신을 위해서라면, 쭈글쭈글한 이 몸의 살도, 근육도 아끼지 않고 일급의 노동자처럼 일하겠습니다. 아침에도 더 일찍 일어나고, 저녁에도 더 늦게까지 봉사해 드리겠습니다. 아, 그리고 아침 저녁의 기도에도 반드시 영주님을 위해서 기도를 올리겠습니다. 설마 하느님께서도 이 늙은 몸의 기도를 물리치시진 않으시겠지요.

프란츠 옛날부터 복종하는 것은 희생하는 것보다 어려운 일이라고 하였다. 사형집행인이 일을 진행시킬 때 멋을 부렸다는 이야기를 들은 적이 있느냐?

다니엘 그야 물론이옵지요. 그러나 아무 죄 없는 사람을 죽이다니, 그러한 법이…….

프란츠 내가 너에게 이유와 변명을 할 필요가 어디 있느냐? 목을 베는 칼이 사형집행인을 보고 어째서 이것을 자르지 않고 저것을 자르느냐고 물어 볼 수 있는 일이냐? 그러나 이것 보아라. 나는 이렇게도 관대하단다. 네가 나의 명령을 실행하면, 거기에 대한 보수를 톡톡히 내겠단 말이다.

다니엘 그러나 제가 영주님께 복종하는 것도 그리스도의 도
리를 벗어나고 싶지 않기 때문이옵니다.

프란츠 쓸데없이 요리저리 말대답하지 마. 알겠나! 너에게
하루 동안의 여유를 줄 테니, 잘 생각해 보아라. 다시
한 번 생각을 해보란 말이다. 행복이냐, 불행이냐? 알
아듣겠느냐, 내 말을? 행복의 절정과 불행의 밑바닥!
내가 괴롭히려 들면 얼마나 지독하게 괴롭힐 수 있는지
너는 상상도 못 할 것이다.

다니엘 (잠시 생각에 잠기더니) 하겠습니다. 그럼 내일 하겠습
니다. (퇴장)

프란츠 나의 유혹은 이만저만하게 강한 것이 아니었지. 저
놈도 자기 신앙의 순교자로 태어난 놈은 아니었을 거야.
그리고 '백작님, 잘 잡수십시오.' 하고 인사나 해둘까.
아무래도 내일 저녁때쯤이면 그 백작이라는 자가 죽음
의 만찬을 먹게 될 거니까! 그래서 문제가 되는 것은
이 모든 일을 어떻게 생각할 것인가 하는 점에 있을 거
야. 자기에게 불리한 생각을 하는 놈이 어리석은 놈이
란 말이지. 말하자면 어떤 사람이 포도주를 한잔 지나
치게 마시고서는 '야릇한 기분'에 사로잡히는 경우가 있
을 것이고, 그 결과로 한 놈의 인간이 생겨날 수 있는
것이야. 그렇게 돼서 생긴 놈의 인간이 헤라클레스와
같은 위대한 일을 할 수도 있을 것이란 말이야. 그런데
지금 나도 그와 비슷한 '야릇한 기분'에 사로잡혀 있거

든. 그래서 한 놈의 인간이 고꾸라진단 말이야. 더구나 이 경우에는 한 놈의 인간이 생겨났을 때보다 더 많은 계획과 생각이 들어 있는 것이지. 도대체 대부분의 인간이 존재하게 된 원인이, 무더운 오뉴월의 더위 때문이라든지, 어느 잠자리를 우연히 바라보고서 마음이 끌렸다든지, 또는 잠자고 있는 여자의 스타일이라든지, 그런 것으로 인해 생기게 되는 것이고, 심지어 등불이 꺼졌기 때문에, 그것이 계기가 되어서 한 놈의 인간이 생겨날 수 있는 행위가 이루어졌던 것이 아닐까. 인간의 태어남이 동물적인 발작이나 우연의 결과라고 한다면, 그렇게 하여 태어난 인간을 없애 버리는 것이 뭐 그리 대단한 일이겠는가?

저주받아야 할 것은 우리의 유모라든가 보모라든가 하는 사람들의 어리석은 행동이야. 그들은 우리의 공상을 무시무시한 동화로 망쳐 버리고, 연약한 머릿속에 무서운 죄의 처벌 광경을 아로새기고, 나아가서 어른이 된 우리들의 수족까지 떨리게 하며, 불안에 잠기도록, 심지어 대담한 우리의 결심까지 방해를 하는 것이니까 말이야. 그리하여 우리의 잠깨는 이성을 미신의 어두운 쇠사슬로 얽매어 버리는 것이니까 말이야. '살인!'이라고 말하면, 복수의 여신들이 지옥에 가득하여 활개치는 것을 우리에게 연상시켜서 전율을 일으키게 하지.

만약 자연이 한 사람의 인간을 더 만드는 것을 잊어버렸다고 치자. 탯줄을 붙잡아 매는 것이 잘 되지 않았다

고 치자. 또는 아버지가 첫날밤에 그녀를 만났다고 치
잔 말이다. 그렇게 되어 모든 인생의 연극이 소멸되어
버리는 것이다. 그러니까 그 무엇이 있었다가 도로 아
무것도 없게 되는 것이다. 그것은 다시 말하면 아무것
도 없었다가 아무것도 없게 되는 것이라고 말하는 것과
무엇이 다르냔 말이다. 그러니 아무것도 아닌 것에 무
슨 말이 더 필요하겠는가. 인간이란 흙탕에서 생겨나와
잠시 동안 흙탕 속을 걸어다니다가, 또 한 흙탕을 만들
고, 다시 그 흙탕 속으로 뭉쳐 들어가는 것이다. 그리하
여 나중에는 자기 자손의 구두 뒤꿈치에 지저분하게 달
라붙게 될 뿐이다. 그것이 결말이다. 다시 말하면 인간
운명의 흙탕적 순환의 원리란 말이다. 다 그렇고 그런
것이니, 형님이시여, 이왕 돌아가시는 길을 잘 돌아가시
기나 바라겠습니다. 그리고 신경쇠약에다 관절염이 있
는 양심의 도덕가는 주름살이 잡힌 여인네들이나 기생
집에서 몰아낼 것이오. 늙은 돈놀이꾼을 죽는 잠자리에
서 괴롭히기나 할 것이지, 내 앞에서 다시 얼씬거리지
못하게 할 것이다. (퇴장)

제 3 장

성안의 다른 방.
몰과 다니엘이 각각 왼쪽과 오른쪽에서 등장한다.

몰 (황급히) 그 처녀는 어디 있던가?

다니엘 백작님, 이 불쌍한 늙은이의 소원을 들어주십시오.

몰 어디 들어봅시다. 무슨 청이오?

다니엘 별것이 아니옵니다만 중대한 일이며, 조그만 사건이
지만 대단히 큰일입니다. 우선 당신의 손에 키스하는
것을 용서해 주십시오.

몰 그것은 안 돼요. 노인이여, (다니엘을 껴안으며) 나는 당신
을 아버지라고 부르고 싶을 지경이오.

다니엘 제발 손을, 손을! 소원이옵니다.

몰 글쎄, 안 된다니까.

다니엘 아닙니다. 꼭……. (몰의 손을 붙잡고 재빨리 그 손바닥을
들여다보더니 금세 그 앞에 엎드린다) 오, 귀하신 카를 도련
님이시여!

몰 (놀라다가 마음을 고쳐먹고 모르는 체하며) 여보시오, 그게 무
슨 말씀이오. 나는 무슨 말인지 도무지 이해를 못 하겠
소.

다니엘 좋습니다. 얼마든지 부인하시고 모르는 체하십시오.
좋습니다! 하여간에 당신은 틀림없는 저의 귀중한 도련

님이십니다! 아, 하늘에 계신 하느님, 감사하옵니다. 이 늙은 놈에게 이러한 기쁨을 다시 베풀어 주시다니. 어리석은 놈인 나는 즉시 당신을 알아뵙지도 못하고……. 아무튼 얼마나 고마운 일입니까! 도련님도 이렇게 해서 돌아오셨는데, 선대 영주님께서는 땅 속에 계십니다. 도련님께서는 다시 이 자리에 오시고……. 그런데 이 몸은 어찌 그렇게 어리석은 당나귀였을까요! (이마를 치고) 첫눈에 당신을 못 알아뵈옵다니. 원, 세상에, 이런 일이. 누가 꿈에라도 이런 일을 상상이라도 하였겠습니까. 정말 이렇게 되기만을 눈물을 흘리며 기도드렸습니다. 하늘에 계신 예수님이시여! 이렇게 살아서 옛날과 같이 이 방에 돌아와 계시다니!

몰 이건 대체 무슨 알 수 없는 이야기요? 당신은 뜨거운 열에 들떠서 뛰쳐나온 것이 아니오? 그렇잖으면 혹시 나를 상대로 무슨 연극 연습을 하려는 것이오?

다니엘 원, 천만의 말씀을 하십니다. 이렇게 늙은 놈을 가지고 놀리지 마십시오. 여기 이 상처를 보시란 말이에요. 도련님께서도 기억하실지 모르겠습니다만, 그때 일은 생각만 해도 등골이 서늘합니다. 저는 도련님이 얼마나 귀여웠던지, 참으로 근심을 하였었지요. 얼마나 도련님 때문에 근심하였는지 모릅니다. 그때 도련님은 제 무릎에 앉아 계셨습니다. 지금도 기억을 하시는지요? 바로 저 건너편 둥근 방입니다. 아시겠습니까? 물론 다 잊어버리셨겠지요. 그리고 그 뻐꾸기! 바로 뻐꾸기처럼 울리며 시간을 알리는 시계 말입니다. 도련님은 그 소리 듣기를 좋아하셨습니다. 생각해 보십시오. 그 시계도 이젠 땅에 떨어져서 모두 깨지고 말았습니다. 수젤 할멈이 방 청소를 하다가 깨뜨렸답니다. 정말 그때는 그러하였지요. 도련님께서 저의 무릎에 타시고, 이려, 이려, 하신단 말입니다. 그러면 저는 뛰어가서 장난감 말을 가져왔지요. 이 늙은 놈이 뭣 때문에 그렇게 어리석게 달려갔을까요? 그때 저는 등허리에 불이 붙는 것과 같은 기분이었습니다. 밖에서 커다란 울음소리가 들리는 것이 아니겠습니까! 쫓아가 보니까 붉은 피가 마구 흘러내리고, 바닥에 쓰러져 계셨습니다. 하느님, 맙소사 그때 제 심정은 마치 얼음 같은 찬물을 한 양동이 잔뜩 목덜미에 퍼부은 것 같았지요. 하여간에 어린 아이들은 잠시라도 감시하지 않으면 곧 그렇게 큰일이 나는 것입니다. 그때 만일 그것이 눈에라도 들어갔더라면 어찌되었을까요? 게다가 오른쪽 손이었으니. 그때 저는 혼자서 말했답니다. 이제 앞으로는 결코 어린 아이들에게 칼이라든지 가위라든지 끝이 뾰족한 것은 손에 들려 주지 말아야겠다고. 다행히도 그때 영주님과 아씨께서는 여행중이셨지요. 정말이지 그날이야말로 제 일평생의 경고의 날이라고 스스로 뼈저리게 명심하였습니다. 내 자신은 그래서 쫓겨나게 될지도 모르지만, 제발 덕분에 이 도련님만은 낫도록 해달라고 하느님께 빌었습니다. 그랬더니 다행히도 그 상처는 곧 아물고, 이렇게 심한 자국만 남게 된 것입니다.

몰 아무래도 나는 당신이 하는 말을 한마디도 못 알아 듣겠구려.

다니엘 그렇습니까? 그렇지만 또 이런 일도 있었습니다. 사탕과 비스킷과 튀김과자를 무작정 잡수시라고 드린 적도 있었지요. 저는 도련님이 어찌나 귀엽고 예쁘던지, 어찌할 수가 없었습니다. 아직도 기억하시고 계실지 모르지만, 저는 그때 도련님을 영주님의 갈색 말에 태워 드리고, 넓은 들을 이리저리 이끌고 뛰어다녔던 적이 있습니다. 그때 도련님께서는, '다니엘, 내가 어른이 되거든 너는 나의 수행자가 되어서 같이 말을 타고 돌아다녀야 한다.' 하고 말씀하셨습니다. 그래서 저도 웃으면서, 만약에 하느님의 뜻이 저를 오래 살도록 해주시옵고, 도련님께서도 저와 같은 늙은이를 창피하게 여기지 않으신다면, 저에게도 하나의 소원이 있습니다. 그것은 저 아랫마을에 있는 조그만 집이, 벌써 오래전부터 빈집으로 있으니까, 그것을 제발 저에게 하사하시도록 해주십시오. 그러면 저도 포도주를 한 스무 통쯤 놓아서, 늙은 여생을 술장사를 하며 살겠다고 말씀드렸습니다. 그저 웃어 주십시오. 도련님께서도 그러한 일은 다 잊어버린 일일 것입니다. 늙은이는 누구나 못 알아보는 법이고, 보아도 모르는 체하고 상대도 안 해주는 것이 보통입니다. 그러나 당신은 아무튼 저의 귀중한 도련님이십니다. 하기야 난봉이 좀 지나치기는 하셨겠지만. 노

하지는 마십시오. 젊은 혈기에 그런 일도 많이 있는 것
이니까요. 결국은 만사가 다 잘 해결될 것입니다.

몰　(다니엘의 목을 껴안으며) 오, 다니엘이여, 나는 이 이상 더
감출 수가 없어! 틀림없이 내가 너의 카를, 너의 잃어버
린 카를이야! 나의 아말리아는 어떻게 되었는가?

다니엘　(울기 시작한다) 죄 많은 이 늙은 놈이 이런 기쁜 일
을 당하다니, 황공합니다. 그런데 돌아가신 선대의 영주
님께서는 눈물을 흘리셔도 이런 보답을 못 받으셨습니
다! 이 늙어빠진 백발 머리와 다 썩어 가는 뼈다귀는
이제 무덤에 파묻히더라도 한이 없습니다! 저의 진정한
주인이시며 영주님이신 당신이 살아 계신 것을 틀림없
이 제 눈으로 보았으니 이제 한이 없습니다.

몰　그리고 예전에 내가 약속한 일은, 그대로 지켜 주겠어.
자, 이것을 받아 두게, 정직한 노인이여! 외양간에 있는
점박이의 말을 또 네 것으로 해주겠어! (묵직한 돈지갑을
억지로 떠맡긴다) 나는 결코 노인을 잊어버리지 않았다네.

다니엘　아, 이건? 웬일이십니까? 이렇게 많이! 무슨 착각을
일으키셨나 봅니다.

몰　착각이 아니다, 다니엘이여! (다니엘이 무릎을 꿇으려고 한
다) 아니야, 어서 일어서게! 그리고 나의 아말리아가 무
엇을 하는지 말해 주게!

다니엘　고맙습니다, 고맙습니다. 뭐라고 말씀을 드릴 수가
없습니다! 당신의 아말리아 아가씨 말씀입니까? 아, 아
가씨께서는 생명이 위험하십니다. 너무나 기뻐하셔서

돌아가실지도 모른단 말입니다!

몰 (격렬하게) 아말리아가 나를 잊어버리지 않았다고?

다니엘 잊어버리셨다고요? 그런 말씀은 두 번도 마십시오. 도련님을 잊어버리실 리가 있겠어요? 도련님께서 돌아가셨다는 통지가 왔을 때 아가씨가 어떤 태도를 취하셨는지를 직접 보셨더라면 좋았을 것입니다. 그 이야기는 지금 영주이신 프란츠 도련님께서 이리저리 퍼뜨리고 다니셨던 것입니다.

몰 뭐라고? 바로 내 동생이 그랬단 말인가?

다니엘 그렇습니다. 당신의 동생 되시는 현재의 영주님이시지요. 거기에 대해서는 다음에 시간이 있으면 자세히 말씀드리겠습니다. 그런 뒤로는 프란츠 도련님께서 매일같이 아말리아 아가씨를 아내로 삼으시려고 강권하셨는데, 아가씨께서는 얼마나 깨끗하게 거절을 하셨는지 모릅니다. 아, 저는 지금 당장 쫓아가서 아가씨께 통지를 해드려야겠습니다. (뛰어나가려고 한다)

몰 가만 있어, 가만히 있어! 아말리아에게 알려서는 안 돼! 아무에게도 알려서는 안 된단 말이야. 동생에게도 알리지 말게.

다니엘 동생이라고요? 천부당만부당한 말씀이십니다. 그런 이야기를 알려 드렸다가는 큰일이 나게요! 이야기를 안 해도 벌써 많이 짐작하고 계실 지경입니다. 정말이지 이 세상에는 나쁜 인간, 흉악한 형제, 좋지 못한 영주님도 계시는 것입니다. 그렇지만 이 늙은 놈만은 주인님의 돈을 모두 받는다 해도, 결코 흉악한 하인이 되지는 않겠지요? 영주님은 당신이 지금쯤 돌아가신 것으로 알고 계십니다.

몰 응? 무슨 말을 그렇게 중얼거리는가?

다니엘 (작은 소리로) 뜻하지도 않은 사람이 갑자기 살아 나온다면……. 당신 동생께서는 돌아가신 영주님의 단 한 사람의 상속자였으니까 말입니다.

몰 이봐! 무슨 소리를 그렇게 혼자서 중얼중얼 이야기하는 것인가? 마치 무슨 대단한 비밀이라도 혓바닥 위에 들러붙어 있기나 한 것처럼, 그것을 말로 해서 밖으로 내보내야 할 텐데 내보낼 수 없는 처지인 것처럼 그러는가? 좀더 똑똑히 말해 줄 수는 없겠는가?

다니엘 아니, 아니, 이 늙은 놈이 차라리 굶어서 낡은 뼈다귀를 갉아먹는다 할지라도, 심지어 목이 말라서 자기 자신의 오줌을 마신다 할지라도, 사람을 죽여서 부귀영화를 누리지는 않겠습니다! (급히 퇴장)

몰 (무서운 침묵이 있은 다음에 돌연히 흥분하며) 내가 속았구나! 내가 속았구나! 번개같이 내 마음속에 비치는 것이 있다. 아, 악당의 음모! 천하에 그럴 수가 있나! 아버님, 그것은 당신이 하신 일이 아니었습니다. 모든 것이 악당의 음모였구나! 아, 나는 그 음모에 빠져서 살인을 하고 강도질을 한 것이었구나! 그놈이 고약하게 고자질을 하고, 나의 편지를 위조하고, 도중에서 가로채고. 아버님의 마음은 자애심이 가득 차 계셨을 것을. 아, 나는 어쩌면 그렇게 어리석은 놈이었던가? 아버님의 마음은 사랑으로 가득 차 계셨을 것을. 아, 고약한 음모와 사기! 그저 내가 한 번만 무릎을 꿇고 한 방울의 눈물만 흘렸어도 충분하였을 것이다. 아, 어리석고 어리석은 바보 멍텅구리는 바로 나였구나! (담으로 달려가며) 나는 얼마든지 행복할 수 있었던 몸이다. 아, 그놈의 모략! 나의 일생의 행복을 그놈의 모략에 어리석게 속아서 잃어버린 것이 아닌가! (분을 참지 못하고 왔다갔다한다) 모략에 속아서 살인을 하고 강도질을 하다니! 아버님은 한 번도 그렇게 노하지 않으셨을 것이다. 아버님 마음속에는 결코 나를 저주하려는 생각이 없었을 것이다. 아, 악랄한 모략이여. 극악무도하고 천인공노할 악당이여!

코진스키 (등장한다) 두목, 어디 처박혀 계시는 것이오? 대체 어찌된 일이오? 여기 더 있겠다는 생각이오?

몰 가자! 말의 안장을 올려놓아라! 날이 저물기 전에 국경을 넘어가야겠다!

코진스키 그건 농담의 말이지요!

몰 (명령을 하며) 급히 서둘러라. 급히 해. 우물쭈물해서는 안 된다. 모든 것은 그대로 놔두고, 아무에게도 보이지 않게 해라. (코진스키 퇴장)

몰이 혼잣말을 한다.

몰 나는 이 벽을 넘어서 밖으로 도망을 쳐야겠다. 잠시라도 머뭇거리고 있으면, 내가 얼마나 횡포하게 행동할지 모르겠다. 그래도 그놈은 나의 아버지의 아들이 아니냐. 형제란 말이다. 형제란 말이다! 너는 나를 이 세상에서 가장 비참한 사나이로 만들어 놓았다. 나는 너를 조금이라도 해친 일이 없는데, 너무나 심하고 형제답지 않은 행동이 아니었느냐. 너는 너의 악행의 수확을 조용히 거두어 보아라. 내가 여기 더 있어서 너의 향락을 더 이상 방해하지는 않겠다. 그러나 정말이지 너는 너무나 형제답지 않은 행동을 하였다. 그러한 일은 이제 영원히 어둠 속에 사라져 버려라. 그리고 죽음으로써 그것이 다시 들추어지지 말아야 하겠다.

코진스키 말에 안장을 놓았습니다. 언제라도 타고 가십시오.

몰 너무 급히 서두르지는 말아 다오. 무엇이 급하냐? 내가 그 여자를 만나서는 안 된단 말이냐?

코진스키 그럼 다시 말의 자갈을 풀어 놓지요. 아까는 그다지도 급하게 빨리 하라고 하셨으니까 그런 것이지요.

몰 단 한 번만! 작별인사를 한마디만 하고 싶다! 나는 이 행복의 독배를 한 방울도 남기지 말고 마셔야겠다. 그러고 나서……. 잠깐만 기다려라. 코진스키, 10분간만 기다려 다오, 저기 성의 정원 뒤에서. 거기서 말을 달려 나가자.

제 4 장

정원에서.

아말리아 '아말리아여, 당신은 우십니까?' 하고 그분이 말씀
하셨지. 그런데 그 목소리! 바로 그 목소리. 어쩐지 나
에게는 대자연이 다시 살아난 것 같은 기분이 들었어.
그 목소리와 함께 즐거웠던 사랑의 봄이 희미하게 떠올
랐어! 두견새도 그때와 같이 노래를 불렀고, 꽃들도 그
때와 같이 향기를 발산하였어. 그리고 나는 기쁨에 도
취되어, 그분의 목을 껴안았단 말이야. 아, 이 몹쓸 절
개 없는 마음이여. 나는 어째서 그렇게 자신의 불충실
함을 변명하려 드느냐! 안 된다, 안 된다. 그와 같은 죄
많은 생각은 어서 나의 마음에서 물러가거라. 단 한 분
이신 당신께 바친 이 마음을 나는 결코 깨뜨리지 않았
습니다. 그따위 비겁하고 충실치 못한 소원은 당장 내
마음에서 쫓아 버리겠습니다. 나의 마음은 카를 씨 한
분에게 바친 것입니다. 결코 어느 다른 인간도 그 속에
침입해서는 안 됩니다. 그런데 대체 어째서 나의 마음
은 나의 뜻을 배신하고 모르는 그 분에게 끌려 가는 것
일까? 그리고 또 그분의 모습은 나의 단 한 분의 모습
과 그다지도 꼭 붙어서 함께 나의 마음에 떠오른 것일
까? 혹시나 그분이, 나의 단 한 분이신 그분과 영원히

같이 계시는 분이 아닐까? '아말리아여, 당신은 우십니까?' 아, 나는 그분한테서 도망을 쳐야겠어. 아무래도 도망을 쳐야겠어. 결코 두 번 다시 그분을 바라보지 말아야겠어.

몰 (정원의 문을 연다)

아말리아 (깜짝 놀란다) 저거 봐. 문이 열리는 소리가 나지 않는가! (카를의 모습을 보고 벌떡 뛰어 일어난다) 아, 그분이야. 어디로 가시는 것일까? 어쩐 일이실까? 나는 땅에 뿌리가 박힌 것처럼 도망을 갈 수가 없어. 하늘에 계신 주님이시여, 제발 나를 저버리지 마시옵소서! 안 됩니다. 나의 카를 씨를 잃어버리게 하시지 마시옵소서. 나의 마음속에는 두 분의 님을 모실 장소가 없사옵니다. 더구나 나는 가련하고 약한 인간의 딸이니까요! (아말리라는 카를의 사진을 꺼낸다) 카를 씨, 나의 카를 씨, 제발 이 모르는 분을, 나의 사랑을 방해하는 이 모르는 분에게 대항하도록 나를 보호해 주십시오. 나는 당신을, 당신만을 곁눈질도 하지 않고 열심히 들여다보고 있겠습니다. 결코 나는 그분을 쳐다보지 않겠습니다. (아말리아는 아무 말도 하지 않고 앉은 채 카를의 사진을 계속해서 응시한다)

몰 아, 여기 계십니까, 아가씨? 어째서 그렇게 슬픈 얼굴을 하고 계십니까? 그리고 그 사진 위에는 눈물 방울이 떨어져 있군요. (아말리아는 아무 대답도 하지 않는다) 당신의 천사와 같은 눈길에 은빛으로 변색된 사진의 임자는 대체 어떤 행복한 사나이입니까? 그 행복한 사나이를 나

도 잠깐 보아도 되겠습니까? (말을 하며 몰은 그 사진을 굽
어본다)

아말리아 안 됩니다, 그러지 마십시오.

몰 (찔끔해서 뒤로 물러선다) 아하! 대체 그 사람이 그다지도
존중될 만한 가치가 있는 사람입니까?

아말리아 당신이 그분을 아셨더라면!

몰 그럼 나는 그 사람을 무척이나 질투하였을 겁니다.

아말리아 존경하였을 것이라고 말씀하셔야 합니다.

몰 어허!

아말리아 정말이지 당신이 그분을 아셨더라면 퍽 좋아하셨
을 것입니다. 얼굴의 생김새라든지, 눈매라든지, 말씀하
시는 음성이라든지, 정말로 당신과 비슷한 점이 많습니
다. 내가 무척이나 좋아하는 그런 장점이.

몰 (시선을 아래로 내린다)

아말리아 지금 당신께서 서 계신 바로 그 자리에 그분께서
도 몇천 번이나 서 계셨는지 모릅니다. 그리고 그 옆에
는, 하늘도 땅도 다 잊어버린 여인이 서 있었답니다. 그
분의 눈길은 주위를 둘러싼 사방의 경치를 이리저리 바
라보시고 계셨습니다. 주위의 경치들은 자기를 칭찬해
주는 그 큰 눈길을 느낀 듯싶었고, 그들 자연이 낳아 놓
은 그 훌륭한 분의 만족하심을 받고 한층 더 아름답게
보여지는 것 같았습니다. 또한 그분이 천사와 같은 음
악으로 허공의 청중을 황홀하게 하신 것도 바로 이 자
리입니다. 또 바로 여기 이 덤불 속에서, 그분은 장미꽃

을 따셨습니다. 나를 위하여 따주신 것입니다. 그리고 이곳에서, 바로 이곳에서 그분은 나의 목을 끌어안으시고, 그분의 입술이 나의 입술 위에서 불탔으며, 꽃들도 즐거이 사랑하는 두 사람의 발길에 밟혔습니다.

몰 그분은 이제 이 세상에 안 계십니까?

아말리아 그분은 거친 바다 위를 항해하고 계십니다. 그리고 아말리아의 사랑하는 마음은 그분과 함께 바다 위를 건너고 있습니다. 그분은 길도 없는 사막 위를 헤매고 계십니다. 그리고 아말리아의 사랑은 그분의 발자국 밑의 뜨거운 모래를 푸르게 만드며, 거친 가시 덤불을 꽃 피게 만들고 있습니다. 대낮의 햇볕은 그분의 머리를 불태우며, 북쪽 나라의 눈은 그분의 발바닥을 위축시키며, 휘몰아치는 우박은 그분의 뒷덜미를 때리는 적이 한두 번이 아닐 것입니다. 그러나 아말리아의 사랑은 폭풍 속에서도 그분을 흔들어 잠들게 해드리고, 바다든 산이든 지평선이든, 두 사람 사이에 어떠한 것이 놓였다 할지라도, 두 사람의 영혼만은 먼지 많은 감옥에서 빠져나와서 높이 사랑의 천당에서 만나게 되는 것입니다. 당신은 어쩐지 슬퍼 보이시는군요, 백작님?

몰 사랑의 이야기를 들으니, 나의 사랑도 솟아오릅니다.

아말리아 (얼굴색이 변하며) 뭐라고요? 당신은 어느 여자를 사랑하시는 겁니까? 어머나! 내가 또 공연히 무슨 말씀을 해드렸나?

몰 그 여자는 내가 죽었다고 생각합니다. 그러고도 죽었다

고 생각한 나를 위하여 절개를 지켜 주었습니다. 그후
에 그 여자는 내가 죽은 것이 아니라는 것을 듣고서 수
녀가 되는 것을 포기하였습니다. 그 여자는 내가 사막
에서 길을 잃고 헤매며 불행 속에서 허덕인다는 것을
알고 있습니다. 그리하여 그 여자의 사랑은, 사막과 불
행 속을 꿰뚫고 나에게까지 다가옵니다. 그 여자도 당
신과 같은 이름인 아말리아라고 부른답니다, 아가씨.

아말리아 어머나! 당신의 그 아말리아야말로 나는 얼마나
부러운지 모르겠습니다.

몰 아닙니다. 그 여자는 참으로 불행한 여자입니다. 그 여
자는 벌써 없어진 남자를 사랑하고 있는 것이니까요.
영원히 보답되지 않는 사랑입니다.

아말리아 그 사랑은 천당에 가서 보답될 것입니다. 저승에
는 더 좋은 세상이 있고, 거기서는 슬픈 사람들이 즐거
움을 가질 수 있으며, 사랑하는 사람들이 서로 만나게
된다고 하지 않습니까?

몰 그렇지요. 그 세상은 쓰고 있던 면사포가 벗겨지고, 사
랑하는 사람들이 깜짝 놀라며 서로 얼굴을 마주치는 장
소입니다. 그 세계의 이름은 '영원'이라고 불리는 것이지
요. 나의 아말리아는 불쌍한 처녀입니다.

아말리아 불쌍할지는 모르겠습니다만, 당신은 그녀를 사랑
하고 계시지요.

몰 그 여자가 나를 사랑하니까 불쌍하다고 하는 것이지요!
만일 내가 살인자라면 어떻겠습니까? 아가씨, 만약에

당신의 애인이 키스를 한 만큼 많은 살인을 하였다면 어떠하시겠습니까? 아, 불쌍한 나의 아말리아여! 그 여자는 정말로 불행한 처녀입니다.

아말리아 (기쁘게) 아, 나는 참으로 행복한 여자입니다. 나의 애인께서는 하느님과 같은 고상한 분이셔서, 어찌나 자비심과 동정심이 많으신지요! 그분은 심지어 한 마리의 파리도 죽이지 못하시는 분입니다. 그분의 마음은 피를 보는 생각과는 너무나 동떨어져 있습니다. 그것은 대낮과 한밤중만큼이나 차이가 있는 것이지요.

몰 (갑자기 여자로부터 몸을 돌려 수풀 속에 들어가, 근처를 뚫어지게 바라보고 선다)

아말리아 (노래를 부르며 가야금을 뜯는다)

해크톨이여, 그대는 나를 영원히 뿌리치고 가시는 것이옵니까.

아킬레스의 살인하는 큰 칼이

파트로클로스에게 무서운 제물을 가져오는 장소로?

그대 만일 캄캄한 크산투스의 물에 잠기신다면

누구라 장차 그대의 어린 것을 가르칠 것이며, 창을 던지고 하느님을 섬기는 법을 터득시켜 주시오리까?

몰 (가야금을 받아들고 말없이 뜯는다)

귀중한 아내여, 가서 죽음의 창을 가져오라.

그리고 나를 거친 전쟁의 춤추는 장소로 내보내 주오…….(갑자기 가야금을 던지고 뛰어서 도망간다)

제 5 장

가까이 보이는 숲. 밤중. 중앙에 무너져 가는 낡은 성이 보인다.
도둑단은 땅바닥에 진을 치고 있다.

도둑들 (노래 부른다)

도둑질하고, 살인하고, 계집질하고, 싸움질한다.

그것이 우리들의 소일거리요.

내일은 교수대에 걸릴 것이니,

오늘이라도 재미나게 놀아 보세!

자유롭게 사는 것이 우리들의 생활이오.

재미와 즐거움에 가득 찬 생활이라오.

숲은, 밤의 우리들의 잠자리이고.

폭풍과 비바람은 우리가 벌이하는 때라네.

달이 우리에게는 태양이나 마찬가지일세.

맬쿠리우스가 우리들의 편이니.

소매치기하는 것이 선수란 말일세.

오늘은 절간으로 습격을 가고.

내일은 살진 농가를 방문한다네.

나중에야 산수갑산을 가든 말든.

우리가 알 일이 무엇이 있겠는가.

우선 포도주로
목을 단단히 축여 놓고,
힘과 용기를 자아내는 것이지.
지옥의 불로 태운 악마하고는
벌써부터 친밀하게 사귀고 있는 사이일세.

두들겨 맞은 아저씨의 신음소리와,
발발떠는 아줌마의 우는 소리와,
쫓겨난 새댁의 흐느끼는 소리는
모두 우리들의 좋아하는 노랫소리지.

목 베는 도끼 밑에 바들바들 떠는 것,
소 우는 소리, 모기 우는 소리,
그런 것을 보는 것이 우리들의 취미요.
동시에 듣기도 싫지 않은 것일세.

그리하여 마침내 마지막이 닥쳐어면,
어서어서 잘라 가라, 내 모가지 마음대로.
할 만큼 해먹었으니 후회도 없다.
발바닥에 기름이라도 문질러 두었다가
가는 길에 따뜻한 대포라도 한잔하고.
어서어서 달려가자, 저승길 지옥길로.

슈바이처   밤이 되었는걸. 그런데 두목은 무엇을 하느라고 아직 안 올까?

라스만 글쎄, 여덟시를 치면 이곳으로 오겠다고 약속하지
않았는가.

슈바이처 무슨 곤란한 일이라도 일어났는지. 여보게들, 이
럴 때 불이라도 지르고 어린애라도 눌러 죽여야 하는
것 아닐까.

슈피겔베르크 (라스만을 옆으로 데리고 가서) 이봐, 잠깐 한마
디만.

슈발츠 (그림에게) 누구 한 사람 보내서 살펴보는 게 어떨까?

그 림 내버려 두렴. 우리가 놀랄 만한 결과를 두목이 가져
올 테니까.

슈바이처 그렇지 않을걸! 두목이 나갈 때의 꼴이, 무슨 나
쁜 짓을 하러 가는 사람 같지는 않았어. 벌써 그 말을
잊어버렸느냐 말이야. 그가 우리들을 들로 데리고 가서
말했지. '누구든지 여기 밭에서 무 한 자루라도 훔치는
놈은 모가지를 붙여 놔두지 않을 테니 그런 줄 알아라.
내 생명을 걸겠다.' 그렇게 말했으니, 우리가 어디 도둑
질을 할 수 있겠나.

라스만 (슈피겔베르크에게 작은 소리로) 대체 어떻게 되는 것이
지? 좀 똑똑히 말해 줘!

슈피겔베르크 쉬, 쉬! 큰 소리를 내지 마. 대체 자네나 나
나 자유라는 것을 어떻게 생각하고 있는지 알 수 없단
말이야. 황소처럼 마차를 끌고 있으면서 독립이니 뭐니
떠들어대는 꼴이야. 참 쑥스러운 일이지.

슈바이처 (그림에게 말한다) 저놈의 바람둥이가 여기서 또 무
  슨 꿍꿍이속을 꾸미는 것일까?

라스만 (슈피겔베르크에게) 자네는 우리 두목에 대해 말하는
  것인가?

슈피겔베르크 쉬, 쉬! 글쎄 조용히 하라니까. 우리들 사이
  에서는 두목의 귀가 이리저리 왔다갔다하는 것이야. 자
  네는 두목이라고 지금 말했지만, 대체 그놈을 우리들의
  두목으로 만든 것이 누구냔 말이야? 당연히 내 것이 되
  어야 할 그 이름을 그놈이 가로챈 것이 아니냔 말이야.
  이것 보게! 우리들이 생명을 내던지고 그 고생을 해서,
  운명의 고난을 각오하는 것도 결국 한 사람의 노예의
  또 그 종이 되어서 좋아하고 있는 게 목적이었나? 우리
  는 능히 군주도 될 수 있는 처지인데, 남의 종 신세란
  말인가? 원, 세상에. 라스만이여, 그 점이 내가 처음부
  터 마음에 들지 않은 것일세.

슈바이처 (다른 도둑들을 향하여) 그렇지, 그럴 거야. 네놈은
  내가 보기에는 아주 영웅이야. 자갈로 개구리를 때려죽
  이는 데는 선수니까. 두목이 코를 풀 때 그 코 푸는 소
  리만으로도 바늘구멍을 통하여 날아갈 지경이니까, 너
  같은 놈은……

슈피겔베르크 (라스만에게) 그렇지. 그렇기 때문에 나는 몇
  해 동안이나 그 문제를 해결하려고 생각하고 있었네.
  어떻게든지 변화를 일으키지 않으면 안 되겠다고. 여보
  게, 라스만, 자네가 그전부터 내가 생각한 그런 사람이

라면……. 라스만, 아무래도 두목은 없어진 것 같으니까 말이야, 알겠나! 어쩐지 그의 운명은 이제 마지막인 것 같아. 그러니까 말이야, 어떻겠나? 자유의 종소리가 자네의 귀에 울릴 때 자네도 한번 용기를 내보지 않겠나? 이제 자네는 이런 대담한 눈짓을 이해할 만한 용기를 가지고 있지 않느냐 말이다.

라스만 하하, 이 악마 같은 사람아! 자네는 나의 영혼을 어디로 유혹하려는 것인가?

슈피겔베르크 이제 알았는가? 좋아! 그럼 이제 나를 따라오게! 나는 두목이 어디 틀어박혀 있는지 대강 알고 있어. 자, 어서 오게! 두 개의 피스톨은 대개 실패가 없는 법이야. 그러고 나서 다음에는 문제없지. 갓난아이들의 목을 눌러 죽이는 데는 우리가 아무래도 제일이니까. (라스만을 끌고 나가려 한다)

슈바이처 (격분해서 단도를 뽑아든다) 이 짐승 같은 놈아! 마침 좋은 때에 너는 보헤미아의 숲을 상기시키는구나. 적이 온다는 소리를 들은 그때 비겁한 비명을 울린 겁쟁이가 바로 너였지! 나는 그때 벌써 나의 영혼을 걸고 저주하였다. 이 고약한 놈아, 배반자인 살인귀야! 어서 저승으로 쫓겨가라! (슈피겔베르크를 찔러 죽인다)

여러 도둑들 (떠들썩하며) 살인이다! 살인이다! 슈바이처다, 슈피겔베르크다, 저놈들을 떼어 놓아라!

슈바이처 (슈피겔베르크에게 단도를 내던진다) 옛다, 먹어라. 그리고 거꾸러져라. 여러 동료들이여! 조용히들 해주게.

그렇게 야단을 하고 떠들지 말게. 이 개 같은 놈은 그전부터 두목에 대해서 독을 품고 있었다네. 더구나 몸 전체에 상처 하나 받지 않았었다네. 그러니 자네들도 이것으로 만족해 주게. 이놈은 사람의 등뒤에서 해를 가하려는 자란 말이네. 비겁하게도 뒤에서 찔러 죽이려는 뱃심을 가진 놈이네. 우리들은 그와 같이 똥개처럼 개죽음을 하려고 뺨에 땀을 흘리고 있는 것은 아닐세. 이 망할 놈의 자식! 우리가 마지막에는 쥐새끼처럼 돼지려고 이렇게 불과 연기 속을 살아온 것은 아니겠지.

그 림 그러나 여보게, 대체 자네들은 어떻게 된 셈인가? 두목이 펄펄 뛸 걸세.

슈바이처 그 점은 나에게 맡겨 두게. 그리고 이 망할 놈의 자식아, (라스만을 향하여) 너는 그따위 놈의 부하가 되어서…… 이 죽일 놈아, 당장 꺼져 버려라. 슈프텔레도 똑같은 짓을 하였지만, 그 대가로 그놈은 두목의 예언대로 스위스로 가서 목을 매달게 되었다. (총소리가 난다)

슈발츠 (벌떡 뛰어일어나며) 저것 봐, 총소리가 나는군! (또다시 총소리가 들린다) 또 한방 들리는구나. 아, 두목이 오나 보다!

그 림 가만 있어. 가만 있어. 두목이라면 세 방 쏠 테니까.
      (또 한방의 총소리가 들린다)

슈발츠 틀림없이 두목이야. 틀림없어. 슈바이처, 자네는 잠시 피해 있게. 그리고 모두들 호응하세! (모두들 같이 총을 쏜다)

몰과 코진스키가 등장한다.

슈바이처 (그들은 마중하며) 두목, 어서 돌아오시오. 나는 두
목이 나간 동안에 약간 지나친 행동을 했소. (몰을 시체
앞으로 데리고 가서) 자, 이놈과 나 사이에 어느 놈이 옳
았나 재판을 해주시오. 이놈은 글쎄 두목을 뒤에서 해
치려고 하였소.

도둑들 (깜짝 놀라며) 뭐라고? 두목을?

몰 (잠시 그 시체를 바라보다가 격분한 기색으로) 오, 복수를 하
는 데 능한 네메시스 신의 알 수 없는 손가락이여! 바
로 이놈이 나에게 바다 마녀의 노래를 불러 줄 놈이 아
니었던가! 이 단도는 눈에 보이지 않는 복수의 신에게
바치어라. 슈바이처여, 이놈을 죽인 것은 자네가 아닐
세.

슈바이처 아니, 맹세컨대 바로 내가 죽인 것이오. 그리고
내가 한평생의 저지른 일 중에서 결코 나쁜 일은 아니
라고 생각하오. (불만족스럽게 퇴장한다)

몰 (생각에 잠기며) 나는 잘 알겠다. 하늘에 계신 우리의 인
도자여! 나는 잘 알겠노라! 나무에 달린 잎사귀들도 떨
어질 때가 있는 것이다. 나의 가을이 닥쳐왔다. 이놈을
멀리 처치하라! (슈피겔베르크의 시체는 운반되어 나간다)

그 림 두목, 우리에게 명령을 내리시오. 우리는 이제 무엇
을 할까요?

두목 얼마 안 있어서 모든 것은 결말지어진다. 나의 가야금

을 이리로 가져오라. 나는 저쪽에 갔다 온 후, 내 자신
을 잃어버리고 말았다. 어서 나의 가야금을 가져오라.
나의 힘 속에 나를 불러들여 조용하게 잠들련다. 모두
들 물러가 다오!

도둑들 두목, 이제 벌써 한밤중이 되었소.

몰 그러나 그런 것은 모두 극장에서 값싸게 흘리는 눈물에
불과하다. 내가 듣고 싶은 노래는, 옛날 로마인의 노래
다. 그것을 들으면 나의 잠든 천재가 다시 한 번 잠을
깰 것이다. 나의 가야금을 이리로 가져오라! 뭐, 한밤중
이 되었단 말인가?

슈발츠 아마 자정도 곧 지났을 거요. 우리의 몸은 납 덩어
리와 같이 무거운 잠에 억눌려 있소. 벌써 사흘 밤째 한
잠도 이루지 못하였으니까 말이오.

몰 이와 같은 악인들의 눈에도 기분 좋은 잠이 내려올 수
있을까? 그러면 어째서 나에게만은 잠이 오지 않는 것
일까? 나는 이제껏 한 번도 비겁하다든가 악질적인 행
동을 하지 않았는데. 그럼 너희들은 잠을 자거라. 내일
은 오전중에 출발할 것이다.

도둑들 그럼 두목 잘 주무시오. (모두들 땅바닥 위에 쓰러져서
잠이 든다)

주위는 깊은 침묵에 잠긴다.

몰 (가야금을 들고 연주한다)

브루투스

평화로운 들이여, 나의 환영을 받아라.

모든 로마 사람들 중 최후의 남자를 받아들여라.

격심한 전쟁의 소란한 필립피에서,

원한에 잠기며 도망하여 왔노라.

가시우스여, 그대는 어디 있는가? 로마는 망했도다.

우리 동맹군은 패퇴하고,

가는 곳마다 죽음의 문이 있을 뿐.

브루투스가 들어갈 세상은 존재하지 않도다.

시저

누구라 승리의 발걸음 가지고,

저기 솟아오른 바위를 내려오는 것인가?

오! 나의 눈이 올바로 보는 것이라면,

그것은 로마 사람의 걸음걸이리라.

타이버 강의 아들이여, 그대 어디서 오는 것인가?

일곱 언덕의 도시는 아직도 남아 있는가?

마침내 시저를 잃어버린 고아를 위하여

나는 여러 번 눈물을 흘렸도다.

브루투스

오, 스물세 군데의 상처를 입은 그대여!

죽은 자여, 그대를 광명으로 향하여 부르는 자는 누

구인가?

지옥의 구렁텅이 속으로 비틀거리며 물러가거라
거만하게 울음을 터뜨리는 자여! 이겼다고 큰소리를
하지 마라!

필립피의 철의 제단 위에는
자유에 바치는 최후의 희생의 피는 뿌려졌도다.
로마는 브루투스의 관 위에서 숨을 거두려고 한다.
브루투스는 미모스로 가려 하니, 그대도 호수로 피하라.

시저

오, 브루투스의 칼끝의 죽음의 일격이여,
자네도인가, 브루투스여? 자네까지인가?
아들이여, 그것은 그대의 부친이었도다, 아들이여!
이 세상이 그대에게 유산으로 부여되었을 것을,
그대의 칼끝이 부친의 가슴을 찔렀기에.
가거라, 그대는 로마의 최고의 권세가가 되었도다.
가서 그 문간까지 큰 소리로 부르라.
브루투스의 칼이 부친의 가슴을 찔렀기에
그대 브루투스는 로마의 권세자가 되었노라, 하고.
가거라, 그대는 알리라, 무엇 때문에 내가
레테의 강가에 머물러 있게 되었는가를.
어서 저승 가는 배를 저어서 나가거라.

브루투스

부친이여, 잠시 기다리시오! 햇빛 비치는 하늘 아래,
위대한 시저에 비견할 수 있는,
단 한 사람이 있다는 것을 나는 아노라.
바로 그 한 사람을 그대가, 아들이라고 이름지었노라.
로마를 망하게 한 것은 시저뿐이오.
브루투스는 시저의 후계자가 되기를 원치 않았을 뿐
이다.
브루투스가 살면 시저는 죽어야 할 것이며,
그대 왼쪽으로 간다면 나는 오른쪽으로 갈 것이었도다.

(몰은 가야금을 놓고 깊이 생각하며 이리저리 거닌다)

몰 누가 나에게 보증을 해줄 것이냐? 모든 것이 캄캄하다. 얽히고 설킨 미궁이다. 아무 데로도 빠져나갈 구멍이 없구나. 길을 가리켜 주는 별도 보이지 않는다. 지금 이 마지막 호흡으로 세상 만사가 종말을 고했으면, 싱거운 꼭두각시의 연극처럼 모든 게 끝나 버릴 것이다. 그러나 무엇 때문에 행복을 바라는 뜨거운 마음은 이다지도 심한 것일까? 무엇 때문에 도달하기 어려운 완전무결의 이상을 그다지도 추구하는 것일까? 결코 완성되지 못하는 계획을 만들어 내는 것은 어쩐 일일까? 이 물건과 같이 보잘것없는 도구를 조금 누르기만 하면 (총을 얼굴에 갖다 댄다) 현인도 바보로 만들 수 있고, 비겁한 자도 용사가 될 수 있고, 귀한 사람이나 악한 사람이나 똑같이 만들 수 있는 것이 아니냐? 마음을 가지지 않은 자연 속에도 신과 같은 조화가 있는 것이다. 그런데 무엇 때문에 이성을 가지고 있는 세계에 이와 같은 부조화가 있을 수 있는 것일까? 아니다, 아니다. 거기에는 그 이상의 무엇이 있을 것이다. 나는 아직껏 행복한 경험이 없었기 때문이다.

너희들은 내가 떤다고 생각하는가? 내가 죽인 사람들의 유령들이여! 나는 떨지 않는다! (심하게 몸을 떤다) 너희들의 괴로운 죽음의 신음도, 너희들의 검푸르게 된 죽은 얼굴도, 너희들의 무시무시한 상처도, 모두가 운명의 그치지 않는 쇠사슬이다. 그리고 결국은 그것이 나의 한가로운 휴일에, 또는 나의 유모나 부모의 변덕에 연결되는 것이요, 나의 아버님의 기질에, 나의 어머님의 혈맥에 직접 연결되고 있는 것이다. (두려움에 몸을 부들부들 떨고) 예전 페릴루스는 희랍에서 황동의 황소를 만들었는데, 어째서 나의 페릴루스는 나 자신을 황소로 만들어서 나의 불타는 뱃속에서 인간성을 태워 버리려고 하는 것이냐?

(그는 총을 겨눈다) 시간과 영원. 그것은 서로 연결하는 단 하나의 순간뿐이다! 이 무서운 열쇠는 내 뒤에서 인생의 감옥의 문을 잠그고, 내 앞에는 영원의 밤의 거처로 들어가는 입구를 열어 주는 것이다. 나에게 말하여라. 오, 나에게 말해 다오! 어디로, 대체 어디로, 너희들은 나를 데려가는 것이냐? 아주 낯선 곳, 전혀 가보지 못한 나라이냐? 보라, 그 광경 밑에서는 인간도 힘

이 없어지고, 유한한 자의 긴장력도 쇠퇴하고, 감각의
변덕쟁이 원숭이와 같은 환상이 우리의 경솔한 호기심
앞에 이상스러운 그림자를 보여 준다.
아니다, 아니다, 적어도 남자로서는 이까짓 일로 머뭇거
릴 수 없다. 알지 못하는 저승이여, 이제 네 마음대로
하거라. 나는 다만 나 자신에게 충실하기만 하면 되는
것이다. 네가 어떠한 놈이든지, 나는 그저 나 자신만 가
지고 그리로 건너가면 된다. 그 밖의 것은 모두 인간이
겉치장을 한 것에 불과하다. 나는 나의 천국이요, 나의
지옥이다. 만일 네가 너의 눈 밖에 난 어느 잿더미가 된
세계의 부분을 나 한 사람에게 부여하고, 거기에는 고
적한 밤과 영원한 황무지만이 바라보이는 자리라면, 나
는 그 침묵하는 황야를 나의 공상으로 가득 채워서 영
원을 한가한 시간으로 만들고, 일반적인 비참의 혼돈된
형태를 해소시켜 버리리라. 그렇지 않으면 네가 끊임없
는 새로운 출생과 끊임없는 새로운 비참의 광경으로서,
한걸음 한걸음 나를 멸망의 구렁텅이로 이끌고 가려 한
단 말이냐? 저승에 짜여 있는 나의 명줄은 이 세상에
있는 명줄과 같이 쉽게 절단할 수 없는 것이란 말이냐?
너는 나를 '무'로 만들 수 있을지도 모른다. 그러나 이
자유를 나로부터 빼앗아 갈 수는 없다. (그는 권총을 장전
한다. 그러다가 갑자기 멈추고) 그런데 내가 이러한 고통이
많은 인생이 두려워서 죽어도 좋을까? 이 역경에 패배
하여서, 승리를 양보하여도 좋을까? 아니다, 나는 참아

야겠다! (권총을 내던진다) 고통이 나의 자존심 앞에서 반
신불수가 될지어다. 나는 끝까지 해보겠다.

　　　주위가 차츰 어두워진다
　　　헬만이 숲속에서 나타난다.

헬 만　저 소리를 들어 보게! 부엉이가 저렇게 무시무시한
　　　울음소리를 내고 있는걸! 건너편 마을에서는 열두시를
　　　치는 소리가 들렸는데. 좋아, 좋아. 이제 인간의 장난도
　　　잠들 시간이 되었으니까. 이런 쓸쓸한 곳에 누가 설마
　　　엿들을 사람이 있을라구. (성으로 다가가서 노크한다) 여보,
　　　여보, 불쌍한 영감. 탑 속의 인간이여! 이리 올라오시
　　　오. 당신 식사가 준비되었소.

몰　(몸을 멈칫하고 뒤로 숨긴다) 저게 대체 무엇일까?

사람의 목소리　(성 안에서) 노크를 하는 사람은 누구요? 아,
　　　헬만이냐? 나의 까마귀냐?

헬 만　그렇소, 내가 헬만이오. 당신의 까마귀요. 자, 창살
　　　있는 데까지 기어올라와서 이것을 받아 드시오. (부엉이
　　　들이 소리친다) 당신과 같이 자는 잠동무들이 저렇게 무
　　　섭게 우는 소리를 내고 있소. 영감, 맛이 어떠시오?

사람의 목소리　배가 몹시 고팠단다. 이런 곳까지 먹을 것을
　　　가져오는 까마귀를 보내는 사람에게 사례를 해야겠다.
　　　그런데 대체 나의 아들은 어떻게 지내고 있는가?

헬 만　조용히 해보시오! 들어 보시오! 누군가가 코를 고는

것 같은 소리가 들리지 않소? 당신에게는 아무 소리도
안 들리오?

목소리 글쎄, 무슨 소리가 들린단 말이냐?

헬 만 탑의 문틈에서 탄식과 같은 바람 소리가 들려오고 있
소. 듣기만 해도 이가 덜그럭거리도록 몸이 떨리고 손톱
이 새파랗게 되는 소리요. 또 한 번 들어 보시오. 몇 번
들어도 역시 사람의 코고는 소리 같군. 여보, 영감! 당
신은 그 속에 친구와 같이 있는 것이 아니오? 휴! 휴!

목소리 무엇이 보입디까?

헬 만 안녕히 계시오, 안녕히 계시오. 이 장소는 하도 무시무
시해서. 어서 구멍 속으로 들어가구려. 당신을 도와줄 사
람, 당신의 원수를 갚아 줄 사람은 저 하늘 위에 있을 뿐
이오. 아, 저주받을 아들도 다 있지! (도망을 가려고 한다)

몰 (앞으로 썩 나서면서) 거기 멈추어라!

헬 만 (외마디 소리로) 아이구!

몰 글쎄, 멈추란 말이다!

헬 만 하느님 맙소사, 이걸 어쩌나! 이제 모든 것이 다 탄
로나게 되었으니!

몰 꼼짝 말고 그 자리에 서서, 네가 누군지를 말하여라! 너
는 여기 와서 대체 무슨 짓을 하였느냐? 말해라!

헬 만 살려 주십시오, 그저 목숨만. 도련님 저의 목숨을 빼
앗기 전에 그저 한마디만 들어 주십시오.

몰 (단도를 뽑아들면서) 무슨 말을 들으란 말이냐?

헬 만 목숨에 걸어서 이런 짓을 하지 말라고 하였지만, 그

저 저는 어쩔 수가 없었답니다. 그러지 않고서는 견딜
수가 없었답니다. 하늘에는 주님이 계시고, 저 탑 속에
는 도련님의 친아버님이 계십니다. 나는 그분이 불쌍해
서 어쩔 줄 몰랐습니다. 자, 이제 이렇게 되었으니, 어
서 나를 찔러 죽이십시오!

몰 그 속에 무슨 비밀이 들어 있구나. 바른 대로 말하여라.
다 털어놓아라! 나는 모든 것을 알아야겠다.

목소리 (성 안에서) 아이구머니나! 거기서 이야기를 하는 것
은 헬만이 아니냐? 너는 누구와 이야기를 하고 있는 것
이냐?

몰 저 속에는 아직도 누가 있구나. 도대체 이것이 어떻게
된 셈이야. (탑으로 달려간다) 거기에 있는 것은 인간들이
밀어 떨어뜨린 낙오자인가? 자, 내가 그 사슬을 풀어
주어야겠다. 목소리여! 다시 한 번 목소리를 내시오!
그리고 들어가는 문은 어디에 있는 거요?

헬 만 오, 제발 너그러이 용서하십시오. 그 속으로 들어가
시지 마십시오. 제발 그냥 지나가 주십시오. (몰의 가는
길을 막는다)

몰 네 겹으로 자물쇠가 잠겨 있구나. 저리 비켜라, 이놈아!
이제 처음으로 나의 도둑하는 기술을 써먹을 때가 왔다.
(그는 쇠를 끊는 연장으로 창살문을 부순다. 그 밑바닥에서 해골
처럼 말라빠진 노인이 나타난다)

노 인 이 불쌍한 늙은이를 살려 주시오, 살려 주시오!

몰 (놀라서 뒤로 껑충 뛰며) 아, 이것은 우리 아버님의 목소리

가 아닌가?

늙은 몰 하느님이여, 감사하옵니다. 드디어 이제 죄가 용서되는 때가 온 것입니다.

몰 이것이 부친 몰의 유령인가! 무덤 속에까지 들어가셔서 무엇 때문에 그렇게 불안해 하시는 거요? 아버님은 이 세상에서의 죄를 저승에까지 끌고 가셔서, 천당 문의 입구를 막아 버리신 겁니까? 그렇다면 미사를 읽혀서 헤매는 영혼을 제대로 갈 자리로 모시게 하겠습니다. 그렇지 않으면 과부나 고아의 돈을 땅 속에 묻어 놓으셔서, 이와 같이 한밤중에 울부짖으며 돌아가게 하는 것입니까? 그렇다면 내 그 마술의 용의 손아귀에서 지하의 보물을 빼앗아 올리겠습니다. 심지어 그 용이 몇천의 붉은 불꽃을 나에게 토해 놓을지라도, 그리고 그 날카로운 이빨을 가지고 나의 칼에 덤벼들지라도. 그렇지 않으면 당신은 나의 질문에 대답을 하고 영원한 수수께끼를 풀어 주시기 위하여 나타나신 것이옵니까? 말씀하십시오. 어서 말씀하십시오. 나는 얼굴이 창백한, 두려움을 먹은 사나이는 아닙니다.

늙은 몰 아니다, 얘야. 나는 유령이 아니다. 내 몸을 만져 보아라. 나는 살아 있다. 나는 가련하고 비참한 인생을 살고 있는 것이다!

몰 뭐라고요? 아버님은 벌써 장사를 치르신 것이 아닙니까?

늙은 몰 그렇다, 나의 장사는 치러졌다. 그것은 곧 한 마리의 죽은 개가 우리 조상님의 묘지 속에 놓여 있는 것을 의미하는 것이다. 그리고 나는 지금 벌써, 만 3개월 동안 이 캄캄한 땅 속에 갇혀 있었다. 한 줌의 햇빛도 보지 못하고, 따스한 바람 한점 쐬지 못하고, 어느 친구 하나 찾아와 주는 사람 없이, 그저 들에 있는 까마귀 소리와 한밤중의 부엉이 소리만 벗삼아서.

몰　아, 이것이 어찌된 일입니까? 대체 누가 그런 짓을 하였단 말입니까?

늙은 몰　그놈을 저주하지는 마라. 그것은 나의 아들 프란츠가 한 일이다.

몰　프란츠라고요? 프란츠라고요? 아, 영원히 알 수 없는 혼돈의 세계여!

늙은 몰　나를 구해 준 네가 누군지 나는 알지 못한다. 하지만 너도 하나의 인간이며 인간다운 마음을 가지고 있는 사람이라면, 한 어버이의 슬픔을 들어 다오. 그 슬픔이란 모두 아들들이 마련해 준 것이란다. 나는 석 달 동안을 여기 말없는 바람벽을 향하여 신세타령을 하였지만, 그저 의미없는 울림만이 나의 타령을 되풀이해서 들려 줄 뿐이었단다. 그러니까 네가 만일 하나의 인간이고 인간다운 마음을 가지고 있다면…….

몰　그러한 이야기라면 아무리 거친 야수라도 그 굴에서 불러 낼 수 있을 것입니다.

늙은 몰　내가 마침 병상에 누워 있다가, 그 무거운 병에서 약간 원기를 회복하려고 했을 무렵에 어떤 사람이 찾아와서, 나의 큰아들이 전쟁에서 전사하였다고 이야기하며 한 자루의 칼을 내보이더란 말이다. 그 칼에는 붉은 피가 묻어 있었고, 그 마지막 인사라고 전하는 것은, 내 아들이 바로 나에게 저주를 받고 전쟁터로 달려가서 죽음과 절망에 처하였다는 이야기였다.

몰 (분을 못 참고 몸을 돌리며) 이제 모든 것이 확실하다!

늙은 몰 내 말을 더 들어 다오. 나는 그래서 그 소식을 듣고 정신을 잃었던 것이란다. 그런데 사람들이 나를 죽은 줄 알았던 모양인지, 다시 정신을 차려 보았을 때는, 나는 벌써 관 속에 들어 있었고, 죽은 사람처럼 수의가 입혀져 있었다. 그래서 손톱으로 관 뚜껑을 긁으니 뚜껑이 열리는 것이었다. 주위는 캄캄한 밤중이었고, 나의 아들 프란츠가 내 앞에 서 있었단다. 그놈이 글쎄, 벼락같이 소리를 지르며, '뭐야, 이건! 그래, 언제까지든지 살겠단 말이야!' 하더니 즉시 관 뚜껑을 덮어씌워서 닫아 버렸다. 그 벼락 같은 소리에 나는 또다시 정신을 잃고 말았다. 다음번에 다시 정신을 차려 보니, 누군가가 관을 들어올려 차에 싣고 한 반 시간쯤이나 어디로인지 운반해 가는 것이었다. 마침내 관 뚜껑이 열리고, 나는 바로 여기 이 동굴의 입구에 서 있었으며, 바로 내 앞에 서 있는 것은 나의 아들과 나에게 피 묻은 칼을 갖다 준 바로 그 남자였다. 나는 열 번이나 아들의 다리를 붙잡고 간청하고 부탁을 하였지만, 그리고 맹세도 하고 조르기도 하였지만, 이 아비의 간청은 끝내 그 자식의 마음에 통하지 않았다. 그는 '이 관을 여기다가 내려놓아라. 이 사람은 이제 충분히 살 만큼 산 것이니까!' 하고서 벼락이 떨어지는 것과 같은 소리를 내었고, 나는 무참히도 이 속으로 굴러떨어졌단다. 그리고 나의 아들 프란츠가 그 다음에 뚜껑을 단단히 닫아 놓았던 것이란다.

몰 그럴 수가! 어찌 그럴 수가 있겠습니까! 당신은 무슨 착 각을 일으키신 모양입니다.

늙은 몰   글쎄, 착각을 일으켰는지는 모르지. 하여간에 그 다음을 또 들어 다오. 그러나 화는 내지 마. 나는 그리 하여 스무 시간이나 쓰러져 있었고, 아무도 나의 고통 을 알아 주는 사람이 없었다. 또한 누구 한 사람 여기 이 황무지에 들어온 사람이라곤 없었다. 옛날부터 전해 내려오기를, 우리 조상님들의 영혼이 여기 이 폐허 속 에서 쇠사슬을 질질 끌며, 한밤중에는 죽은 사람의 노 래를 부른다는 전설이 있기 때문이다. 마침내 나는 그 문이 다시 열리는 소리를 들었고, 바로 저 사람이 나에 게 빵과 물을 갖다 주었다. 그리고 내가 굶어죽으라는 처지에 있기 때문에 먹을 것을 가지고 왔다는 것만 들 켜도 자기 자신의 생명이 위험하다는 이야기를 나에게 해주었다. 그래서 나는 간신히 오랜 세월을 연명해 왔 다. 이렇게 끊임없이 춥기만 하고, 나의 대소변 냄새가 심하고, 끝없는 불안과 합쳐져 나의 힘은 쇠약해졌으며, 나의 육체는 사라져 갈 지경이다. 나는 몇천 번이고 하 느님께 기도를 드려서 죽여 달라고 청하였지만, 나의 형벌이 그렇게 쉽게 끝을 맺을 것 같지는 않다. 그런데 이렇게 이상하게도 목숨이 계속되는 것은, 또 혹시나 기쁜 일이 나를 기다리고 있는지도 모르는 일이야. 그러나 내가 고생을 당하는 것도 당연한 일이지. 아, 나의 카를을 생각하면, 나의 카를을 생각하면! 그애는 아직 머리도 희끗희끗해지기 전인데, 그렇게 되다니!

몰 이제 다 알겠습니다. 모두들 일어서라! 너희들 나무뿌리여, 얼음 덩어리여! 너희들 정신도 못 차리고 느끼지도 못하는 잠꾸러기들이여! 일어서거라! 그래, 이래도 잠이 깨지 않는단 말이냐? (잠자고 있는 도둑들의 위에서 총을 쏘아 소리를 낸다)

도둑들 (잠에서 깨어서) 아, 뭐야, 뭐야? 무슨 일이 일어났어?

몰 너희들은 지금 그 얘기를 듣고도 꿈속에서 깨어나지를 않는단 말이냐? 아마 영원한 잠이라도 깨어날 것이다. 이것을 보라, 이것을 보라! 이 세상의 법칙은 무너져 버렸다. 자연의 밧줄은 동강이 나버린 것이다. 예전의 싸움이 여기 다시 일어나고, 아들이 자기 아비를 때려죽인 것이다.

도둑들 두목은 대체 무슨 말을 하고 있는가?

몰 아니다, 때려죽인 것이 아니다. 그런 정도의 말은 너무나 약하다. 자식이 아비를 몇천 번이고 능지 처참을 하고, 고문을 하고, 껍질을 벗긴 것이다. 그 정도의 말도 나에게는 너무 인간적인 것 같다. 거기에 대해서는 죄가 얼굴을 붉힐 것이며, 식인종도 몸을 떨 것이며, 이 천지가 개벽한 이래 악마들이라도 거기까지는 생각하지 못했을 것이다. 자식이 자기 아비를. 아, 이것을 보라! 이것을 보라! 이 동굴 속에 자식이 자기 아비를……. 그 아비는 정신을 잃고 있지 않느냐. 이렇게 차가운데 맨 몸뚱이로 굶주리고, 목마르고. 아, 이것을 보라! 제발 이것을 보라! 내가 솔직히 말하거니와 이분이 바로 나 자신의 부친이란다.

도둑들 (달려와서 늙은 몰을 둘러싼다) 두목의 아버지란 말이오? 당신 아버지란 말이오?

슈바이처 (공손하게 다가와서 그 앞에 엎드린다) 우리 두목의 아버님이시여! 당신의 발에 키스하겠습니다. 바로 이 내 칼에 걸어서, 명령을 하십시오.

몰 복수다! 복수다! 아버님을 위한 복수다! 이렇게 심하게 모욕을 당하고 학대를 받은 노인을 위한 복수다! 나는 오늘을 계기로 영원히 형제로서의 의리를 끊겠다. (그는 자기의 옷을 위에서부터 아래까지 둘로 찢어 버린다) 나는 지금 높은 하늘을 우러러보고, 형제로서의 핏줄의 마지막 한 방울까지 저주한다! 내 말을 들어라! 달이여, 별들이여, 내 말을 들어라! 지금 이 추잡한 꼴을 내려다보고 있는 한밤중의 대공이여, 내 말을 들어라! 지금 저 높은 곳에, 달 위에 군림하시고, 별들의 꼭대기에서 복수와 저주를 내리시는 신이여! 밤하늘 위에 불꽃을 내리시는 무서운 신이시여! 나는 이 자리에 무릎을 꿇고, 밤하늘 의 두려움 속에 세 손가락을 치켜들며 맹세를 하나이다. 만일 내가 지금 이 맹세를 저버리는 날이 있다면, 대자연은 나를 그 무서운 야수와도 같이 자연의 한계에서 내쫓을지어다! 나는 맹세하노라! 아비를 죽인 자의 피가 이 돌 앞에 뿌려지고 태양을 향해서 증발해 올라갈 때까지는 나는 두 번 다시 하늘의 빛을 우러러보지 않겠노라! (무릎을 꿇었던 몰은 일어난다)

도둑들 정말이지 악마의 행동만도 못한 짓이다! 그러고도 우리들을 악당이라고 할 수 있으면 말해 보아라! 온 세상 천하에, 그렇게 악착스런 행동은 우리들도 해본 일이 없다.

몰 그렇다! 오늘날까지 너희들의 칼로 살해된 모든 사람들의 무서운 탄식에 맹세해서, 그리고 나의 불꽃이 삼켜 버리고 내가 쓰러뜨린 성탑에 압사당한 모든 사람들의 탄식에 맹세해서, 그놈의 극악무도한 피가 흐르게 될 때까지, 그리고 너희들의 옷이 그 피로 새빨갛게 붙이 될 때까지, 너희들의 마음속에 다른 어떤 살인도 강도도 생각하는 것을 용서치 않겠다. 너희들은 오늘까지도 높은 위력의 팔을 지니고 있다고는 상상조차 하지 못하였을 것이다. 그런데 이제 우리들의 헝클어진 운명의 매듭이 풀어진 것이다. 오늘이야말로, 정말 오늘이야말로 눈에 보이지 않는 위대한 힘이 우리의 사업을 귀중한 것으로 만들어 줄 것이다. 이제 너희들에게 이와 같이 숭고한 운명을 일러 주고, 너희들을 여기로 인도해 주고, 너희들에게 그 준엄한 재판의 무서운 천사가 되도록 영광을 베풀어 준 그자에게 무릎을 꿇고 기도를

올리고 나서, 성스러운 몸으로 다시 몸을 일으켜라! (모두들 무릎을 꿇는다)

슈바이처 명령을 내리시오, 두목. 우리는 어떠한 행동을 해야 하오?

몰 슈바이처여, 일어서서 이 성스러운 머리카락을 손으로 만져 보게. (몰은 슈바이처를 자기 아버지에게로 데리고 가서, 그의 머리카락을 손에 쥐어 준다) 자네는 아직도 기억하고 있을 것이다. 내가 싸움에 지쳐서 기진맥진하고 힘없이 쓰러졌을 때 보헤미아의 기병이 나를 향하여 긴 칼을 쳐들던 순간, 마침 자네가 그놈의 머리를 잘라서 나를 구원해 준 적이 있지 않았는가? 그때 나는 자네에게 그 사례를 하리라고 약속하였는데, 지금까지 그 사례를 하지 못하였다.

슈바이처 정말, 그런 일이 있었어. 그러나 나로서는 언제까지나 자네의 빚을 지니고 있고 싶네.

몰 그럴 수 있나. 이제 나는 그 빚을 갚아 버리겠다! 슈바이처여, 지금까지 인간으로서 자네만큼 큰 영광을 얻은 사람이 없을 것이다. 자, 나의 아버지의 원수를 갚아 다오! (슈바이처가 벌떡 일어난다)

슈바이처 오, 두목이여! 오늘이야말로 당신이 나를 최초로 자랑스러운 사람으로 만들어 준 것이오. 자, 어서 명령을 내리시오. 어디서, 어떻게, 언제, 내가 그 원수를 갚으란 말이오?

몰 이제, 일분 일초가 귀하게 되었다. 자네는 어서 급히 떠나 다오. 우선 여기 일당 중에서 가장 재빠른 놈들을 몇 명 골라서 저 귀족의 성으로 데리고 가라. 그래서 만일 그놈이 잠자고 있든지 혹은 환락의 품안에 들어 있다면 잠자리에서 끌어내도록 해다오. 그놈이 만일 술에 취하여 있다면 그 식탁에서 잡아떼어 놓고, 만일 십자가 앞에서 기도를 드리며 무릎을 꿇고 있으면 그 십자가를 빼앗아 버려라! 그러나 한 가지 꼭 부탁할 것은, 그놈을 절대로 죽여서 나에게 데려오지 말란 것이다. 만일 그놈의 살 한 점이라도 찢고 머리카락 하나라도 뽑은 놈이 있다면, 나는 그놈을 처치하여 그 시체를 독수리에게 내주겠다. 그놈을 산 채로 고스란히 붙잡아야 한다. 만일 그놈을 완전히 산 채로 잡아오기만 한다면, 나는 금품을 상으로 내주겠다. 나는 내 생명을 걸고, 그만한 금품을 국왕에게서라도 훔쳐오리라. 그리고 그 상을 받고는 바람과 같이 자유롭게 어디로든지 가거라. 내 말을 잘 알아들었는가. 그러면 어서 출발하라!

슈바이처 충분히 잘 알겠소, 두목. 여기 내민 내 손에 맹세를 하겠소. 두 사람이 돌아오든지, 그렇지 않으면 한 사람도 돌아오지는 않을 것이오. 자, 나의 부하여, 살인 천사들이여! 어서 가세! (일단을 인솔하고 퇴장한다)

몰 나머지 너희들은 숲속에 흩어져 있거라! 나는 여기서 기다리고 있겠다.

제 5 막

제 1 장

많은 방들이 바라보인다.
컴컴한 밤.

다니엘 (초롱불과 여행가방을 가지고 등장한다) 잘 있거라, 정든 귀중한 이 집이여. 돌아가신 영주님이 계신 시절에는 이 댁에도 참 여러 가지로 좋은 일, 기쁜 일이 있었는데. 이제 이렇게 돌보는 사람 없는 유골 위에 눈물을 흘리는 사람도 그저 다 늙어빠진 하인인 나 밖에는 없구나! 이 댁도 예전에는 집 없는 고아의 보금자리가 되고, 떠돌아 다니는 나그네들의 항구가 되었었건만, 아드님이 상속을 하신 다음에는 살인자의 소굴로 변해 버렸어. 잘 있거라, 정든 마루여, 너하고도 작별이구나. 이 늙은 다니엘 이 얼마나 여러 번 너를 쓸고 닦았는지 모른다. 잘 있거라, 귀여운 난로야! 너하고 헤어지는 것도 이 늙은이는 퍽 안되었다. 여러 가지로 인연이 깊었던 너이니까 말이다. 예전 아브라함의 시중을 들던, 붉은 엘리자와 마찬 가지로 나도 이제 헤어지게 되니 가슴이 쓰라리구나. 하 여간에 하느님이시여, 저를 보호하사 악한 자의 거짓과 흉계에 속지 않도록 도와주시옵소서. 아, 이리로 올 때 도 빈손으로 왔건만 지금 떠날 때도 역시 빈손으로 떠나 는 구나. 그러나 나의 영혼만은 구원되었다.

다니엘이 막 나가려고 할 때 프란츠가 자리옷을 입은 채 그 자리
로 뛰어 들어온다.

다니엘 아, 사람을 살려 주시옵소서! 영주님이시구나! (손에
든 초롱을 꺼버린다)

프란츠 폭로다, 폭로다! 유령이 묘지에서 튀어나온 것이다.
영원한 잠에서 깬 죽음의 나라가 나를 향하여 마구 짖
어댄다. ‘살인이다, 살인이다!’ 하면서. 거기서 움직이는
놈은 대체 누구냐?

다니엘 (불안스럽게) 나를 도와주시옵소서, 성모 마리아시여!
아, 영주님이십니까? 잠자고 있는 사람들이 모두 놀라
서 벌떡 일어날 만큼 여기 둥그런 아치에 가득히 울리
는 목소리를 내시고 호령을 하시는 분은?

프란츠 잠자고 있는 사람이라고? 누가 너희들에게 잠을 자
라고 그랬느냐? 어서 가서 불을 켜놓아라. (다니엘 퇴장
하고 다른 하인이 등장한다) 지금 이 시간에 잠을 잔다면
어느 누구도 용서하지 않겠다. 알아들었느냐? 모두 깨
어 있어야 한단 말이다. 그리고 무장을 하라. 총에는 빠
짐없이 탄환을 장전하여라. 너는 저쪽 구부러진 복도를
흐느적흐느적거리며 지나가는 놈을 못 보았느냐?

하 인 누구 말씀하십니까, 영주님이시여?

프란츠 누구냐고? 이 멍텅구리야! 누구냐고 물어 보다니.
누군지를 알면 내가 왜 너에게 물어 보겠느냐, 이 멍청
한 놈아. 나는 정신이 아찔하고 어지러울 정도였는데,

누구냐고? 이 어리석은 곰새끼 같으니! 에잇, 화가 치
민다. 그런데 지금은 몇 시쯤이나 되었느냐?

하 인 지금 막 야경이 두시라고 외치고 지나갔습니다.

프란츠 뭐라고? 오늘 밤은 어째 이렇게 길어서 최후 심판의
날까지 계속하려고 하는 것이냐? 너는 이 근처에서 무
슨 소란스러운 소리를 듣지 않았느냐? 무슨 환호 소리
라든지, 달려가는 말의 발굽 소리라든지? 그리고 그 카
를. 아니, 그 백작은 어디 있는가?

하 인 전혀 모르겠습니다, 영주님이시여.

프란츠 너는 모른다고 하느냐? 그럼 너도 그놈과 한패란 말
이구나. 좋다, 내가 너의 늑골에서 심장을 도려내어 빼
놓겠다. 이 망할 놈의 새끼가 자꾸만 모릅니다, 모릅니
다, 하고 회피만 한단 말이야. 어서 가서 목사를 데려
오너라.

하 인 뭐라고요?

프란츠 어째 우물쭈물하는 것이냐? 당장 갔다 오지 못하겠
느냐? (하인이 급히 퇴장한다) 대체 어떻게 된 셈이야? 거
지새끼까지 나에게 무슨 음모를 꾸미는 것인가? 이 세
상 천지에 그럴 수가 있나, 모두가 나를 배반하다니?

다니엘 (초롱을 가지고 등장한다) 영주님이시여.

프란츠 아니다, 나는 떨지 않는다. 그것은 단순한 꿈에 지
나지 않는다. 죽은 놈이 살아날 리가 있겠는가. 내가 몸
을 떨고 얼굴이 새파랗다고, 누가 말한단 말이냐? 나는
지금 이렇게 기분이 산뜻하고 몸도 건강하다.

다니엘 영주님의 얼굴은 사색이 되시고, 말씀하시는 소리가
흔들흔들하여 잘 들리지 않습니다.

프란츠 나는 열이 있는 것 같다. 목사가 오거든 내가 열이
있다고, 그렇게 말해 다오. 나는 내일 방혈을 좀 해야겠
다. 목사에게 그렇게 말해라.

다니엘 강심제를 설탕에 타서 가지고 올까요?

프란츠 그래, 설탕에 타서 가지고 오너라. 목사도 그렇게
당장 오지는 않을 것이다. 나의 목소리가 흔들흔들하고
더듬거린다니, 어서 강심제를 설탕에 타서 가져오너라.

다니엘 그럼 우선 열쇠를 주십시오. 지하실에 있는 찬장에
서 꺼내 오겠습니다.

프란츠 안 된다, 안 된다. 여기 그냥 있어라, 그렇지 않으면
나도 같이 가야 될 것이다. 너도 보다시피, 나는 지금
혼자 있을 수가 없다. 너도 알겠지만, 나 혼자 있게 되
면 곧 정신을 잃을 것이다. 그냥 두어라, 그냥 둬라. 곧
괜찮아질 것이다. 하여간에 너는 여기 머물러 있어라.

다니엘 아, 영주님께서는 아주 대단히 편찮으신 모양입니다.

프란츠 그렇지, 그렇지. 그것이 사실이야. 그리고 그 병이
란 놈은 사람의 뇌를 뒤흔들어서, 어리석고 이상한 꿈
을 꾸게 하는 것이야. 꿈이라는 것은 아무 뜻이 없는 것
이지. 그렇지 않느냐, 다니엘? 꿈은 뱃속의 피로에서부
터 나타나고, 별 뜻이 없는 것이다. 나는 정말 재미나는
꿈을 꾸었던 참인데. (말을 하면서 정신을 잃고 쓰러진다)

다니엘 아, 이거 큰일이군! 어떻게 된 일일가, 게오르크여,

콘라트여, 바스티안이여, 말틴이여, 어서 와서 증명들을
해주시오. (프란츠를 흔들면서) 마리아님이시여! 마그다레
나님이시여! 요세프님이시여! 제발 덕분에 어서 정신을
차리게 해주십시오. 이렇게 되면 마치 내가 영주님을
죽인 것처럼 될 것입니다. 하느님 맙소사! 나에게 자비
를 베풀어 주십시오!

프란츠 (혼돈 속에서) 저리 가게, 저리 가게! 어째 그렇게 나
를 뒤흔드는 것인가? 무서운 해골바가지 같은 자여, 죽
은 사람이 일어날 리가 있는가?

다니엘 아이구머니나, 야단이 났네! 암만해도 이분이 머리
가 도신 모양이야.

프란츠 (힘없이 일어서며) 나는 지금 어디에 있는 것인가?
아, 너는 다니엘이구나. 내가 지금 무슨 말을 하였던
가? 내가 한 말을 기억하지 말게. 혹시 내가 무슨 말을
하였더라도, 그것은 다 거짓말이야. 어서 이리 와서 나
를 좀 부축해 다오. 그저 현기증이 좀 일어난 것이니까.
그저 내가 잠을 좀 못 잤기 때문이지.

다니엘 요한이라도 있다면 좋겠는데, 누구든지 좀 불러서
도움을 받아야겠습니다. 그리고 의사를 불러 오겠어요.

프란츠 여기 그냥 있어라. 여기 안락의자 위에, 그대로 내
옆에 있어 다오. 그리고 너는 현명한 사람이니까, 선량
한 사람이니까, 내 말을 좀 들어 다오.

다니엘 지금은 안 되겠습니다. 다음에 듣지요. 우선 침대로
모셔 가겠습니다. 무엇보다도 휴식하는 것이 필요하니

까요.

프란츠 아니다, 제발 나의 부탁이니, 나의 말을 들어라. 그리고 마음껏 웃어 다오! 알겠느냐. 나는 이렇게 생각한다. 내가 아주 훌륭한 음식을 먹고서, 아주 기분 좋게 술에 취해서 궁정의 잔디밭 위에 누워 있었더란 말이다. 그런데 갑자기, 그때는 점심때쯤 되었는데, 갑자기…… 알겠나? 나를 마음껏 웃어 다오!

다니엘 갑자기 어떻게 되었단 말씀입니까?

프란츠 갑자기 무서운 천둥 소리가 졸고 있는 나의 귓전에 울려 왔다. 부들부들 떨며 일어나서 바라보니, 눈에 보이는 지평선이 불바다가 되어 타오르고 있었다. 산도, 부락도, 숲도, 마치 난로 속의 촛농과 같이 녹아 버리고, 거기에다가 호령하는 듯한 돌풍이 불어서 바다도, 하늘도, 땅도 다 휩쓸어 버리는 것이었다. 그때 마침 황동의 나팔 소리 같은 것이 울려 오고, ‘대지여, 너의 죽은 사람을 내놓아라! 바다여, 너의 죽은 사람들을 내놓아라!’ 하고 들려 왔다. 그러니까 수목이 없고 풀도 없는 들판이 어린아이를 낳는 것과 같은 몸부림을 치면서, 해골바가지와 늑골 조각과 턱뼈들을 땅 위에 내놓기 시작했다. 그러니까 그것들이 모두 한데 모여서 인간의 형태가 되고, 살아 있는 산 인간의 폭풍이 되어서, 이리로 달려오는 것이 아닌가! 그때 위를 쳐다보니, 내가 서 있는 자리가 마침 번개치는 시나이 산의 기슭이었단 말이다. 나의 머리 위에도, 나의 발 밑에도, 모두가 사람의 무리란 말이다. 그리고 산꼭대기에는 연기를 뿜는 세 개의 의자 위에, 세 명의 남자가 앉아 있었는데, 그 눈초리를 받고는 모든 생물이 도망을 치는 형편이었다.

다니엘 그러면 그것은 마치 최후 심판의 날의 광경 그대로가 아닙니까?

프란츠 사실 그러하지. 정말로 어리석은 이야기야. 그런데 그 자리에서 한 사람이 나타났는데, 그것은 마치 별이 반짝이는 밤과 같은 모양이었다. 그놈은 손에 쇠로 만든 도장반지를 가지고 있었다. 그는 그것을 해가 뜨는 곳과 해가 지는 곳 사이에 들고 말하기를, '영원하도다, 신성하도다, 정당하고 속일 수 없도다. 존재하는 것은 단 하나의 진리요, 단 하나의 미덕이니라. 의심하는 자에게는 화가 내릴지어다, 화가 내릴지어다!' 그러니까 또 두 번째 놈이 나타났는데, 그놈은 손에 빛나는 거울을 가지고 있었다. 그가 또한 해가 뜨는 자리와 해가 지는 자리 사이에 그것을 놓고, '이 거울이야말로 진리이며, 위선과 가면을 용서치 않을 것이라.' 하고 말하는 것이었다. 그래서 놀란 것은 나와 거기에 있는 여러 사람들이었다. 왜냐하면 그 거울 속에 비친 것이 모두 뱀의 얼굴, 호랑이의 얼굴이었기 때문이다. 그리고 그 다음에는 세 번째 놈이 손에 황동으로 만든 저울을 가지고 나타났다. 그놈은 그 저울을 역시 해가 뜨는 장소와 해가 지는 장소에 갖다 바치고 말했다. '너희들 아담의 자손들이여, 가까이 걸어 나오라. 나는 너희들이 사상을, 나의 분노의 저울로 달아 보아서, 너희들의 한 일을 나의 노여움의 무게로 재어 주리라!' 하고.

다니엘　아, 무서운 일이옵니다!

프란츠　그 말을 듣고 모든 사람들이 눈〔雪〕과 같이 창백한 얼굴이 되어 버렸다. 모든 사람이 이제 어떻게 되는가 하고 가슴을 졸이며 불안하게 기다리고 있는데, 그 깊은 산 속에서 맨 처음으로 나의 이름을 부르는 것같이 느껴졌다. 나는 뼛속까지 얼어붙는 기분이 되었고, 이가 덜그럭덜그럭하고 맞지 않았다. 그러자 곧 저울이 울리기 시작하고, 암석이 울렁거리고, 시간이 하나씩 하나씩 왼쪽에 걸려 있는 접시의 곁을 지나가기 시작했다. 그리고 하나하나, 그때그때의 범죄가 그 접시 속에 내던져지는 것이었다.

다니엘　오, 하'느님이시여, 이분을 용서해 주십시오.

프란츠　그런데 용서를 해주시지 않았단 말이다. 접시는 산더미와 같이 잔뜩 쌓이고, 다른 한쪽의 접시에는 속죄의 피를 가득 담았는데, 그것이 또한 범죄의 접시를 높이 치켜 올려놓은 것이다. 최후에 나타난 것이 늙은 영감이었다. 하도 고생을 해서 허리가 꼬부라지고, 너무 배가 고파서 자기 팔을 물어뜯은 자국이 있었다. 그를 보면 누구나 무서워서 시선을 돌리고 외면할 지경이었다. 나는 그 영감이 누군지 알 수 있었다. 그는 자기 백발머리에서 한 줌의 머리카락을 잘라, 그것을 죄의 접시 속에 내던졌다. 그러자 놀랍게도 그 접시가 금세 쑥

내려가서 깊은 골짜기까지 떨어지고, 속죄의 접시는 높이 튀어오르고 만 것이다. 그때 내 귀에 들린 목소리가 바위 틈에서부터 울려 나와서, '이 지상과 저 심연의 모든 죄인에게 용서가 베풀어질지어다. 그러나 다만 너 한 놈만은 저주를 받아라!' 하는 것이었다. (깊은 침묵) 자, 그런데 너는 어째서 웃지 않느냐?

다니엘 너무나 무서워서 온몸이 떨리는데, 어찌 웃을 수가 있겠습니까? 꿈이라는 것은 하느님께서 내려오는 것이랍니다!

프란츠 어리석은 소리 마라. 그런 소리를 아예 마라. 오히려 나를 바보라고 이름 불러라. 보잘것없고 어리석은 바보라고 하여라. 어서 그렇게 하라. 친애하는 다니엘이여, 나는 너에게 부탁하는 것이다. 제발 나를 톡톡히 비웃어 다오!

다니엘 꿈이라는 것은 하느님께서 내려오는 것이랍니다! 나는 당신을 위하여 기도를 올리겠습니다.

프란츠 거짓말을 하는구나! 당장 어디로 꺼져 버려라. 이 몹쓸 놈아! 어서 날아가서 목사가 어디 있는가 찾아오너라! 얼른, 얼른 오라고 하여라. 하여간에 내가 너에게 말하건대 너의 말은 모두 거짓말이다.

다니엘 (퇴장하면서) 오, 하느님의 은혜가 당신에게도 있으시기를!

프란츠 어리석은 백성들의 생각, 어리석은 백성들의 두려움! 지나간 과거가 지나간 것이 아니라든가, 하늘의 별

위에는 하나의 눈이 있다든가, 그런 것은 아직도 전혀
결정되어 있는 것이 아닐 거야. 흥! 누가 그따위 말을
내 귀에다 속삭이는가? 누가 별 위에서 나쁜 짓에 대한
보복을 한단 말인가? 결코 그럴 리는 없다! 글쎄, 혹시
있을까? 나의 주위에서 무시무시한 목소리로, '저, 별
위에는 어떤 사람이 있어서, 재판을 하는 것이다!' 하는
사람이 있는 것 같구나. 오늘 저녁이라도 당장 그 재판
을 받으러 나서란 말이냐! 그럴 이치가 없을 것이다. 그
것이야말로 그 속에서 너의 비겁함이 숨으려고 하는 비
참한 도피처이다. 저 위 별이 있는 곳은 쓸쓸하고 적막
한 곳에 지나지 않을 것이다. 그런데 혹시나, 그 이상의
무엇이 있다면 어떻게 하지? 아니다, 아니다! 결코 그
렇지 않다. 나는 그렇지 않다고 명령한다. 그러나 역시
그것이 사실이라면? 혹시 여태까지의 행동이 심판을 받
고, 오늘 밤이라도 당장 계산을 하게 된다면 야단이 아
닌가! 어째서 나는 이렇게 뼛속까지 덜덜 떨리는 것인
가? 죽음! 어째서 그 말 한마디가 나를 그렇게 놀라게
하는가? 저기 별이 있는 곳에서 그 심판자에게 나의 행
동을 대답한다는 것. 더구나 그 경우에 상대편이 옳다
고 판정된다면, 고아들과 과부들과 압박을 받은 놈들과
박해를 받은 놈들이 모두 울면서 나를 고발하게 된다면,
그리고 그쪽이 옳다고 판명이 난다면? 어째서 그들이
그런 고통을 받았느냐고, 어째서 너는 그렇게 압박하였
느냐고 한다면?

목사 모저 (등장한다) 영주님, 부르심을 받고 왔습니다. 저를 다 부르시다니 놀라운 일입니다. 제 평생에 처음 당하는 일이어서. 그런데 대체 종교를 비난하실 생각이십니까, 그렇지 않으면 종교를 두려워하시기 시작한 것입니까?

프란츠 비난을 하든지, 두려워하든지 간에, 그것은 당신의 대답에 따라서 결정되는 것이오. 내 말을 좀 들어 보시오, 모저여. 당신이 어리석은 사람인지, 그렇지 않으면 이 세상 사람들을 어리석은 사람이라고 생각하고 있는 것인지, 그것을 나는 당신에게 보여 주려고 하는 것이오. 그러니까 당신은 나에게 대답을 하란 말이오, 알겠소? 당신 생명을 걸고 나에게 대답을 해야 하는 것이오.

모 저 당신이, 자신을 재판하는 좌석 앞에 불러내신 사람은 보다 높은 사람이어야 할 것입니다. 보다 높은 사람이, 언제라도 그 대답을 할 것입니다.

프란츠 그러나 나는 당장 그 대답을 듣고 싶소. 바로 지금 이 순간에 듣고 싶단 말이오. 나는 부끄러운 행동을 하여서 할 수 없이 우상을 찾는 백성들과 같은 짓을 하고 싶지 않소. 나는 술에 만취되어서, '세상에 신이라는 것이 어디 있단 말이냐!' 하고 당신을 비웃은 적도 여러 번 있었소. 지금 나는 당신과 진정으로 이야기를 하는 것이오. 나는 당신에게 신이 없다고 진정으로 말하겠으니, 당신은 가능한 모든 무기를 가지고 거기에 대한 반박을 해보란 말이오. 나는 내 입의 입김으로써, 그까짓 것들을 모두 휘날려 버리겠소.

모 저 그렇게도 의기양양한 당신의 영혼 위에, 수천 근, 수
만 근의 무게를 가지고 닥쳐올 천둥과 벼락을, 그렇게
쉽사리 휘날려 버리실 수가 있다면야 무슨 걱정이겠습
니까? 당신이 어리석게도, 무도하게도, 신이 만들어 놓
으신 이 세상에서, 전지전능하신 그 신 자체를 업신여
기려 하실지라도, 전능하신 신께서는 하찮은 인간의 입
을 통하여, 구태여 변명을 하실 필요가 없을 것입니다.
당신이 아무리 폭군이실지라도, 또는 승리의 만족스러
운 웃음 속에서라도, 하느님의 위대하심은 변치 않는
것입니다.

프란츠 이 사람이 꽤 맹랑한 소리를 하는구먼! 하여간에 좋
은 말이야.

모 저 제가 지금 이 자리에 서 있는 것은 위대하신 주님의
용무를 띠고 있는 것이니까, 저와 마찬가지로 벌레와 같
은 인간에게 무슨 칭찬을 받으려는 생각이 있는 것은 아
닙니다. 하기야 무슨 기적이 있기 전에는 당신과 같이
완고한 고집쟁이에게 고백을 시킬 도리는 없겠지요. 하
여간에 당신의 확신이 그렇게 철저하시다면, 무엇 때문
에 나를 여기까지 오라고 부르셨습니까? 대체 무엇 때
문에 나를 부르신 것인지, 그것을 좀 말씀해 주십시오!

프란츠 그것은 내가 심심했기 때문이고, 마침 장기를 두는
데도 싫증이 났던 참이니까 그렇게 한 것이오. 그래서
예수쟁이하고라도 장난이나 해보려고 한 것이오. 당신

이 속없는 공갈을 쳐봤자, 쉽사리 나의 용기를 꺾지는
못할 것이오. 대체로 죽은 후의 내세에 대하여 희망을
걸고 있는 놈은 이 세상에서 성공을 하지 못한 놈들이
오. 그런 놈들은 항상 깨끗하게 속아넘어가지. 우리들
인간의 본성이란 혈통의 조합에 불과한 것이라고, 나는
항상 책에서 읽어 왔다오. 그러니까 그 피의 마지막 한
방울과 더불어 정신도 사상도 모두 날아가 버리는 것
아니겠소! 그것은 신체의 모든 약점과 행동을 같이하기
때문에, 신체가 해체되면 그것도 없어지지 않을 수 없
소. 신체가 썩어 감에 따라, 그것도 동시에 증발해 버리
는 것 아니겠소? 만일 당신의 머릿속에, 한 방울의 물
방울이라도 흔들어 넣어 놓는다면, 당신의 생명도 당장
정지당할 것이란 말이오. 더구나 그것은 허무와도 가까
운 것이오. 그러니까 그것이 계속되면 다름 아닌 죽음
이 오는 것이지. 감각이라는 것은 몇 줄의 현의 진동에
불과하오. 부서진 피아노는 소리를 내지 않는 법이오.
만일 내가 일곱 개의 성곽을 때려부수게 한다든지, 여
기 있는 이 비너스의 상을 망가뜨린다면, 그 아름다움
이나 균형의 미가 다 없어지고 마는 것이오. 그러니까
당신이 말하는 불멸의 영혼이라는 것도, 그런 것과 무
슨 차이가 있단 말이오!

모 저 그것은 당신의 절망의 철학이겠지요. 그러나 당신 자
신의 심장은 그런 말씀을 하시면서도 근심스럽게 떨리
고 있어서, 늑골을 흔들고 있지 않습니까! 그것이 바로

당신의 거짓을 벌하는 것입니다. 거미줄같이 얽히고 설킨 이론을, 한마디로 모두 집어치우는 말이 있습니다. 그것은, '당신도 결국은 죽을 사람이오!' 하는 말입니다. 그러니 당신께 한 가지 제안을 하겠습니다. 그것은 꼭 좋은 실험이 될 것입니다. 만일 당신이 죽음에 임박하셔서 기운을 잃지 않는다면, 동시에 당신의 근본적인 생각이 변하지 않는다면, 결국 당신이 승리를 거두신 것입니다. 만일 죽음을 앞에 두었을 때 조금이라도 떨리는 기분이 되신다면, 그때에는 당신 생각이 잘못된 것입니다. 당신이 자신을 속여 온 것을 의미하는 것이지요.

프란츠 (당황하며) 내가 죽음을 앞에 두고 몸을 떤다고?

모 저 나는 그런 가련한 분들을 가끔 보아 왔답니다. 그런 분들은 진리에 대해서 용감하게 부인해 오다가, 막상 죽음을 당하는 처지가 되면 그러한 의혹이 날아가 버리지요. 당신이 돌아가실 무렵에는, 제가 꼭 그 침상 옆에 서 있었으면 좋겠습니다. 폭군이라는 분의 마지막 운명하는 광경을, 꼭 한 번 보고 싶습니다. 다만 당신 옆에 서서 당신의 눈을 똑바로 응시하겠어요. 의사가 당신의 차갑고 축축한 손을 잡고서, 사라져 가는 맥을 짚으려고 해도 짚어지지 않을 때에, 얼굴을 쳐들고 어깨를 무섭게 움찔거리면서, '인간의 재주로는 이제 불가능합니다.' 하고 말을 할 때에, 그때 조심하십시오. 그때 리처드나 네로와 같은 표정을 짓지 않도록 말입니다.

프란츠 천만에, 천만에!

모 저 천만에라고 하는 그 말씀이 금세 그렇다고 하는 신음 소리가 될 것입니다. 마음속의 재판은 결코 회의적인 궤변으로써는 변통되지 않는 것이며, 그 재판이 이제 당장 잠을 깨어서 당신을 규탄하게 될 것입니다. 그러나 잠을 깬다고 하여도 그것은 산 채로 파묻힌 사람이 묘지 속에서 잠을 깬 것이나 같을 것입니다. 그것은 마치 자살을 하는 사람이 치명적인 일격을 가하고 나서 후회를 하는 것과 같은 꼴입니다. 또는 당신 일생의 한 밤중을 환하게 비쳐 주는 번개와도 같은 것입니다. 그것은 순간적인 일별일 것입니다. 그러고도 당신이 그 자리에 태연스럽게 서 계실 수 있으시다면, 당신이 승리를 얻으신 것입니다.

프란츠 (불안한 기색으로 방 안을 이리저리 거닐며) 보잘것없는 설교야, 보잘것없는 설교야!

모 저 그때야말로, 비로소 영원의 칼이 당신의 영혼을 두 동강으로 절단하고 말겠지요. 그리고 그때가 최초이면서도 이미 너무 늦은 것입니다. 신의 생각은 무서운 이웃을 잠깨게 하고, 그것을 일컬어 재판자라고 하는 것입니다. 자, 보십시오. 당신은 천 사람의 생명을 손끝에 놀리시고, 그 중 구백구십구 명을 불행하게 하셨습니다. 당신이 '네로'가 못 되신 이유는 다만 당신에게 '로마 제국'이 없었다는 것뿐입니다. 당신이 '피사로'가 못 되신 것은, 다만 '페루'가 없었기 때문입니다. 그러니까 아마

당신은, 하나의 인간이 신의 세계에서 폭군의 자리를
차지하여도 좋고, 가장 높은 것을 가장 낮게 만들어도
좋다고, 하느님이 허용하시리라고 생각하시는 모양이지
요? 그리고 그 구백구십구 명의 인간은 당신의 악마와
같은 손장난의 인형이 되고, 파멸을 당하기 위하여 존
재하고 있다고 생각하시는 모양이지요? 그렇게 생각하
지 마십시오! 당신이 그들로부터 탈취한 일분 일초까지
도, 또는 당신이 그들에게 해를 끼친 한가지 한가지의
기쁨까지도, 또는 당신이 그들에게 방해를 끼친 모든
완전성도 결국은 하느님께서 당신에게 배상하라고 요구
하는 날이 있으실 것입니다. 만일 그때 당신이 거기에
대한 대답을 할 수 있다면, 그때는 당신의 승리입니다.

프란츠　이제 그만 들어도 충분하오! 제발 더 말을 하지 말
아 주오! 내가 당신의 어두컴컴한 변덕의 말마다 일일
이 경의를 표하고 듣고 있으란 말이오?

모　저　보십시오. 인간의 운명이란 것은 그 자체로 놀랄 만
큼 아름다운 균형을 유지하고 있습니다. 이 세상의 생
명의 저울대가 내려가면, 저승의 생명의 저울대가 올라
가는 것이지요, 이승의 저울이 올라가면, 저승의 저울이
내려옵니다. 또한 여기서 일시적인 고통이 되는 것이
저승에서는 영원한 승리가 될 것입니다. 그리고 여기서
무한의 승리였던 것은 저쪽에 가서는 끝없이 영구한 절
망이 될 것이지요.

프란츠　(거칠게 목사에게 달려들며) 제기랄! 벼락이나 맞고 입

을 좀 다물란 말이야! 이 거짓말쟁이야, 네 입속에서 저
주받은 그 혓바닥을 뽑아 없애고 말겠다.

모 저 당신은 그렇게나 빨리 진리의 무게를 느끼시는 것입
니까? 나는 아직도 그 증거에 대해서는 아무 말씀을 드
리지 않았는데요. 이제 그 증거를 말씀드리겠습니다.

프란츠 냉큼 입을 닥쳐라! 그까짓 증거는 듣기도 싫다. 영
혼이란 멸망하는 것이란 말이야! 그렇게만 알고 더 이
상 이야기하지 말자고!

모 저 그렇기 때문에 지옥에 있는 유령들은 울부짖고 있는
것입니다. 그러나 하늘에 계신 하느님은 머리를 흔들고
계십니다. 당신은 죄의 대가를 요구하는 사람의 팔로부
터 도망가서, 허무의 황무지의 세계로 가버리면 된다고
생각하십니까? 당신이 천당으로 도망을 하셔도, 죄의
대가를 요구하는 사람은 그리로 따라올 것입니다. 지옥
으로 간다 하더라도, 그자는 또한 거기에 있을 것입니
다. 밤을 향하여 나를 감싸 달라고 외쳐도, 암흑을 향하
여 나를 숨겨 달라고 간청하여도, 그 어둠은 당신의 둘
레에 빛을 발하고, 저주받은 사람의 주위에는 한밤중도
밝은 낮이 될 것입니다. 하여간에 당신 자신의 불멸의
정신은 그 말씀 밑에서 스스로 반역을 일으키고, 어리석
은 도피의 생각 같은 것을 때려누일 것입니다.

프란츠 나는 그러한 불멸의 사람이 되고 싶지 않다. 그렇게
되고 싶은 사람은 마음대로 하라지! 나는 방해를 놓지는
않겠어. 나는 나를 멸망시켜 달라고 강요할 작정이야.

　　나는 그놈을 노하게 하여, 나를 멸망시키게 할 작정이니
　　까. 그것을 가장 심하게 노하게 하려면 어떠한 죄를 짓
　　는 것이 제일 큰 죄인가? 나에게 그 말을 좀 해주오.

모 저　나는 단 두 가지밖에 알고 있지 않습니다. 그러나 그
　　두 가지의 죄는 인간이 저지를 수 없는 것입니다. 그것
　　은 인간으로서 생각조차 할 수 없는 죄입니다.

프란츠　그 두 가지는 어떠한 죄인가?

모 저　(말에 힘을 주고) 그 첫째는, 자기 아비를 죽이는 것이
　　요, 그 둘째는 자기 형제를 죽이는 것입니다. 아, 그런
　　데 당신은 왜 갑자기 얼굴 빛이 그렇게 변하십니까?

프란츠　뭐라고? 아비를 죽이는 거라고? 대체 너는 천당과
　　짜고 그따위 소리를 하는 것이냐? 그렇지 않으면 지옥
　　과 짠 것이냐? 그런 소리는 누구한테 들은 소리냐?

모 저　그 두 가지 죄를 저지를 마음을 먹는 사람이야말로 저
　　주가 있을지어다! 그런 사람은 도대체 태어나지 않았어
　　야 합니다. 그러나 가만히 계십시오. 당신은 이제 아버
　　님도 형제분도 계시지 않으니까 안심하십시오!

프란츠　어허! 그래, 당신은 그 이상의 죄를 모른단 말이오?
　　다시 한 번만 생각을 해보시오. 죽음과 천당, 영원과 멸
　　망, 여러 가지 말이 당신의 입주위에 떠돌고 있으니 말이
　　오, 대체 그 이상 가는 죄악이 이 세상에는 없단 말이오?

모 저　그 이상 가는 죄악은 하나도 없습니다.

프란츠　(의자 위에 주저앉으며) 아, 멸망이다, 아, 멸망이다.

모 저　그렇지만 기뻐하십시오. 기뻐하십시오. 그래도 당신

은 다행이십니다. 당신이 흉악망측한 짓을 많이 하셨다
해도, 자신의 아버님을 죽이지는 않으셨으니까요. 거기
에 비하면 성자나 마찬가지입니다. 당신이 받아야 할
벌은, 아비를 살인한 놈이 받을 벌에 비하면, 사랑의 노
래입니다. 대체로 그 보복이라는 것은……

프란츠 (벌떡 뛰어 일어나며) 이 부엉이 같은 놈아, 당장 뒈져
버려라! 어느 놈이 너를 이리로 오라고 하였느냐? 가
라! 어서 가란 말이다! 그렇지 않으면 네 몸을 마구 박
살을 내놓겠다!

모 저 보잘것없는 예수쟁의 지껄임이, 어찌 당신과 같은 철
학자를 분노하게 만들 수 있겠습니까? 당신의 입김에
휘날려 없어질 것이 아니겠습니까? (퇴장한다)

프란츠 (긴 의자에 몸을 내던지고 심하게 몸부림친다. 깊은 침묵)

하 인 (급히 등장하며) 아말리아 아가씨께서 행방불명이 되셨
습니다. 또 백작님도 갑자기 사라져 버리셨습니다.

다니엘 (불안한 모습으로 등장한다) 영주님, 불 덩어리와 같은
기사들이 이리로 막 달려오고 있습니다. '살인이다, 살
인이다!' 하면서 외치고, 마을 전체는 대단한 소동이 일
어났습니다.

프란츠 가거라! 그리하여 모든 종들을 함께 울리게 하라!
그리고 모든 사람을 교회로 집합하게 하여, 무릎을 꿇고
나를 위해서 기도를 올리게 하라! 모든 죄수를 석방시키
고, 용서를 해주어라! 나는 그 불쌍한 사람들에게 모든
것을 두 배로, 세 배로 반환해 주겠다. 나는 그렇게 하

런다! 자, 가거라. 가서 참회승을 불러 오라. 그리하여
나의 죄를 용서하게 하라. 당장 달려가지 않겠느냐!

소동의 소리가 들려오기 시작한다.

다니엘 하느님이시여! 저의 무거운 죄를 용서해 주시옵소
서. 이렇게 되어서는 어찌 또다시 사리를 맞출 수가 있
겠습니까? 당신은 여지껏 저의 진실한 기도를 항상 내
동댕이치기만 하셨습니다. 제가 혹시 기도를 하는 것을
발견하시면, 당신은 언제나 성서나 찬송가를 제 머리에
내던지지 않았습니까?

프란츠 이제 그런 말은 하지 마라. 이제 마지막이다. 죽는
것이다! 알겠는가? 죽는 것이다! 우물쭈물하다가는 시
기를 놓쳐 버린다. (슈바이처가 크게 소리치는 것을 들을 수
있다) 기도를 해다오! 제발 기도를 해다오!

다니엘 그러기에 제가 항상 말씀드리지 않았습니까? 그런
데 당신은 그 귀중한 기도를 여지껏 경멸해 오셨습니다.
그런데 보십시오, 그걸 보십시오! 이렇게 사정이 급해
지고 물이 꼭대기까지 차 오르게 되면, 당신도 이 세상
에 있는 모든 보물을 다 내던지고, 기독교 신자의 탄식
하나를 얻으려고 발버둥치는 것이 아닙니까! 이제 아시
겠습니까? 당신은 여지껏 저를 그렇게 모욕하셨지만,
그 꼴을 보십시오! 이제 아시겠습니까?

프란츠 (맹렬하게 다니엘을 얼싸안으며) 용서해 주오. 귀중한

우리 다니엘이여! 제발, 용서를 해주오! 나는 당신에게 발끝까지 좋은 옷을 입혀 주련다. 그러니까 제발, 기도를 올려 주오. 나는 당신을 장가가는 새 신랑처럼 해주겠소. 그뿐만 아니라, 아니, 그러니까 어서 기도를 해주오. 정말 부탁이오! 내가 무릎을 꿇고 간청하니, 맹세하니, 제발 기도를 해주오. (거리에서 소란한 음성이 들려왔다. 부르짖는 소리, 떠들썩한 소리)

슈바이처 (거리에 나타난다) 돌격이다! 달려들어라! 때려부숴라! 무찔러라! 저기 불빛이 보인다. 그 속에 그놈이 있을 것이다.

프란츠 (무릎을 꿇고) 하늘에 계신 주님이시여! 이 기도를 들어 주십시오. 이것이 최초의 기도입니다. 또한 두 번 다시 청을 드리지 않겠습니다. 하늘에 계신 주님이시여! 제발 이 기도를 들어 주시옵소서!

다니엘 이게 웬일입니까? 대체 그런 기도가 어디 있습니까? 그것은 하느님을 무시하는 기도입니다.

군중 (떠드는 소리) 도둑이야! 살인이야! 누가 이 밤중에 그렇게 야단을 하는 것이냐?

슈바이처 (여전히 거리에서) 저놈들을 쫓아 버려라, 동지들이여! 여기 나타난 것은 악마이다. 악마가 너희들의 영주님을 잡아 가려는 것이다. 슈발츠는 부하들을 데리고 어디로 갔는가? 그림이여, 자네는 이 성의 주위를 지키게! 그리고 그 담장을 향해서 돌격하게!

그 림 자네들은 횃불에 불을 붙이는 것을 가지고 오게. 그

러면 우리가 기어 올라가든지 그놈이 내려오든지 할 것
이다. 나는 그놈의 방 속에 불을 질러 놓을 테니까.

프란츠 (기도를 드린다) 하느님이시여! 나는 결코 시시한 살
인을 하지 않았습니다. 보잘것없는 자들을 상대로 하지
않았습니다. 하느님이시여.

다니엘 하느님이시여! 저희들에게 은혜를 베풀어 주시옵소
서! 저분은 기도를 드리는 것마저 죄가 될 것 같습니다.

　　돌 덩어리와 모닥불이 방 안으로 막 날아 들어온다. 유리창이 깨지
　　고 성이 불붙기 시작한다.

프란츠 나는 기도를 드릴 수가 없다! 여기가, 여기가. (하면
서 가슴과 이마를 친다) 세상만사가 황폐하고 말라붙어 버
렸구나! (일어서며) 안 되겠다. 나는 기도를 못 드리겠
다. 이 승리를 하늘에게 넘겨 주어서는 안 되겠다! 이
비웃음을 지옥에게 보내서는 안 되겠다.

다니엘 오, 예수님, 마리아님, 살려 주시옵소서, 구해 주시
옵소서. 성 속이 모두 불바다가 되었습니다.

프란츠 여봐라, 이 칼을 붙잡아라. 어서, 어서! 내 배를, 뒤
에서 이것을 꿰뚫어 다오. 제발, 그녀석들이 와서 나를
조롱거리로 하지 않게 해다오. (불길이 점점 강해진다)

다니엘 무슨 말씀을, 무슨 말씀을! 나는 어떤 사람이든지
그 시간에 앞서서 하늘로 보내 드리는 것을 좋아하지
않습니다. 더구나 그 시간에 앞서서 그 어디로 보내 드
리는 것은 할 수 없습니다. (말을 하며 도망 친다)

프란츠 (무서운 눈초리로 노려보다가 잠시 후에) 더구나 그 어디
　　　　로라니, 지옥으로는 보내 드리지 않겠다고 하려던 것이
　　　　구나. 그런데 사실인지 벌써 그러한 냄새가 난단 말이
　　　　야. (정신이 광란해지면서) 이것이 너희들의 지옥의 신음
　　　　소리냐? 너희들 독사들의 울음소리냐? 지옥에서 찍찍거
　　　　리는 독사들의 소리냐? 점점 기어 올라오는구나. 문간
　　　　까지 점령을 하였구나. 그런데 나는 어째서 꿰뚫는 칼
　　　　끝을 두려워하고 있는 것일까? 문이 깨져서 쓰러지고
　　　　말았다. 이제는 도망칠 수도 없는 노릇이다. 오, 이제는
　　　　너에게 사정을 하는 수밖에 없구나! (말을 하면서, 금빛의
　　　　모자 끈을 꺼내어서 목을 매단다)

슈바이처 (부하들을 인솔하고 나타난다) 살인의 악당은 어디 있
　　　　느냐? 그놈들이 도망치는 것을 너희들은 못 보았느냐?
　　　　그놈은 그렇게 친구들도 없었단 말이냐? 개 돼지 같은
　　　　놈의 새끼가 대체 어느 구석에 처박혔을까?

그 림 (프란츠의 시체에 부딪힌다) 이것 봐! 여기 걸리적거리는
　　　　것은 무엇인가? 등불을 좀 비춰 주게!

슈발츠 아, 그놈은 일찌감치 대책을 강구한 모양이구나! 할
　　　　수 없으니, 칼들을 도로 집어넣게. 그놈이 고양이 새끼
　　　　처럼 뒈져 버렸으니 말이다.

슈바이처 뭐라고? 죽었다고? 나를 기다리지 않고 벌써 죽
　　　　었다고. 아뿔싸, 그러나 속았는지도 몰라. 조심들 하게,
　　　　갑자기 벌떡 일어날지도 모르니까. (시체를 흔든다) 이거
　　　　봐, 이거 봐, 아직도 네가 죽이다가 만 네 아비가 있지

않느냐!

그 림 그냥 내버려 두게! 깨끗하게 죽어 버렸지 않은가.

슈바이처 (시체 곁을 떠나며) 그렇지, 좋을 것도 없지. 깨끗하
게 죽어 버렸으니까. 자, 돌아가서 두목에게 이야기를
좀 해주게. 그놈이 깨끗하게 죽어 버렸다고. 나는 다시
돌아가지 않을 테니까 말이야. (자기 자신의 이마를 쏜다)

제 2 장

　　무대는 제4막(幕)의 제5장(場)과 같다. 늙은 몰은 돌 위에 걸터앉
　　아 있고, 그 아들 몰은 마주 앉아 있다. 여러 도둑들이 숲속의 여
　　기저기에 있는 것이 보인다.

몰　어째서 여태 안 올까! (단도로 돌을 치니까 불꽃이 튀긴다)

늙은 몰　그놈의 벌을 용서해 주었으면. 나의 복수는 갑절로
　　사랑을 해주는 것이 좋겠어!

몰　아닙니다. 나의 분통 터지는 영혼에 맹세코, 도저히 그
　　렇게 할 수는 없습니다. 그냥 놓아 둘 수는 없습니다.
　　영원히 그 극악무도한 죄상을 짊어지고, 걸어가게 하지
　　않으면 안 됩니다. 그렇지 않으면 무엇 때문에 그를 죽
　　이게 하였겠습니까?

늙은 몰　(눈물에 잠기며) 아, 나의 아들인데!

몰　뭐라고요? 당신은 프란츠 때문에 눈물을 흘리십니까?
　　더구나 여기 이 탑 앞에서?

늙은 몰　오, 은혜를 베풀어 주시오! (격심하게 두 손을 쥐어뜯어
　　면서) 이제, 이제야말로 나의 아들이 심판을 받는구나!

몰　(놀라며) 어느 아들 말씀입니까?

늙은 몰　어허, 그건 또 무슨 질문인가!

몰　아녜요. 아무것도 아녜요.

늙은 몰　당신은 나의 슬픔을 비웃기 위해서 온 것인가?

몰　(혼잣말로) 그놈의 양심이 있어서, 까딱 하면 실수하겠다!
　　(큰 소리로) 아니, 아무것도 아니니까, 그냥 넘어가세요.

늙은 몰　사실 나는 한 사람의 아들을 괴롭혔다오. 그래서
　　다른 한 사람의 아들이 나를 괴롭히게 된 것이오. 그것
　　도 모두 하느님의 섭리일 거야. 오, 나의 카를! 나의 카
　　를! 만일 네가 평화의 옷을 입고 유령이 되어서라도 내
　　곁에 떠 있다면, 제발 나를 용서해 다오! 이 아비를 용
　　서해 다오!

몰　(재빠르게) 용서해 드리고말고요! (깜짝 놀라서) 만일 당신
　　의 아드님이 당신의 아드님답다면 반드시 당신을 용서
　　해 드릴 것입니다!

늙은 몰　아, 아! 그애는 사실이지 나에게 과분한 아들이었
　　어. 그러나 나는 이 눈물과, 하고 많은 잠 못 이루는 밤
　　과, 가슴 쓰라린 꿈을 가지고, 그애를 향하여, 그애의
　　무릎을 얼싸안고, 이렇게 말하겠네. 큰 소리로 이렇게
　　말을 하겠어. ‘나는 하늘과 너에 대하여 죄를 범하였으
　　니 지금부터는 너의 아비라는 사실을 감당치 못하겠다.’
　　라고.

몰　(대단히 감격하여) 그 아드님은 당신에게 귀중한 아드님이
　　었던가요?

늙은 몰　그것은 하늘이 알고 계실 것이다! 어째서 나는 그
　　런 악한 아들의 흉계에 속아넘어갔을까? 나는 이 세상
　　의 많은 아버지들 중에서도 복이 많은 아비였다. 나의
　　주위에는 꽃과 같이 피는 아름다운 희망에 넘친 아이들

이 있었다. 그런데, 아, 그 얼마나 불행한 시간이 닥쳐
온 것인가! 둘째아들의 마음속에 악마가 자리잡은 것이
다. 나는 그 뱀을 신임하였다. 그리하여 두 아들을 함께
잃어버리고 만 것이다. (두 손으로 얼굴을 가린다)

몰 (부친의 곁을 떠나면서) 영원히 잃어버리신 것입니다!

늙은 몰 아, 이제야말로, 아말리아가 이야기한 말이 가슴
깊이 느껴지는구나. 그것은 복수의 신이 아말리아의 입
을 통하여 말을 한 것이다. '아버님은 돌아가실 임종 때
에 아무리 두 손을 뻗어 보아도 소용이 없을 거예요. 카
를의 따뜻한 손을 붙잡으려고 해도 소용이 없을 거예요.
그분은 이제 두 번 다시 아버님의 침상에 와서 서지는
못할 거예요.'

몰 (얼굴은 외면한 채로 아버지의 손을 잡는다)

늙은 몰 아, 이것이 내 아들 카를의 손이었다면 얼마나 좋
을까! 그애는 지금 머나먼 곳의 좁고 괴로운 곳에 누워
있을 것이며, 다시는 깨어나지 않는 잠을 자고 있을 것
이다. 나의 비탄의 소리도 결코 들어주지 못할 것이다.
아, 슬프다. 알지 못하는 남의 팔에 안겨서 죽다니. 아
들도 없이, 나의 눈을 감겨 줄 단 한 명의 아들도 없이.

몰 (깊이 감동되어서) 이제는 정말이지, 이제는. (말을 하려다가
도둑들을 향하여) 자리를 좀 비켜 다오. 아, 그러나 정말
이지 내가 이제 와서 당신의 아들이라고 말할 수가 있
을까! 도저히 나는 그렇게 할 수가 없어! 안 된다. 그렇
게 못 하겠다!

늙은 몰 뭐라고요? 당신은 지금 뭐라고 중얼중얼 말을 하였소?

몰　당신의 아드님이. 그렇지요, 영감님, 당신의 아드님은
　　이제 영원히 없어져 버렸습니다.

늙은 몰　영원히라고?

몰　(무섭게 가슴 벅찬 모습으로 하늘을 쳐다보면서) 오, 하늘이여,
　　이번만, 이번만, 나의 정신을 약하게 만들어 주지 말아
　　주소서. 제발, 이번만은, 나의 마음을 굳게 하여 주소서!

늙은 몰　영원히라고?

몰　자꾸만 물어 보지 마십시오! 영원히라고 말씀드렸습니다.

늙은 몰　여보시오, 여보시오. 모르는 양반! 당신은 어째서
　　나를 그 탑에서 빼내 주셨소?

몰　글쎄, 어떻게 할 것인가? 내가 지금 아버지의 축복을 도
　　둑놈처럼 가로채서, 그것을 가지고 귀중한 노획물로 삼
　　고 도망을 해버리면 어떨 것인가. 아버지의 축복이란
　　없어지지 않는 것이라고들 말하고 있으니.

늙은 몰　나의 프란츠도 없어졌단 말인가?

몰　(아버지 앞에 무릎을 꿇고) 나야말로 당신의 탑의 빗장을 깨
　　뜨린 사람입니다. 나에게 축복을 베풀어 주십시오!

늙은 몰　(고통스럽게) 당신은 아비를 살리고, 그 자식을 죽여
　　야만 하는 것이오? 보시오, 하느님은 자비를 베푸시는
　　데 한량이 없지 않았소? 그런데 우리들, 가련한 벌레들
　　은 분노를 머금고 잠을 자러 가는 것이오. (손을 몰의 머
　　리 위에 올려놓는다) 자비로운 마음을 알 정도로, 끝끝내
　　행복하시오!

몰 (힘없이 일어서며) 오, 나의 남자다운 용기는 어디로 갔는
가? 나의 근육은 축 늘어지고, 단도는 손에서 굴러떨어
진다.

늙은 몰 '형제가 서로 우애 깊이 같이 있는 것은 그 얼마나
즐거운 일인가! 헬몬의 이슬이 내려서 시온의 산으로
흘러가는 것과 같으리!' 하고 성서에도 씌어 있지 않소.
나이 어린 양반인 당신도 그와 같은 기쁨을 얻도록 노
력하시오! 하늘에 있는 천사들도, 당신의 영광을 쏘이
고 날아가게 될 것이오. 당신의 지혜는 늙은 회색 머리
의 지혜요. 그러나 당신의 마음은 죄를 모르는 어린아
이의 마음이라오.

몰 오, 그와 같은 향락의 맛을 먼저 보아 주십시오! 나에게
키스해 주십시오! 거룩하신 노인이여!

늙은 몰 (몰을 키스한다) 자, 이것은 아버지로서의 키스요. 나
는 내 아들에 대해서 키스를 한다고 생각하는 것이오.
어째서 당신도 눈물을 흘리시오?

몰 나도 아버님으로부터 받는 키스라고 생각했기 때문입니
다. 아, 저놈들이 지금 그놈을 끌고 온다면 어떻게 할
것인가!

        슈바이처의 일행이 머리를 숙이고 얼굴을 가린 채 묵묵히 상복을
        입고 등장한다.

몰 오, 이것이 웬일인가! (놀라서 뒷걸음질치고 몸을 숨기려고
한다. 슈바이처의 일행은 그 곁을 지나간다. 몰은 그들을 외면한

다. 깊은 침묵, 행렬이 멈춘다)

그 림 (낮은 음성으로) 우리들의 두목이여! (몰은 대답을 하지
      않고, 더 한층 뒷걸음질친다)

슈발츠 친애하는 두목이여! (몰은 점점 더 뒷걸음질친다)

그 림 두목, 이것은 우리의 죄가 아니오!

몰 (그쪽으로 시선을 돌리지 않은 채) 너희들은 누구냐?

그 림 어째서 우리들을 바라보지 않는거요? 우리는 당신의
      충성스런 부하들이 아니오!

몰 너희들이 나에게 충성하였다면, 너희들은 불쌍한 사람들
    이다.

그 림 당신의 부하 슈바이처한테서, 마지막 인사가 있었소.
      당신의 부하 슈바이처는 두 번 다시 돌아오지 않는 사
      람이 되었다오!

몰 (펄쩍 뛰어오르며) 그러면 너희들은 그놈을 찾지 못했던
    말이냐?

슈발츠 죽어 있는 시체를 발견했소.

몰 (기뻐 뛰며) 감사하옵니다, 만물의 인도자여! 나를 껴안아
    다오, 동지들이여. 이제로부터는 '자비'라는 말이 우리들
    의 구호이다. 그러면 만사가 해결된 것이지! 다 해결이
    된 것이야!

　　　　새로운 도둑들과 아말리아.

도둑들 만세, 만세! 아주 근사한 것을 잡아 왔다. 아주 근

사한 포로다!

아말리아 (머리를 산발하고) 모두들 큰 소리로 떠들고 있어요. 그분의 목소리로 죽은 사람들이 깨어났다고요. 백부님께서 아직 살아 계시다니요. 여기 이 숲속에 살아 계시다니요. 대체 어디 계실까요? 아, 카를 씨여, 아, 백부님이시여, 어머나. (늙은 몰을 향해서 달려간다)

늙은 몰 오, 아말리아냐? 나의 딸이냐? 귀여운 아말리아야! (아말리아를 가슴에 껴안는다)

몰 (뒷걸음질치며) 누가 이 모습을 내 눈앞에 가지고 왔느냐?

아말리아 (늙은 몰의 팔에서 뛰쳐나오며 몰에게로 달려가 정신없이 매달린다) 오, 하늘에 계신 별님들이여! 오, 나는 또다시 이분을 만나게 되었어요! 이분을!

몰 (아말리아의 팔을 뿌리치고 도둑을 향하여) 출발이다. 자, 당장 출발이다. 불구대천의 원수가 나를 배반하였다.

아말리아 오, 애인이여, 그대는 너무나 기뻐서 정신이 돈 모양입니다. 어째서 나도 이와 같은 기쁨의 소용돌이 속에서, 이다지도 무감각하고 냉정한 기분이 떠도는 것일까요!

늙은 몰 (몸을 뒤흔들며) 뭐라고, 애인이라고? 애야, 아말리아야. 너는 애인이라고 하였느냐?

아말리아 그렇지요, 나는 언제까지나 그분의 것입니다! 언제까지나, 언제까지나, 언제까지나! 오, 하늘에 계신 주님의 힘이시여! 제발 죽을 것 같은 지금의 기쁨의 짐을 덜어 주시옵소서! 나는 너무나 무거워서 눌려 죽을 것

같습니다.

몰 이 여자를, 나의 목에서 떼어 다오. 이 여자를 죽여 다
오! 저놈을! 그리고 나를! 그리고 너희들 전부를! 전세
계를 멸망에 처넣어 다오! (말을 마치고 뛰어가려고 한다)

아말리아 어디로 가시는 것입니까? 어떻게 되신 것입니까?
사랑과 영원과 기쁨과 무한의 생명을 놓아 두시고, 당
신은 도망을 하시는 것입니까?

몰 비켜 다오, 비켜 다오! 너는 이 세상에서 가장 불행한
약혼녀이다. 스스로 보라. 스스로 물어 보라! 그리고 들
어라. 또한 더 이상 불행한 아버지도 없을 것이다. 나는
이제 영원히 이 자리를 떠나겠다!

아말리아 제발, 나의 몸을 붙잡아 주십시오. 붙잡아 주십시
오. 내 눈앞이 캄캄해지고, 저분은 도망을 가십니다.

몰 이제는 늦었다, 소용이 없다! 당신의 처주가, 아버님, 당
신의 저주 때문입니다. 더 이상 묻지 마십시오! 나는 나
는, 당신의 저주를, 당신의 저주를 잘못 이해하였습니
다. 오, 누가 나를 이런 처지로 몰아넣었는가? (칼을 뽑
아 들고 도둑들을 향하여) 너희들 중에 나를 이리로 몰아온
놈이 누구냐? 이 지옥의 동물들아! 자, 이제 너도 죽어
라, 아말리아여! 당신도 죽으시오! 아버님. 나를 통하여
세 번째 죽음을 당하시오! 당신을 살려 낸 사람들은, 다
름 아닌 도둑놈들, 살인강도들입니다. 다름 아닌 당신의
아들, 카를의 부하들입니다. (늙은 몰 그때 숨을 거둔다)

아말리아 (말없이 동상처럼 서서 멀거니 바라본다. 도둑들은 무서운

침묵에 잠겨 버린다)

몰 (참나무를 향하여 몸을 부딪히며) 사랑의 도취경에 빠져 있을 때에, 내가 목을 눌러 죽인 놈들의 영혼이여. 성스러운 잠을 자고 있는 동안에, 내가 밟아 죽인 놈들의 영혼이여. 그리고 또, 하하! 너희들, 들어 보아라! 해산하는 자리에 터진 화약고의 폭발 소리를, 그리고 젖먹이 아이들의 요람에 불붙는 그 불꽃을 보았느냐? 그것이야말로 결혼식의 횃불이요, 혼인식의 음악이다. 오, 하느님께서는 결코 잊어버리시지 않는다. 죄와 벌을 내리는 것을 잊으시지 않는 것이다. 그래서 나에게는 사랑의 즐거움을 내리시지 않는 것이다. 그 대가로, 나에게는 이 무서운 사랑의 고민을 내려 주시는 것이다! 이것이 보복이다.

아말리아 아, 하늘에 계신 하느님이시여! 이것이 정말이십니까? 나는 아무것도 모르는 어린 양으로, 무슨 짓을 한 것입니까? 나는 이분을 사랑하였습니다!

몰 이것은 정말이지, 한 사람의 남자로서 참을 수 없는 일이다. 나는 몇천을 넘는 총부리가 나를 향해서 죽음을 쏘아 오는 소리를 들었고, 그러면서도 한 발짝도 후퇴를 해본 적이 없었다. 그런데 지금, 아녀자처럼 몸을 떨고 무서워하는 일을 처음 당한단 말인가? 한 사람의 여자 앞에서 몸을 떤단 말인가? 그럴 수는 없다. 한 사람의 여자가 나의 사내다운 용기를 뒤흔들 수는 없는 것이다. 피다, 피다! 그것은 한 여자의 발작에 불과하다.

나는 피를 뒤집어써야만 할 것 같다. 그러면, 곧 해결이 될 것이다. (그 자리를 도망치려 한다)

아말리아   (몰의 품 안에 몸을 던지며) 살인자이든, 악마이든, 나는 당신이라는 천사하고 헤어질 수는 없습니다.

몰   (아말리아를 떼밀며) 저리 가거라, 거짓의 뱀이여! 너는 미치광이 남자를 조롱하려는 것이냐? 그러나 나는 운명이라는 폭군에 대항하련다. 어째서 우는 것이냐? 오, 너희들 고약망측한 별들이여! 이 여자는 눈물을 흘리고 우는 체하는 것이다. 나를 위해서 한 여자가 눈물을 흘릴 수 있는 것처럼 보여 주는 것이다! (아말리아가 몰의 목덜미를 꺼안는다) 아, 이것은 웬일이야? 이 여자는 나에게 침도 뱉지 않고, 나를 떼밀지도 않으니 말이야. 오, 아말리아여! 당신은 벌써 잊어버렸는가? 당신이 꺼안고 있는 사람이 얼마나 무서운 사람이라는 것을 모른단 말인가? 아말리아여!

아말리아   나는 단 한 분밖에는 모릅니다. 떨어져서는 살 수 없는 단 한 분밖에는!

몰   (황홀한 기쁨 속에 마음이 풀어져서) 아, 이 사람은 나를 용서해 주는 것인가? 나를 사랑해 주는 것인가! 정말이지, 나는 이 하늘의 에텔처럼 맑다. 이 여자는 나를 사랑하고 있다. 하늘에 계신 자비스러운 신이시여! 나는 눈물을 흘리며 감사를 올리나이다. (무릎을 꿇고 심하게 운다) 나의 마음의 평화는 다시 이 자리에 돌아왔다. 굽이치는 고통은 가라앉았다. 이제 이 세상에는 지옥이 없다. 보라, 보라! 광명의 아들들은 우는 악마의 목에 매달려서 눈물을 흘리고 있지 않는가! (일어서며 도둑들을 향하여) 너희들도 눈물을 흘려라! 울어라! 마음껏 울어라! 너희들도 행복한 것이다. 오, 아말리아여! 아말리아여! (아말리아에게 키스를 한다. 두 사람이 말없이 껴안는다)

어느 도둑 (화가 나서 앞으로 나서며) 기다려라, 이 배반자여! 즉시 그 팔을 풀어 놓아라! 그렇지 않으면, 너의 귀를 먹게 하고, 너의 이가 무서워서 덜덜 떨리게 하는 한마디 말을 해주겠다. (두 사람 사이에 칼을 내민다)

어느 늙은 도둑 보헤미아의 숲을 생각해 보시오! 내 말을 아시겠소? 그래도 우물쭈물하시는 거요? 그때, 보헤미아 숲속의 일을 생각해 보란 말이오! 당신의 맹세는 다 어디로 갔소? 몸에 받은 상처도 그렇게 빨리 잊어버린단 말씀이오? 우리들은 당신을 위하여, 행복도 명예도 생명도 모두 내던졌단 말이오. 우리들은 그때 당신을 위해 둘러싸는 벽이 되었고, 당신의 목숨을 노리는 칼을 막는 방패가 되어서 당신을 살렸소. 그때 당신은 손을 쳐들고 강철 같은 맹세를 하지 않았단 말이오? 우리들을 결코 내버리지 않겠다고, 우리들이 당신을 저버리지 않은 것처럼! 그런데 지금에 와서 명예도 없고, 의리도 없는 그 행동! 겨우 한 계집이 운다고 해서 우리들을 배신한단 말이오?

다른 도둑 서약을 깨뜨린다는 것은 무슨 비겁한 짓이냐! 지옥에서 증인으로 끄집어 낸, 롤러의 영혼도, 그와 같은 당신의 비겁한 행동을 보면 얼굴을 붉히고, 묘지에서 칼을 들고 뛰어나올 것이다. 그리하여 당신의 버릇을 단단히 고쳐 놓을 것이다!

여러 도둑들 (서로 왔다갔다하며 옷을 찢어 버린다)

이것을 보라, 이것을 보라! 당신은 이 상처를 기억하고 있는가? 당신은 어디까지나 우리들의 것이다. 우리들의 심장의 피로써 당신을 사들인 것이다. 당신은 어디까지나 우리들의 것이다. 심지어 천사 미카엘이 악마 모로호와 멱살을 쥐고 싸우는 일이 있더라도, 그 사실만은 변동이 없다. 자, 우리와 같이 가자. 희생에 대한 희생의 대가이다! 자, 아말리아를 희생으로 하고, 우리의 도둑단을 쫓아라!

몰 (여자의 손을 놓으면서) 아, 모든 것이 헛되도다! 나는 돌아와서 아버님에게로 가보려 하였다. 그런데 하늘에 계신 아버님께서는 용서를 안 해주시는구나. (냉정하게) 정말이지 나는 어리석었어! 어째서 그런 생각을 하였을까? 커다란 죄를 범한 놈이 다시 돌아갈 수 있다고 생각하다니! 커다란 죄를 지은 사람은 결코 그럴 수가 없는 것이야. 그것쯤은 미리부터 알았어야 할 것을. (아말리아에게) 진정을 해 주오! 제발, 진정 해 주오! 이렇게 되는 것도 당연한 일일 거야! 하느님이 나를 부르셨을 때, 나는 응하지 않았단 말이야. 그러니까 지금 내가 하느님을 찾아도 하느님은 나를 받아 주시지 않는 것이지! 그것은 마땅한 일이 아니겠는가 말이야. 제발, 그런

눈으로 보지 말아 줘! 하느님은 나를 원하시지 않는 거
야. 이 세상에는 하느님이 만드신 인간이 얼마든지 있
어. 한 사람쯤 멸망해도 문제가 아니겠지. 그 한 사람이
바로 나 자신이야. 자, 가세, 동지들이여!

아말리아 (몰을 잡아 끌며) 가만히 계세요, 가만히 계세요! 그
칼로 나를 찔러 주세요. 찔러 죽여 주세요. 지금 또 나
를 버리신다면, 차라리 당신의 칼을 뽑아서 찔러 주세
요. 그것이 나를 불쌍히 여겨 주시는 은혜일 것입니다.

몰 은혜는 벌써 도망간 지 오래다! 나는 그대를 죽이지 않
겠다.

아말리아 (몰의 무릎을 껴안으며) 오, 제발 덕분에, 제발, 평생
소원이옵니다. 이제는 사랑도 바라지 않겠습니다. 우리
들의 운명의 별은 하늘 위에서 서로 원수와 같이 흩어
지고 있는 것을 알겠습니다. 나의 한 가지 소원은 죽는
것뿐입니다. 저버리지만 마십시오. 저버린다는 그 한마
디 말만은 정말 견딜 수가 없어요. 정말 참을 수가 없을
거예요. 나의 소원은 그저 죽여 달라는 것뿐입니다. 보
십시오, 나의 손이 떨리고 있습니다. 나는 스스로 찔러
죽을 용기가 없습니다. 그 번쩍이는 칼끝이 무섭습니다.
당신은 그까짓 것이 문제가 아니겠지요. 당신은 사람을
죽이는 데 선수가 되셨으니까요. 제발 그 칼을 뽑으셔
서 나를 찔러 주세요. 나는 행복하게 죽어 갈 것입니다.

몰 그대는 자기 혼자만 행복하게 가겠단 말인가? 비켜라,
나는 여자를 죽이지 않겠다.

아말리아　어머나, 당신은 사람을 죽이는 데 있어서도 행복한 사람만 죽이시고, 이 세상에 살 수 없는 사람은 모르는 체하고 그냥 지나가시는 것입니까? (도둑들에게로 기어가면서) 당신네들은 사람을 죽이는 사람의 제자들이지요? 제발 나를 불쌍히 여겨 주십시오. 당신들의 눈에는 피에 굶주린 동정의 기색이 엿보입니다. 그것마저 이 불쌍한 사람에게는 위안이 됩니다. 당신들의 두목은 게다가 비겁하기까지 하고, 허영만 부리시는 분이니까요!

몰　그게 무슨 소리냐? (도둑들은 돌아서 버린다)

아말리아　아무도 내 편을 들어주시는 분이 없습니까? 이 여러분 가운데서도, 내 편을 들어주실 사람이 한 분도 없으십니까? (일어선다) 그러면 좋습니다. 나도 '디도'의 죽는 방식을 뒤따르겠습니다. (아말리아가 가려 한다. 한 사람의 도둑이 총을 겨눈다)

몰　가만 있어라. 내가 하겠다. 몰의 애인은 몰의 손으로 죽이는 것이다! (몰은 아말리아를 죽인다)

도둑들　아, 두목이여, 두목이여! 무슨 짓을 하시는 것입니까? 당신은 정신이 도셨습니다.

몰　(그 시체를 응시하면서) 기어이 죽었구나. 아직도 움찔움찔 움직이고 있다. 그것도 머지않아 멈추어 버릴 것이다. 자, 보아라. 이제 또 무엇을 나에게 요구할 것이냐? 너희들은 나에게 생명을 희생하였다고 말하였지. 그 생명은 이미 너희들의 것이 아니었다. 그것은 추악과 치욕에 가득 찬 생명이었다. 나는 그 대신에 한 사람의 천사를 죽였다. 자, 잘들 보아라. 이제 너희들도 만족하였느냐?

그 림 당신은 당신의 빚에 무서운 이자를 붙여서 갚은 것과 마찬가지요. 당신의 행동은 어떠한 남자도, 자기의 명예를 위해서는 할 수 없는 일이었소. 자, 이제 갑시다.

몰 너는 그렇게 말하느냐? 악한의 생명을 성스러운 여자의 생명과 바꾸었다는 것은 아무리 해도 맞지 않는 교환이다. 정말이지 너희들에게 말하노니, 너희들 중의 아무라도 사형장에 끌려 나가 불에 달군 부집게로 살점 한점 한점을 떼어 내게 한다 해도, 그리고 더운 여름날에 그와 같은 고문이 십여 일 동안 계속된다 하여도, 그것이 지금 나의 눈물만큼은 무겁지 않으리라. (고통스러운 웃음을 터뜨리며) 뭐, 상처라고? 보헤미아의 숲이라고? 그것도 다 갚아 줘야 하는 것이었겠지.

슈발츠 진정하시오, 두목. 어서 우리와 같이 갑시다. 그러한 물건을 자꾸 보고 있으면 좋지 못합니다. 어서 우리를 이끌고 나가시오!

몰 잠깐만. 떠나기 전에 한마디만 더하겠다. 잘 들어 보아라. 나의 야만스러운 눈짓으로 사람을 괴롭히고 좋아하는 너희들 도둑들이여. 나는 지금 이 순간부터, 너희들의 두목이기를 그만둔다. 여기 피투성이가 된 두목으로서의 지휘봉을, 나는 치욕과 공포를 머금고 내던진다. 너희들은 나의 명령에 따라 나쁜 짓을 하고, 암흑의 사업을 저질러서 하늘의 빛을 더럽힐 권리가 있다고 생각해 왔다. 그러나 이제는 오른쪽으로 가든지, 왼쪽으로 가든지 마음대로 하여라. 앞으로는 영원히 손을 잡고 일을 하지 않겠다!

도둑들 뭐야? 용기도 없는 녀석 같으니, 그렇게 큰소리치던 큰 계획은 어떻게 되었단 말이야! 그것은 한갓 계집의 입김으로 깨져 버리는 물거품에 지나지 않았단 말인가?

몰 아, 나는 어리석은 사람이었다. 나는 이 세상을 폭력으로 아름답게 할 수 있고, 국법을 유린함으로써 국법을 바로잡을 수 있다고 생각한 것이 아닌가! 나는 그런 행동을 복수라고, 또는 정의라고 이름붙이고 있었다. 오, 그 얼마나 어리석은 계획인가! 나는 너의 이가 빠진 칼을 다시 갈아서 완전하게 하고 너의 불공평을 바로잡아 주려고 하였던 것이다. 그러나 그것은 얼마나 유치한 생각이었는가! 나는 지금 무서운 생명의 언저리에 서 있다. 지금이야말로 이를 부들부들 떨며, 소리를 높이 지르고 깨달았다. 나 같은 놈이 이 세상에 두 사람만 있으면, 이 도덕 세계의 모든 질서가 멸망하고 말 것이라는 것을. 하느님이시여, 이 어리석은 어린 아이를 용서해 주시옵소서. 당신을 앞질러 뛰어나가려던 이 어린 아이를 용서해 주시옵소서. 복수라는 것은 당신 한 분만이 할 수 있는 것이옵니다. 인간의 손으로는 할 수 없는 것입니다. 오, 물론 지금에 와서는, 지나간 일을 도로 찾을 힘은 나에게 없다. 이미 멸망한 것은 멸망한 것이요, 내가 쓰러뜨린 사람은 영원히 일어서지 못한다. 그러나 아직도 내 손에 남아 있는 것은, 더럽혀진 국법

을 다시 보상하고, 어지럽혀진 질서를 다시 회복하는
힘이다. 그렇게 하기에는 희생이 필요하다. 그것은 이
질서가 침범될 수 없는 존엄한 것이라는 사실을, 모든
인간 앞에 전개해 보여 주는 것이다. 그 희생이 될 사람
이 바로 나 자신이다. 나는 그 질서를 위하여 죽지 않으
면 안 된다!

도둑들 얼른 저 칼을 빼앗아라! 저 사람은 자살을 하려고
한다.

몰 너희들은 참으로 어리석은 사람들이다. 언제까지나 눈이
띄지 않는 불쌍한 녀석들! 너희들은 하나의 죽음이 여러
가지 죽을 죄를 보상할 수 있다고 생각하는 것이냐? 세
계의 조화가, 그와 같이 신도 몰라 보는 부조화로 이루
어질 수 있다고 생각하는 것이냐? (도둑들의 발 곁에 자기
의 무기를 비웃으며 내던진다) 나는 산 채로 붙들려 가겠다!
나는 내 스스로 출두하여, 사직당국에 자수를 하겠다.

도둑들 저 사람을 묶어 버려라. 기어이 미친 모양이다.

몰 만일 하늘의 뜻이 거기 있다면, 아무 때라도 나를 붙잡을
것이다. 나는 그것을 의심하지 않는다. 그러나 내가 잠
들고 있는 틈을 타서 습격하여 온다든지, 도망가는 것을
쫓아온다든지, 강제로 폭력으로 붙든다든지 하게 될 수
도 있다. 그렇게 되면 내가 내 의사로 죽는다는 단 한 가
지의 이점을 잃어버리고 마는 것이다. 내가 비겁한 도둑
놈처럼 목숨을 연장시키려고 숨어 보았자 무슨 소용이
있겠는가? 나의 목숨은 이미 하늘의 감시자들의 결의로

써 끊어지도록 마련된 것이 아니겠는가?

도둑들 아무 곳이나 가고 싶은 자리로 가라고 하지. 그 사람은 완전히 과대망상증이 되어 버렸으니! 칭찬을 받으려는 허영심 때문에 목숨을 버리려는 모양이다.

몰 칭찬을 하겠으면 하고 말겠으면 마라! (잠시 묵묵히 생각을 하다가) 지금 생각이 나는구나, 이리로 오는 도중 만났던 불쌍한 녀석이. 그놈은 날품팔이로 열한 명의 아이들을 기른다고 하니, 나 같은 큰 도둑을 잡으면 천 냥의 상금을 탈 수 있을 거란 말이야. 어디 그놈이나 한 번 살려줘 볼까.(퇴장)

옮긴이 약력

서울대학교 대학원 독문과 졸업
서울대학교 공과대학 및 교양학부 강사 역임
고려대학교 교수

저   서
스테판 츠바이크 ≪감정의 혼란≫ ≪황혼의 이야기≫
막스 뮐러 ≪독일인의 사랑≫
토머스 만 ≪베니스에서의 죽음≫
헤르만 헤세 ≪헤세 시집≫

군 도 〈서문문고 164〉

개정판 인쇄 / 1996년 6월 20일
개정판 발행 / 1996년 6월 30일
옮긴이 / 방   곤
펴낸이 / 최 석 로
펴낸곳 / 서 문 당
주소 / 서울시 마포구 성산1동 20—12호
전화 / 322—4916~8 팩스 / 322—9154
등록일자 / 1973. 10. 10
등록번호 / 제13-16

초판 발행 : 1975년 2월 15일 * 잘못된 책은 바꾸어 드립니다